A NYUGALOM

Bartis
Attila

A NYUGALOM

宁　静海

Bartis Attila

[匈牙利]
巴尔提斯·阿蒂拉 著
余泽民 译

译林出版社

目　录

序言

亲爱的读者！

正好是在二十年前，也就是 2001 年我写了这本书。书的主要内容就是讲一个人寻找自己内心的宁静。不过，在这本书里并没有太多宁静的迹象。在我写它的过程中，我的身体里没有。说老实话，即使在我写完了之后，还是没能得到太多的宁静。

在我写完这本书的十年后，我应上海作家协会邀请，成为少数能够有幸在中国度过比通常旅游行程长得多时间的——或者说，能在有生之年造访中国的——匈牙利作家之一。

我无从知晓别人的感受，不知道其他人如果有生以来第一次去中国，他会经历什么。无论从哪个角度而言，我在那里体验到的陌生，是我在国外任何地方都从来未曾经历过的。我没有任何的东西可抓。但是对于这个事实，我只是在回到了匈牙利之后才意识到，才真正地面对它。毫无疑问，每个人都向我刨根问底，问我在中国时是什么样的感受，但我不知道该如何讲述。好像我并不是从另一个国家回来的，而是完成了一次登月旅行。这就像有人问阿姆斯特朗，问他在月球上是什么样的感受，他恐怕一个词都说不出来，因为缺少可以用来比较之物。中东是可以讲述的，美国也是可以讲述的，但是中国不行。

然而比这一点更加重要的是：从那个无尽的远方，我突然以过去从未有过的方式看到了自己的文化，这是此前从来没发生过的。正是由于这种经历，使我在几年之后将自己的一部分生活迁到了远东，我在两个世界间奔波着度过自己的生命。

就在那年的一个秋日，我搭乘一辆嘎吱作响的长途汽车离开了与上海的摩天大楼竞相攀升的喧嚣，去到一个叫寿圣寺的佛教寺院。那时候，我已在中国居住了一个多月。的确，我真的觉得我在这一个月里像度过了十年。

我被安排在一间面向竹林的客房里，当屋内只剩下我一个人时，我突然开始抽泣失声。其实并没有发生什么特别的事，只是在这个陌生之地，四十二个春秋的酸甜苦辣倾囊而出，不过整个体系还能够运转，就像用锄头刨开了一座蚁丘。

在寺庙的庭院里，有一棵一千两百年的古银杏树。它比匈牙利国家还要古老。我在树下坐了整整一夜，试图把我那些四散奔逃的蚂蚁一只只地捉回到一处，想要重建体系。我找到了自己习惯了的、安全有效的焦虑不安。我想说的是，我生平第一次这样远离自己的一切，在大约一万公里之外。远离我的语言和我的信仰，远离我的孩子和我的情人，远离我的写字台。准确地说：我到过远离这一切数千公里外的地方，但是没到过这么远的。

拂晓，当僧人们去用早餐时，我才躺到床上。我不是僧侣，没必要拂晓去吃早餐。我从长椅旁的地上拾起一片树叶，将它夹在《美丽心灵——古代中国美学》的书页里，我背着那本书在中国已经跑了两个月，但只翻过两次。我捡这片落叶没有任何特别的意图，就跟我在旅途中捡的任何一块石子、一把沙土或一只干果没什么两样：将一个瞬间变成永恒，戏弄一下无常的多变。

我回到客房里才震惊地发现，事实上我是多么的愚蠢。那棵银杏树确实有一千两百岁，但这片落叶并没有那么古老。它跟寺庙院子里的任何一片树叶一样，也是在今年春天发的芽。但如果我真的认为它没有一千两百岁，我还是很愚蠢。想来它从中汲取养分的树干要比匈牙利还古老，甚至超过了寿圣寺。但是如果我认为这两个事实相互排斥，那我则是最愚蠢的人。

我想说的是，我回到客房里才震惊地发现，我既没有把我四散奔逃的蚂蚁捉回到一处，也没有忘记它们，我只不过意识到：这座蚁丘坍塌了。此刻，在远离我的写字台一万公里的地方，我与宁静同一的程度，就跟十年前我与《宁静海》同一的程度别无二致。

你现在正在读的这本书，就像是寿圣寺一千两百年古银杏树的一片树叶。这跟世界上任何一本翻译作品一样。它让你感到的陌生与不解，就跟一个两千万人口的都市或一座佛教寺院让我感到的如出一辙。你永远不会知道，我用匈牙利语写了什么。我永远不会知道，你现在用中文在读什么。但是即便如此，我们还是会彼此相知。

祝阅读愉快！

巴尔提斯·阿蒂拉

宁静海

葬礼是在星期六上午十一点举行的，尽管我很想再拖几天，希望艾丝特能来，无奈办公室的女接待员告诉我，由于现在有新的规定，他们不能继续为尸体冷藏提供半价优惠，她问我为什么不火化，那样不仅便宜一些，而且也很实际，我们可以选一个对全家人都合适的日子举办葬礼。我只应了一句，我不能把我母亲烧掉。既然如此，那就定在星期六吧。我预付了三天的尸体保管费，她为我开好发票，并且登记到运尸簿上，**704号-装棺-星期六-凯莱佩什**[01]，随后递给我几张公文纸，用圆珠笔指点着，告诉我该在哪里签字。

要知道，当办公室里的女接待员向我建议火化时，我全身骤然抖了一下，因为我想起母亲歇斯底里的体操表演。“你看，他们都这么坐起来。”她边说边撑着床旁边的扶手椅向我模仿死人怎么在焚尸炉里坐起来，因为几个月前她在一个科普节目里看到过这一场景，从那以后几乎每天清晨她都心有余悸。事实上我早就跟她说过：“您就放心吧，妈，您不会被火化的。小心！杯子里的茶要洒出来了。”但是没过几天，又

01　凯莱佩什公墓位于布达佩斯八区。

旧戏重演，她说火化是对上帝的不敬，我知道她担心被火化了的人不能复活，按理说，她该喜欢火化，因为她这辈子从来没有信过上帝。她去世前还要我发誓，决不会把她送进焚尸炉，她不能容忍自己死后被烧掉。我回答说，我不想发任何的誓，好在她还能够走动，可以去公证处做一份公证，写明她死后不可以火化。这一招很灵，她不再为这个折腾了，因为她恐惧出门已经十五年了。

就这样，有片刻的幻觉让我好像从高空看到了她，只是她现在不是抓着扶手椅，随后我想起艾丝特，她要是能回来该有多好，因为我很想让她看到我母亲那副萎缩的躯体、在最后一夜咬秃了的指甲和戴在痉挛手指上的七枚纪念戒指，从“朱丽叶戏剧表演奖纪念戒”、“诗歌之友纪念戒”到“莫斯科艺术节纪念戒”，戒指上的镀金早已磨掉，由于铜制或铝制的质地不同，把她的手指根染成绿色或黑色。我很想让艾丝特看到我母亲那因喷了太多摩丝而变得黏腻的焦黄枯发，由于染发膏涂得一年比一年更不均匀，隐约露出头皮的烟灰色，尸体的僵硬使她的胸脯重又变得紧绷起来，想当初她刚刚喂奶一个半月，就开始在自己的乳房上抹盐，生怕乳头会被叼长。我最想让艾丝特看的是死人的眼神，居然跟活着的时候没什么两样，那永不瞑目的碧蓝色目光，将从星期六开始照亮已经空等了十五年的墓穴深处。

没有发布讣告的必要，想来她已经十五年没有熟人了，更何况除了艾丝特之外，我不想让任何人来凯莱佩什公墓。事实上我憎恨讣告，在我母亲的抽屉里至少攒了有三十张。由于在某些单位的联系人名单上，人们忘了删掉她的名字，就在前年，邮递员还送来过一份，那张讣告让她读了整整一天。“可怜的温克勒，他扮演阿巴贡[01]非常出色，唉，生活真是冷酷无情，连这样杰出的演员也难逃一死，太可怕了。简直太可怕了。你永远别忘了，儿子，今天死的是温克勒，明天就要轮到我了。这个没有宽恕可言。”

有时，她把所有的讣告从不同的抽屉里掏出来，像玩扑克牌似的并排摆在桌面上。由于用手捏的次数太多，纸已变得油渍麻花，就像吉卜赛女巫用来算命的纸牌，只是那些纸上写的信息更为详细，可以读出死亡时间，还有猝死或长期受到病魔折磨的具体死因。她一摆弄那些黑乎乎的纸片就是几个小时，根据死亡时间，根据死亡年龄，或根据所属的派别将它们分组摆好，一边摆弄，一边喝茶。

“新教徒的寿命比我们平均短六年半。这肯定不是偶然的，儿子，这种事不可能是偶然的。”她说。

“您说得对，妈，可是现在我得工作了。”我说。她回到自己房间，又开始计算谁活得最长。

上星期天我去外地参加作品朗读会。我之所以接受这类邀请，并不全是为了挣钱，主要想出去透透气。我出去采购，做好饭菜，然后锁上房门，钥匙在锁眼里转第二圈时，我听到她问：“你什么时候回来？”

“我尽量早点回来，妈，最迟明天晚上，汤我放在冰箱里了，喝之前别忘了热一下，夜里想着把电视关上。”我反

01　阿巴贡是莫里哀的著名喜剧《吝啬鬼》里的主人公。

复叮嘱。门上装的是双保险的门锁，她还要挂上两条防盗门链，从某种角度说，她并非无缘无故地在房间里备有灭火栓、消毒剂和保险柜，也并非心血来潮地一连几周都要我替她拆开信件，因为她在电视里看到过有一位总理或市长拆信后的下场。

“血肉横飞，儿子，我在电视里看到，写字台的四周血肉横飞。”话音未落，她着急忙慌地进了厕所，好像她之所以让我替她拆信，是因为她急着想去小便。后来，有一天深夜，她窸窸窣窣地摸到我房间，站在门口，我在家的时候她从来不进我的房间，她问我是不是想熏死她。我说：“我马上打开窗户，换换空气，妈。”她始终纹丝不动地站在门口。

“您怎么了，妈？”我问。

“你心里很清楚。不许你偷看我的信。这是我的生活，我自己的生活，跟你一点关系也没有，你听懂了没有？”

“好吧，以后我不再拆信了，但您现在必须得去睡觉了，已经凌晨三点了。”另外，在最后几个月里，我已经不再给她写信。

我步行去的火车站，路上用了不到半个小时，而且不用紧赶慢赶，我很需要这样的散步。我不管去哪儿，哪怕是去商店买东西，也要先在博物馆花园里或在拥挤的楼群中间散一会儿步，直到我对不是以“妈”字结尾的语句做好充分的思想准备。这么讲也不是非常准确。我不仅要对另外一种语句，而且要对另外一种动作、另外一种呼吸做好思想准备。在刚开始的几分钟里，我总感觉像是在穿越无人区，要知道，在十五年中的“**你什么时候回来**”和“**你去哪儿了**”之间，四季交替，多瑙河泛滥，一个令人蒙羞的帝国分崩离析。所有的一切都发生在“**你什么时候回来**”和“**你去哪儿了**”之间：经纪人建立起各种宗教，善于做收支平衡表的会计们改写《约翰福音》，用女歌手的名字命名飓风，用政治家的名字命名地震，十五个人获得了诺贝尔和平奖，还有同样多的老妇人划着小船逃离世界上最后一座麻风病岛。仅仅在一次“**你什么时候回来**”和“**你去哪儿了**”之间，就诞生了三项社会福利法案，发射了三百颗人造地球卫星，在亚洲有三种语言被宣布为死亡语言，在智利有三千名政治犯在人为的矿难中销声匿迹。在“**你什么时候回来**”和“**你去哪儿了**”之间，离我家最近的那家二十四小时便利店倒闭关门，假冒的收费员在街区内神出鬼没，老邮递员喝走私的伏特加酒喝瞎了眼睛，管道里的所有污垢灌满了烧开水的锅炉。不过，同样在这两句问话之间，楼长把胎儿从亲生女儿的肚子里踢了出来，因为十四岁的艾米凯真的很爱那位教体育的叔叔，死活不肯去打胎，当母亲问我“**你什么时候回来**”时，女孩的父亲刚朝女儿踢第一脚，等我从艾丝特那里回家并骗母亲说“去听了一场音乐会”时，艾米凯已经做完了第一次手术。

我已经盘算好了，既然答应参加这次朗读会，那就应该耐心、认真地坚持到底，毕竟我是自愿去的。如果有人提问，我就耐心回答，人家之所以请我去一个小村子里的图书馆，就是要我回答这类问题：您为什么写作？您在写什么新书呢？您对自己取得的成绩满不满意？您是否抱有更多的希望？我甚至在一张小纸条上事先写好了几个问题的答案，省得在现场抓耳挠腮，因为我的反应相当迟钝，一般来说我的即兴回答总是很笨拙。有一次，我应邀参加一家电视台的直播访谈，简直羞窘得无地自容。女主持人总共请到了三位作家，轮到我时，我本来应该讲自己为什么写作，可是我的脑海中只有一种场景：我母亲在家里一边看电视，一边喝着薄荷茶，等我一进家门，她就会问：“**你去哪儿了儿子**[01]？”就是在那次节目里，我说“写作就是怯懦者的自杀”，话刚出口我就立即意识到，自己不应该这么说，女主持人立刻打断了我，说她随口就能列出一串已被写进百科全书的作家名字，对他们来说，上吊或卧轨才是自杀。从那之后，她只跟另外两位作家继续交谈，因为他们的回答谨慎从容，机智得体。我在聚光灯下一声不吭地坐了半个小时，仿佛是坐在审判席上，仅仅因为说错了一句话。我一进家门，母亲就问我：“你去哪儿了儿子？你把我一个人扔下半天了，电视也坏了。”我很清楚，我们家的电视没任何毛病，是她看完节目后故意将天线转了个方向，好像她什么都没能看到。

我后来已经养成了习惯，凡是遇到这种场合，总会先想好回答的措辞，有一段时间，我甚至要求记者们必须以书面的形式向我提问，然后花上一两个晚上咬文嚼字，直到对那几个为什么的回答准备得周密得体，以求满足文学报刊或女性杂志读者的好奇心。这些回答看上去并不显得殚精竭虑，实际上它们与事实相去甚远，甚至连我自己都不明白或者连我自己都想弄明白，不过，这样的回答至少显得很合理、很聪明，

---

01 作者故意将“你去哪儿了儿子”连写，以强调这句话对男主人公来说不是一句话，而是一个词。

使我不必为此感到羞惭。好啦，不说这个了，总之我已经盘算好了，等一会儿我要尽量满足读者们的期望，事实上他们的期望也合情合理。假如朗读会后备有白菜肉卷和水果白酒，那么我也要喝几盅，那样我就可以不必逢场作戏，就跟半年前一样，当时我为了逃避跟小镇镇长及其同僚们共进晚餐，跑到火车站旁边的一家小酒馆喝酒，那出戏我演得非常成功，从那之后我就上了瘾。

一位扳道工把我带回家，我在他们家过了一夜，男人每出去扳一次道岔，妇人就为我换一次敷在额头上的湿手巾。

“这是午夜快车。”她边说边将一条在井水里泡过的手巾敷在我的脑门上。

“现在是凌晨一点半的普通客车。”她说，随后又在桶里投了遍手巾。当她说到“凌晨三点一刻的货车”时，我冲她歇斯底里地嚷起来：“你这个咸奶头的烂婊子！”妇人放声大哭，求丈夫赶紧骑车去请大夫，但是男人说没有必要，因为没有人能够帮得了我，除了我自己和那个被我骂是“烂婊子”的人。

我在十点三刻的那班列车的轰鸣声中醒来，我已经完全恢复了，扳道工坐在一把椅子上，正趴在窗台上打盹儿，铁路员工的制服帽扣在他的后脖颈上，挡着夏日火辣的阳光，妇人将抹了蒜泥的炸面包片和一杯热茶摆到我眼前，然后远远地坐到桌子后边，一边一声不响地看我用早餐，一边在剥青豆或扁豆。几分钟里，房间里静得只能听到扳道工的鼾声和青豆或扁豆的豆粒儿落到铁盆里时发出的雨点般的声响，以及餐具在我手中发出的响声，这三种声音仿佛充满了万物之初的混沌世界。餐叉总是在妇人又剥开一个新豆角时碰到陶制的餐盘，就这样，我们三人演奏着一曲充满宇宙的音乐，直到扳道岔的铃声响起，直到我吃完炸面包片，或者直到豆子装满了铁盆。我忘了演出到底是怎么结束的，不过这个并不重要。

“你有烟吗？”妇人问。

“等一会儿我到餐车买一包。”

“没有餐车。”她说，随手从丈夫口袋里摸出三支交响乐牌香烟。

“谢谢。”我说。

“这个你也带上吧。”她说，并将冲好的雀巢咖啡灌进一只玻璃瓶里。

“谢谢。”我说。

“多多保重。”她说。

“谢谢。”我说。我将搭乘十二点十分的那班普通客车回布达佩斯，然而我曾萌生过片刻的幻想，我永远不会回布达佩斯。在某个角落，在某个铁路分岔的地方，匈牙利铁路公司肯定还有一个这样的职工厨房和家属小院。

我回到家时，母亲没跟我打招呼，因为我晚回来了半天。她只是坐在雪花闪烁的荧光屏前，叮当作响地搅着薄荷茶，她喝了一勺瓦列利安牌草药制剂，在很久以前从化妆室偷回的镜子前整了整丝绸睡袍，然后走到门厅，挂好两条防盗门链，这才出现在我房间的门口。我听到她几分钟粗糙的喘息声，闻到她汗液里的杏仁味，我知道，她在酝酿要说的话，我也放下了圆珠笔，心里排演着将要进行的对话，因为我们已经养成了这个习惯，她终于开口问我：

“你去哪儿了儿子？”她其实很清楚我去哪儿了。

“我去外地参加了一个朗读会，妈。”

“我反对你朗读那些垃圾。”

“为什么是垃圾，妈？”

“你心里很清楚。你别再给我写讣告了。”

“这只是小说，妈。”

“你写的东西让人恶心。全都是垃圾。可恶的垃圾。这一切都是你这个小杂种胡思乱想编出来的。”

“可能是吧，妈。也许您说的是对的，但是您现在必须得去睡觉了，已经凌晨三点多了。”我说。从她自己的角度来看，她是对的，因为连我熟人中的绝大部分人都以为我母亲早就死了。赞美她的评论越来越多，攀爬的藤蔓为她树起了一座纪念碑，一夜情的情人们也面色苍白地跟我打听她的下落，我从不回答，而是穿上衣服，问她们最近的车站在哪儿，因为我没必要在两次性交的间隙聊我的母亲。我只是说：“她很好，谢谢，这么多年她足不出屋，就连阳台都不去。”

“我只买单程的。”我对布达佩斯东站的售票员说，因为她想卖给我双程票，我从来不买双程票。更何况我看错了列车时刻表，结果发现，我将坐的这班列车要在阿尔弗莱德平原中央倒一趟车，我犹豫了片刻，想打一个电话或发一份加急电报，以突然生病为由推掉这次朗读会，因为对我来说，在匈牙利荒原上等四十分钟火车，相当于等四十天。哪怕最贫瘠的石头滩，也胜于欧洲的粮仓。说老实话，我从心里憎恨波浪起伏的麦田，尽管并没什么特别的理由，但我就是这么觉得。有人不喜欢山区，我不喜欢草原，就这么简单。总之，我意识到自己不得不倒车，真想立刻转身回家，但是脑子里又浮现出她昨天夜里令人羞辱的吼叫，于是我对女售票员说，我还是决定买这趟车的车票，并且自我安慰地想，四十分钟很快就过去，至少可以利用那段时间看看晚上要朗读的内容。后来我忽然记起来，当年尤迪特就是从这个站台出发去的贝尔格莱德，一转眼已过了十五年整。在这漫长的十五个春秋，我从药店给母亲买维生素和瓦列利安牌草药制剂，从化妆品店给她买唇膏、指甲油和染发膏，而她在十五年里不是坐在电视灰色的荧光里，就是站在镜中的盲点前。从这个角度看，她早就死了。一具令人生厌的僵尸，身上散发着荷兰薄荷油的气味，脸上涂着厚厚一层胭脂假充血色。一具很早很早以前就已经丧失了祭奠意义的、一个人玩纸牌的僵尸。一具十五年来收集《广播电视报》《医药通讯》《生活科学报》的僵尸。在仆人小屋里，她攒了一大堆乱七八糟的破报纸、不知猴年马月能够用上的玻璃瓶和留着没用但扔掉可惜的巧克力盒。想来，她就靠着这个活着：收攒破烂，跟我姐姐通信，但她做梦也不会猜到，她其实只是在跟我通信。估计就连鉴定专家也很难将我的左手笔迹和我姐姐用右手写的锋利、冷硬的字母区分开。我的熟人们从安特卫普、庞贝或纽约给我写信，因为我骗他们说，我收集带外国邮票的信封。

十五年前，尤迪特寄来最后一张明信片，那确确实实是她寄的：“尊敬的母亲，如果您想看到我的话，那就不要闭上眼睛。”那是她从加拉加斯[01]写来的，从那之后，她只从一家瑞士银行转账汇款，在每个月的第七天，准确得就像瑞士

01 加拉加斯是委内瑞拉首都。

表，并且严格恪守瑞士银行的保密规定，她每个月都给声名狼藉的母亲寄五百法郎。因此，自从收到加拉加斯的明信片后，我开始用左手给母亲写信，我在信中措辞谨慎，既不向我们道歉，也不要我们做任何解释，仅仅想代表被活埋了的女儿向活埋女儿的母亲传达一个生命的讯息。“尊敬的母亲，这个月我将在斯德哥尔摩演出三场，我会在圣诞节前后再给您写信，问弟弟好，您也保重。”我用左手写信，因为第二天正好有人去斯德哥尔摩旅行，右手则将烟蒂在烟灰缸里摁灭。

我姐姐被她可耻地埋葬了几个星期后，情况变得确定无疑，母亲不仅因为偏头疼才不出门，她永远也不会再跨出家门。从此之后，她将活在八十二平方米、坐北朝南、用从剧院偷来的道具装饰的墓室里，那里有麦克白夫人的沙发、劳拉·兰巴赫的大床和安娜·卡列尼娜的梳妆柜。就连厕所的马桶垫也来自一次不成功的演出，在冲水马桶水箱的拉绳下端，悬挂着幕布线绳的金穗。我当时的想法很简单，只想写几封信可以安慰她，但没有想到母亲竟会回信。她居然跟已经被公开宣布死亡，并以可耻的方式埋葬了的女儿开始通信。这我不可能预料得到，因为简直不合乎逻辑，当时我认为逻辑就像一只导盲犬，就像一辆保养得很好的轮椅，永远不可能抛弃我。我敢发誓，至今为止，逻辑始终指导着我们的言行，我可以清清楚楚地描绘出我们以往生活的因果链条：哪句话导致了什么样的结局，是什么避免了哪一个手势，因为我偏执地坚信这样的逻辑。我为自己绘制图表，撰写注释，一切都从我姐姐的流亡开始到最后那张加拉加斯的明信片为止。从那时开始，从尤迪特十九岁那年在一天夜里拎着一把小提琴离开了贝尔格莱德旅馆、两个月后离开这块大陆开始，直到母亲宣布她已经死亡并在凯莱佩什公墓深处为她举办了葬礼，直到攀爬的藤蔓长进了孩子的啼哭声里。

后来终于有一回，我没有勇气写信告诉她，我将在科隆大教堂里演出，并不是因为我没在科隆大教堂演出过，而是因为在我发出了第三封、第四封信后，母亲开始给尤迪特写回信。

“请到邮局把这封信寄出去，儿子。”她说。

“好的，妈，我正好要往那边走。”我说。我浑身的血液都凝固了，从那之后，这些再也没有拆开过的回信堆积在我写字台的抽屉里，因为那些准备寄到某家宾馆或某座音乐厅的信不可能寄到，因为信封上写的收信地址根本就不存在。我很清楚，这些回信我绝不能读，我怕信里万一写了什么我无力回避的话，我害怕她发现几个月来以为在跟自己被活埋的女儿通信，实际是在给我写信。

有一次，当我下楼将几个写着巴黎、威尼斯或罗马地址的信封扔到附近的垃圾桶后，走到街角时，听到从博物馆花园后面传来垃圾车的哐哐声，我立即转身跑回去，想把信从垃圾桶里捡回来。

“嘿，别动！”我对身穿荧光工作服的男人喊道，因为他正要将垃圾桶挂到垃圾车液压式的升降臂上。那人并没有显得特别吃惊，估计经常有人从这个庞然大物的嘴里掏出几分钟前刚刚扔进垃圾桶的东西。

“找齐了吗？”看到我捏着几封沾着咖啡渣的信封，他问我。

“是，都找齐了。”我说，这时候我才意识到，我不仅没勇气读母亲的回信，甚至不忍心扔掉它们，我知道，这种信不能再写了，因为毫无意义：尤迪特每个月白给她写信，母亲连窗户的遮阳板都不肯打开。

几天之后，有人去科隆，而我没有勇气在信上写“尊敬的母亲，我将在科隆大教堂里演出”，当时我很想结束这可悲的谎言，但是有一天凌晨，她紧咬着嘴唇冲进我房间，声嘶力竭地冲我叫嚷，说我休想扣押她的信件。她要求我当即交出她女儿的来信，我说：“别激动，妈，尤迪特肯定在悉尼或新喀里多尼亚的什么地方演出呢，从那边往这儿寄信非常慢。”一个半星期后，尤迪特从土耳其来信了，因为住在底层 2 号的品特夫妇不再去华沙，而是改去土耳其购买皮大衣。

是的，也许我不该为了求品特夫妇给我寄信而向他们订购了一件质地粗糙的皮大衣，我本该结束这场游戏，可惜我做不到。甚至，我该感谢母亲，感谢她向我索要尤迪特的来信。日复一日，我已经跟她一样盼望邮件，想来我们已养成了习惯，由我拆开信封，然后一起在厨房里读几行。

“尊敬的母亲，这周我在特拉维夫演出三场，从那里再去大马士革，问弟弟好。”尤迪特写道，因为我并不知道那些倒霉鬼只签署了暂时的停火协议，实际仍处于战争状态。旅游者必须做出选择：以色列，或者叙利亚。布列奈尔夫妇也是到了叙利亚大使馆才知道这个，但已经被领事撵了出来，因为领事在他们的护照上看到了以色列签证。然而，我已经把两个信封交给了他们，所以他们决定从那里寄，至少让我得到两枚犹太邮票，所以尤迪特在大马士革写的信是从海法寄来的，幸好母亲没有发现，她弄不太清楚犹太字母和阿拉伯字母之间的区别。总之，母亲没起疑心，而是拿出我送给她的《世界地图》。我帮她找到了大马士革，她用黑笔在那座城市名上画了个叉，那时地图上已经布满了叉和日期，就像某种多人游戏，某种发财游戏，只是这里标的不是公寓楼，而是音乐厅和豪华旅馆；不是郊区小火车，而是汉莎或荷兰航空公司；不是掷骰子，而是等邮递员。总之，我姐姐就像一枚蹦来蹦去的棋子在摊在厨房桌上的地图上旅行，虽然下棋的是母亲，但由我决定棋子落到哪儿。许多年来，我都计划有朝一日让她将叉画到布达佩斯，那样游戏才能结束，因为只有那样才符合逻辑，但是结果表明，我打错了算盘。

我坐进卡尔察格火车站的候车室。说老实话，我喜欢缠在暖气管上的塑料花，从日光灯上垂下的粘苍蝇纸条，走时准确、大如脸盆的挂表，还有猪肝酱、家酿白酒和女清洁工用青苹果味的空气清新剂也难以除掉的浓重汗味。一位年轻的乡下妇人坐在候车室尽头，我盯着她看了一会儿。在她劈开的两腿之间，夹着一个亮黄色的人造革皮包，包里传出几只刚孵出没几天的雏鸡的吱吱尖叫声，她的怀里抱着个婴儿，不管怎么哄都没有用，孩子还是哇哇啼哭。最终，婴儿还是得到了想要的东西：母亲撩起衬衫，露出一侧乳房，孩子立即像水蛭一样扑到乳头上贪婪地吮吸，丝毫没有人们形容的那种孩子的无辜，不过，当婴儿开始吞咽母奶时，旅行包里的雏鸡不再叫了。

这时候，一辆帆布篷卡车从远处驶来，停在候车室门外。司机没有熄火，只是等着十五条汉子从车斗里跳下，随后一踩油门，疾驰而去。既没有挥手道再见，也没有道一路顺风，仿佛驾驶卡车的是一个机器人。男人们走进候车室，并排坐下。他们穿着同样的田径背心和同样的裤子，看上去如同上岗的年轻士兵。不过他们不是匈牙利国防军，估计连“你好”都听不懂。我对他们并不反感，跟那些碎嘴唠叨走到门口的老太婆相比，至少在他们脸上有着某种与众不同之处。有时候可以一眼看出他们中午吃了些什么：意大利面或匈牙利牛肉汤。我喜欢这种面对混乱紧张无措的面部表情。这么说吧，那十五个男人脸上有着与众不同之处，他们不是匈牙利人。他们一声不吭地瞪着湿漉漉的眼睛，透过腌臜的窗帘望着铁轨发呆。他们每个人手中拎着印有同样商标的塑料袋，里面装着同样的三明治和同样的护照。当婴儿又开始啼哭时，十五条汉子显出同样的惊恐，可他们看上去精壮如牛，即使最瘦弱的那个也可以随手扛起两袋水泥。

这时候，车站管理员进到大厅，要求大家出示车票，只有持票者才能待在候车室，但那些男人听不懂，不知道管理员想干什么。

“车票。没有车票，请到外面去。外面阳光明媚。”车站管理员边说边朝屋外指了指。

“奥拉迪亚[01]。”其中一人说，随后十五条汉子同时将手伸到塑料袋里，掏出自己的车票。

01　奥拉迪亚是位于罗马尼亚西北部、靠近匈牙利边境的一座繁华城市。

“原来是纳吉瓦拉德[01]人，这些脚底下长毛的烂婊子养的，”管理员面带微笑地骂道，一边说一边频频点头，“只要有票就行。”

“为什么要这么骂人？”我责问他，事实上我真想抄起一块砖头砸他的脑袋，只是这么多年我们学会了将自己的懦弱当成和平的忍受。

“反正他们也听不懂。”他说，脸上始终挂着露齿的奸笑。

“我能听懂。”我说。

“谁也没查您的票。”他嘴里嘟囔着走了出去，我则在心里劝慰自己，虽然我没勇气揍他，但我以后一定会把这个写下来，每逢这种时候，我都会情不自禁地想到写作，就像联想到锤子斧头。

几分钟后，从布达佩斯方向驶来的国际列车进站了，那群男人上了火车。他们不在一节车厢，分头上了几节车厢，两个在第一节，五个在最后一节，东一个西一个，因为十五个打黑工的人聚在一节车厢太扎眼了，即使这样，他们也照样会被最宽容的边防军从人群里揪出来，然后被押上当晚的特快军车，将无法再持一个月有效的旅游过境章从纳吉瓦拉德回匈牙利大草原。两年之内，他们将被禁止进入欧洲的粮仓，今年初秋的工作将代之以巴拉格无聊的暑日，每天的五十福林和两顿热餐将换成昨天剩下的玉米面粥，那也是一种与众不同。

01　纳吉瓦拉德是奥拉迪亚的匈牙利语地名，历史上曾属于匈牙利领土，第一次世界大战后随特兰西瓦尼亚公国的土地一起被划给了罗马尼亚。

离我换车还有二十分钟，我掏出手稿，查查有什么不妥之处，但是没有什么好改的，顶多调整一两个逗号和词序。故事实际非常简单，一位名叫莫霍什·阿尔伯特的乡村神父，诚心诚意地侍奉了上帝许多年，之后在一个大星期五[01]的弥撒上，在圣饼里掺进耗子药，毒死了参加弥撒的信众。

我总是习惯这样，当主人——通常是匈牙利教师、图书管理员或文化馆馆长——简单地介绍我时，我在听众里选出一个人作为我的朗读对象，朗读时偶尔抬头看他一眼，但朗读后他不会向我提问。总之，我要选一个人，那人等会儿不会鼓掌，因为他觉得鼓掌不是他的事。我们坐到讲台上后，这次我选中了一位坐在第三排边上的四十岁左右的妇人，但我刚朗读了几句就感觉到，她不喜欢我对她说话，小说才念了一半，她就起身走出了活动室，而且大大咧咧地让椅子发出碰撞的响声。从那一刻起，我坐在讲台上的感觉好似坐在法庭上，但我还是从头到尾读完了小说，之后态度诚恳地回答问题：我为什么写作？我计划写什么？我对至今为止取得的成绩满不满意？我是否抱着更多的希望？只是我忘了事先准备好的准确内容，所以我要喝一大杯水，这样可以赢得一些时间。庆幸的是，在这种场合，桌上总会备一大壶水。这时候，一位年长的男人问我：为什么非要选一位神父当小说主人公？我是不是对教会不满？如果我对教会不满，为什么不满？他认为在今天这样冷漠的世界上，不管怎么说教会都扮演着重要角色。于是，我又要喝一大杯水，因为对这个问题我根本就没有做准备。我根本没有想到莫霍什·阿尔伯特神父会跟教会有什么关系。

01　大星期五，指复活节的星期五。

“我并没有对教会不满。”我说。“连我自己也不清楚，自己为什么选一位神父当小说主人公。也许因为选一位支部书记当这个故事的主角没有任何意义。”我说。“想来所有的支部书记都是一样，只会在会上念文件。”我说。这时候，幸好图书管理员赶紧插嘴帮我解围：

“这个故事只是一个象征，安迪大叔，只是作家写得太栩栩如生了。”他说，随后赶紧感谢我接受邀请赶来参加今天的活动，祝我写作顺利，希望我能取得更大的成功。

朗读会后，一位当地教区的神父来到我跟前，他是一位五十岁上下、有着战地神父气质的男人，如果需要，他可以从一个战壕爬到另一个战壕，如同雷电一般，在上帝无限仁慈的呵护下，他只有在完成使命之后才会死亡。

“如果您敢尝尝的话，我有很不错的弥撒葡萄酒。”他说，并且挽住我的胳膊，这正好给了我一个谢绝校长邀请的借口。校长很可能是作为一项文化任务而代表文化委员会请我共进晚餐，他看起来显然如释重负，用不着再跟一个陌生人介绍教学工作中遇到的困难、学校所取得的可喜业绩、每年举办的朗诵比赛、野外科学考察和有五十年历史的民间舞蹈团今年在州级比赛中获得的优异成绩；而且，他也用不着对作品出版过程中遇到的困难表示关心，想来他有不少自己的头疼事，母牛流产还不到两天，当时他正在家里举办半年一次、作为文化活动项目之一的作家聚会，客人们的情绪好时，会把浴室吐得一片狼藉，然后调戏他十六岁的女儿，情绪不好时则一声不吭，安静得如同坟墓一样，操着刀叉吃鸡大腿。每逢这种场合，全家人都必须用刀叉吃饭，他必须得发言，必须恭维那些天使，赞美整个文化活动，至少让他们别把所有发生了的事情如实写下，别写沉默，别写呕吐，事实上那是一大屋子的倒霉蛋、被吹捧成成年人但至今都梦想嘬母亲奶头的婴儿，好像是吃了掺耗子药的圣饼。但是在杀猪的时候[01]，作家先生则将盛着香肠烤肉的盘子随手乱扔，就像扔一只虫蛀的苹果。但是校长先生这次猜错了，我此时恰恰想抓住盘子[02]。

“谢谢，校长先生，不巧的是神父刚邀请我去品尝他的弥撒酒。”

“噢，真遗憾，作家先生，我们本来可以好好地聊一聊。”

“我也很遗憾，校长先生，不过我想您能够理解，现在我对拉扎尔神父的看法特别感兴趣。”

“我当然理解，作家先生，我非常高兴能够认识您。请允许我以全镇人的名义感谢您为我们留下这次难忘的经历。”他说。随后，教区神父挽住我的胳膊，像押一名俘虏似的把我带走了，我没有甩开他，尽管我很不习惯男人的触碰。握手对我来说是唯一可以接受的方式，但我总要尽量把胳膊伸得离自己的身体越远越好。然而现在我感觉到，这位打着手电筒的神父是这个该死的小村庄里唯一没有因为莫霍什·阿尔伯特先生令人无法忍受的谋杀故事感到义愤填膺的一位。他是唯一一位能够无须逢场作戏也能聊到明天的人。跟他聊完之后

01　按照匈牙利乡村的风俗，每家杀猪都像个节日，亲友、邻居都来帮忙，从清晨屠宰开始，到晚上聚宴结束。

02　这句针对前面那句“作家先生则将盛着香肠烤肉的盘子随手乱扔”，表示自己对那种场合、那种话题的厌恶，只想用埋头吃饭的方式逃避到自己的世界里。

就离开这里，我想。我将搭第一趟早班列车回到艾丝特那儿，这个念头让我的情绪平和下来，我听凭神父挎着我的胳膊穿过漆黑一片的村庄，穿过几座荒芜的院落，走在鸡窝和牛棚之间，因为这样能抄一点近路。他有时拽我一下，或推我一把，这完全取决于那一刻手电筒的光柱是在一个土坑里消失，还是在一摊泥洼上反光。

“等会儿我从哪个救济包裹里给您找一件毛衣穿。”他说，因为我的西服外套已经被绵绵细雨打湿了。我说：“谢谢，但没有必要，弥撒酒就可以让我暖和起来。”

我们斜插着穿过一段很长的弯路，跨过溪水，又到了主路上，来到一座用硝石垒成的城堡前。手电筒的黄色光柱在建筑物的高处扫了一遍，楼上被打碎了的窗玻璃的残片，像一排鲨鱼的牙齿闪闪发光。最后，光环定在了门楣上残破的石雕徽章上，浮雕的图案是一只正用自己的血喂雏鸟的鹈鹕。

“这儿还不错吧？”他问，同时在身上摸钥匙。

“不错。”我说。我当时的脑子里只想到这些，然而在这类东西尚且时髦的时候，那被青苔覆盖了的鸟巢曾是我们家族的徽章。准确地说，当那些更神气的盾形徽章上，凤凰还像火一样燃烧，棕熊还在龇牙咧嘴，长翅膀的雄狮还在仰天长啸，当家族徽章上的所有动物都还活着时，我们的鹈鹕用来喂雏鸟的血已经变成了水。我母亲在十七岁时就已经毫无羞涩地在舞台上扮演朱丽叶了，我则毫无羞涩地欣赏我那支鹈鹕牌钢笔帽上由贡特·瓦格纳设计的鸟巢图案。

十年前，有一段时间，我几乎每周都要去一位老古玩商那儿，因为我想买回一件带有家族徽章图案的旧物送给母亲做圣诞礼物。我跟罗森伯格先生探讨了多次，他始终建议我买一支钢笔，我本来计划买羊皮纸，或者买一幅从旧书里裁下的铜版画。另外，出于某种原因我不愿意将钢笔递到母亲手里。我在家有一支“勃朗峰[01]”。我可不想用一窝张着嘴啼叫的鹈鹕替换黑胶木的雪花[02]，我想。当我对达豪集中营[03]的布局了如指掌之后，我可以按照人名让狱警列队，可以闭着眼睛摸到盛汤的大锅，甚至在梦里都置身于此，我突然感到一阵绞痛，今天我又要来到这里，因为始终不能做出决定。于是，我对年迈的罗森伯格说，让他把那支钢笔卖给收藏家吧，我用不着它。老先生听了后劝我说：“别这么犯傻，别感情用事，不然你一辈子只能喝牛肉萝卜汤。相信我吧，这支钢笔对你来说要比一百张狗皮还有用。你把它带回家清洗一下，然后吸满一管人民民主牌墨水，很遗憾我这里没有墨水。”我将钢笔在温水里泡了一夜，好让吸管可以重新使用，钢笔能用了，但我一连几周却不知道该用它做什么。后来，有人去布鲁塞尔旅游，从那时起我开始用它以我姐姐的名义给我母亲写信。

“您来过这儿吗？”神父问。

“没有来过。不过我会尽量让自己找到回家的感觉。”我说。

“在我来之前，这里曾归工人民兵使用。”他说。

---

01 勃朗峰是阿尔卑斯山最高峰。这里指的是德国产的勃朗峰牌钢笔，中文也译成“万宝龙”。

02 勃朗峰牌的商标图案是一个六角形雪花。

03 达豪集中营，是德国纳粹建立的第一个集中营，是位于德国南部巴伐利亚州达豪镇附近的一个废弃兵工厂，距慕尼黑16公里。

“这里被破坏得很厉害。”我说。

“他们在后面的苹果园里练习射击。起先只是瞄准靶子，后来捕狗者也参加进来，于是野狗变成了活靶子。当然，这跟一位神父在圣饼里下毒谋杀信众相比，只能算孩子式的恶作剧。”

“但愿您没有那种僧侣式的敏感易怒，神父。”我说。

“别开玩笑了，僧侣式的敏感易怒在我身上早就没了。您想一想：他们为什么把我从一个加冕教堂贬到这个连上帝都不知道在哪儿的偏僻地方？我自认为，我是一位不错的神父。”

我帮他打着手电筒，他从口袋里掏出钥匙，打开大门。我们走进一间由体操房改成的厨房，他打开电灯。

“很遗憾，他们把装在墙上的爬梯拆走了，不过跳板和跳马都还在阁楼上。”

“从外面看，想不到里面是这样。”

“您爱喝芹菜酱汤，还是猪肝丸子汤？”

“芹菜酱汤。”

“您如果想吃，我还可以炸肉排。”

“不用了，”我说，“您的女厨师跑掉了？”

“我们这么说吧，是我妻子跑了。尽管我们没在上帝面前举行婚礼，但‘妻子’这词更准确。”

“怎么回事？”

“也没什么特别的。我教地理，她教物理，后来学校里新来了一位体育老师。我并不认为这是一出让人伤心断肠的爱情悲剧。庆幸的是，我们没有孩子。”

“一般来讲，从离婚到从事神职，通常要走很曲折的路。”

“我很幸运。我可以这么说：那是一个神迹的体验。在学校的图书馆里，我无意之中在书架上拿错了一本书。我本来想拿阿普列尤斯[01]的《金驴记》，结果抽出了奥古斯丁的《忏悔录》。”

“这样的神迹体验肯定很震撼。”

“开始的时候，震撼得让我有些难以承受。我初期的狂热有些过度，所以很快被劝离了讲台。后来，我稍微冷静下来，三十岁时考进神学院。大概情况就是这样。”

“当您被派到这个连上帝都不知道在哪儿的地方时，从书架上抽出的是哪本书？”

“还是那本奥古斯丁的《忏悔录》。”

煤气炉上做芹菜酱汤的开水烧开之前，我们出门抱来柴火，去烧客房的壁炉，准确地说是武器库，更准确地说是曾经的某位威尔伯爵的吸烟室，据我推测，威尔伯爵不是我高祖父的兄弟，就是我天祖父的兄弟，或者是我天祖父的某个堂兄弟。然而我的推测没什么依据，因为这是一个破败的家族，随着领地的缩小，雇农的人数越来越少；餐桌上只咬一半的烤羊腿，换成了在黑市上一钱不值的鸡架子；狩猎的号角不再吹响，孩子饥饿的哭声大了起来，猎狗的狂吠被钉补衬衣的缝纫机噪声所替代；鹈鹕用来喂雏鸟的血，变成了涓涓细流，好让曾经的财富与权力在记忆中积蓄。最后，我那身为半个匈牙利土地的秘密领主的母亲放掉羞怯，粉墨登场，在舞台上扮演朱丽叶。她在剧院的咖啡厅里，从人们的传言中了解到令人不安的

01　阿普列尤斯是公元 2 世纪的古罗马哲学家和讽刺作家，《金驴记》是其代表作。

国有化动向。后来，几位主管国有化工作的官员光顾了我母亲的住处，但在她租住的房间里，除了一把名贵的小提琴外，没能找到任何的值钱之物，而在工人阶级眼里，那把名贵的小提琴狗屁不值。更何况，年轻的女演员维尔坐在凳子上一动不动，偶尔冲着三位不速之客露出一丝掩饰惊慌的微笑，人造丝睡袍下隐约若现的乳房闹得访客心旌动摇，局促不安。后来，他们结结巴巴地请求原谅，为造成的不快表示抱歉，与此同时，我母亲则对她所拥有的半个匈牙利的土地守口如瓶。

早在我尚未将那个作为钢笔商标图案的家族徽章搞到手之前，电话簿就已经意味着最可信的家谱。我不仅为母亲弄来佩斯地区的电话簿，还搞到许多外地的。我在电话亭里偷它们时，如果电话簿被用螺丝固定在了铁条上，我就用刀片裁下 W 字母打头的那几页。这是我们所能相互赠送的最好的礼物。有的时候，在圣诞节到来之前，我将一本本新搞到的电话簿小心藏起，她则按照次序给所有姓维尔的人写信。有一些人回了信，不过大多数人因为来自维尔哈根，所以给自己起了这个匈牙利化的名字；还有人的祖父家姓本是 V 字母打头，改成 W 仅仅出于生意的考虑，因为 V 字母打头是“ 血 ”的意思[01]，用这个名字开私人诊所不太吉利。奇怪的是，那些生来就姓维尔的人从没有回信。正是那些财产被正式收为国有、举家被强迁到外地的亲戚永远不想写信给她，不想跟自己家族的第八代或第十代堂亲保持通信，过了一段时间之后，我开始理解，而我母亲却越来越不理解。

---

01 主人公的家姓是 Weér ，这里说有人将自己本来的家姓 Vér 改成 Weér，是因为 Vér 在匈牙利语中意为“ 血 ”。

“儿子，肯定是他们的住址变了。”

“是的，妈，他们的住址已经变了好几次了，但您现在必须去睡觉了，已经凌晨四点了。”我说。这时候我看到财富在黑暗中慢慢积聚，维尔家族过去的领地逐年扩展，我开始用自己的力量将这个幻想中的帝国、这棵长满树瘤的古松分割成块。开始的时候我小心翼翼，因为正像俗话所言：我这是骑在树梢上砍树。但是即便如此，我还是自取灭亡地抡起了板斧，许多年来对着伸向虚空的枝和生长到欲望中的根茎左劈右砍，直到最终面对唯一可以伸手触摸的实物，我姐姐的那把名贵小提琴。

炉膛内的柴火是湿的，即使淋上了煤油也很难点燃。我试了三四次都没成功，神父出去再找些报纸，我用眼睛打量了一下那个用工人民兵武器柜改成的书架。最后我们终于点着了壁炉，神父从一个寄自荷兰的救济包裹里给我找出一件红毛衣，我脱下外套挂起来晾干，然后我们回到厨房，不过从装饰用的灰泥看，那里既不像厨房，也不像体操房，以前很可能是一间客厅。趁他把玛吉牌汤料倒进沸水时，我从碗柜里取出了盘子。

“说心里话，我本来以为您会很兴奋。”他说。

“因为那个徽章吗？”我问。

“与其说徽章，不如说这地方的灵性。”

“我并不能说自己毫无兴致，但也没有什么东西能让我激动。我们很可能是这个家族最远的一支。”

“真不用炸一块肉排吗？我这儿还有洋葱和腌肉。”

“不用炸，谢谢。”我说。

“不知道为什么，我以为你会更在乎自己家族的根。”

“我们家族的根在舞台下面。”我说。

“这么说，你来自艺术之家。”

“差不多。”我说。

“如果您不乐意聊这个话题，那我就不再刨根问底。”

“那就好。”我说，气氛一下尴尬起来，其实我只是不想把话题落到已经告别舞台多年的女演员维尔的生活状况上。我们一声不吭地喝完汤后，他走到厨房的另一头去取葡萄酒。他斟满酒杯，我们一饮而尽，他重又斟满，但我们始终沉默不语。我虽然既不想谈论母亲，也不想谈论上帝，但我毕竟有我不谈的道理；而他完全可以跟他的情敌角逐，实际上他也应该角逐。神父回答说，如果可能的话，他也希望能够避免挫折。

“那为什么您这么轻易就投降了呢？”我问。

“听完莫霍什·阿尔伯特的恐怖故事，我想，即使神也帮不了您。即使我能将案板拧出水来，您也会说：‘您干得不赖，只可惜我一点也不渴。’您以后会渴的。我耐心等着。”他说，随后脱下神父的长袍挂在碗柜的一侧，我这时看到，在他的两条胳膊上布满了伤疤和缝线的痕迹。

“我真想揍那个体育老师。”他说，然后穿上一件毛衣。

“现在已经不想了吗？”我问。

“想。只是完全出于别的原因，”他说，“那小子很壮。当时我也在医院里躺了一个半月。现在我还是为他祈祷吧。”

“这么说，您在等待时机？”我说，因为我不知道为什么这样觉得，假如我不谈我的母亲，他也最好别谈体育老师，“总之，您是我遇到的第一位不着急忙慌地想拯救我的神父。”

“您不会跟我说，您因此感到意外吧。您在图书馆肯定就已经知道了，否则不会跟我来这儿。您本来应该跟校长一起谈论教学事业和作品出版中遇到的困难。”

“您说得没错。”我说。

“事实上，只能劝导不信主的人信主，劝导不了那些憎恨上帝的人。”他说。就在那一刹那，我突然感觉像被人往脸上吐了口痰。我必须离开这儿，我想。我去搭早班列车回布达佩斯，我想。要么我现在去找学校校长，舞刀弄叉地吃鸡大腿，我想。然后把自己灌醉，跟畜生一样地调戏他那十六岁的女儿，我想。反正我已经有一年没调戏过任何人了，我想。明天我就去找艾丝特，告诉她，这样我实在难以忍受，我想。要么我们试着像人一样地生活，要么她干脆从我的生活里彻底消失，滚回到松树林里。你去哪儿了儿子？我去谈论上帝了，妈。

“我从来没有憎恨上帝。”我说，然后点燃一支烟。

“怎么没有？您憎恨上帝就跟憎恨楼下小卖铺的掌柜没什么两样，比方说您去那儿买糖，他给您少称了二两。我这么说吧，您对上帝有一种非常幼稚的想象。您有足够的智慧明白这一点。您有足够的才华用令人心碎的方式把它写下来。我能继续说下去吗？”

“我很怯懦，不敢放弃这种扭曲的想象，因为我担心自己再也写不出令人心碎的东西了。”

“你看，咱们还是可以谈下去的。”

“当然可以谈下去，我是遵循您的逻辑。您说的大部分也都对，只是小卖铺掌柜的那个情节我不满意。一方面，我从来不去商店买糖；另一方面，我认为我们所有人都受到了欺骗。只要我的脑子还正常，我就不可能总这么想，我并不认为只有我一个人受到欺骗。”

“换句话说，您只有在哪天早上对着镜子呕吐时，才可能相信。我最怕的就是这种人，对上帝抱有幼稚的想象，只要还没遇到什么事让他口吐白沫，他就永远不可能信仰什么。”

“也许是吧。”我说。我把酒杯斟满，和他一饮而尽。他继续斟酒。“咱们再喝最后一杯。我想去赶七点半的那趟列车。”

“九点钟有一列直快。等会儿我开车送您去火车站。”

“谢谢，”我说，“说心里话，恐怕您想象不到，神父，如果喝一碗芹菜酱汤和半升弥撒酒就真能丢掉那种彻底丧失了庇护的想法，我心里将会多么感激。因为在我的脑袋里，那类的想法太多了。”

“这我毫不怀疑。”

“可以这么说，我现在越来越忌妒那些只需从图书馆书架上偶然抽错一本书的人。”

“那是另一回事。与那些已经有了自己扭曲想象的人相比，事情对我们这样头顶虚空的人来说总是容易得多。”

“我的能力实在有限，神父。我没有办法给上帝穿上一件我自己根本没有的道德外衣。所以，恐怕我不得不继续揣着这种扭曲的想象再走一段路了。”

“当然。我已经说过，我耐心等待。要不要我给你一件睡衣？”

“如果有毯子更好。”

“毯子你在衣柜里找。把它在壁炉上搭一会儿，我习惯这样。”

清晨醒来时，我梦见一位身穿法衣的男人站在母亲身边，用大拇指触摸我的额头，好像是在画十字，正在做最后的涂油礼。我怔了一会儿，搜寻昨日残留的记忆，想弄清自己这是在哪儿，这个人是谁。神父把我弄醒时，我正好在做一个噩梦，他的手指抹掉了一切，这让我感到不快，因为不管梦境多么混乱，我都不想醒过来。

“起来吧。我已经对昨天那几个骂人的家伙进行了处罚，并为十二个人分发了圣饼，而且所有的人都活了下来。”他说。我回答说，这是一个幸运的村庄，因为这里的神父相信上帝。后来，我在喝咖啡时问他，刚才他在我额头上画的那个十字，是向我施的第一个，还是最后一个圣礼[01]。

“对您来说，不是都无所谓吗？”他问。

“是无所谓。只是人有的时候还是想要相信，并希望一切并不像自己想象的那样。”

神父驾车穿过吉卜赛人居住区，抄近路到达火车站。在摇摇欲坠和尚未完工的房子中间，神父开着吉普车左闪右拐地绕开地上的一个个泥洼，并且不停地按着汽车喇叭，赶走那些半裸着身子在马路上追逐嬉闹的孩子。他们中有的连裤衩儿都没穿，光着屁股光着脚丫，追着一路鸣笛的汽车奔跑。幸运的孩子抓住吉普车的车门把手，扒在窗玻璃上咧嘴憨笑，其他的孩子蹚着脏水在泥洼里轻蹿，看上去仿佛行在水面上。有的孩子在裸露的腰上套着跟我一样的红毛衣，因为上星期荷兰救济团体总共寄来了五百件红毛衣，更可怕的是许多的屋顶上盖的不是瓦片，而是罩着塑料布。这刺眼的红毛衣要比用毛毯遮挡的窗户、三间茅屋里燃着的火焰和站

---

01 第一个圣礼指“洗礼”，最后一个圣礼指“临终礼”。

在不知通向何处的水泥台阶上叫嚷的妇人更恐怖。一个不知通向何处的水泥台阶，毕竟还是很人性的。

我感到恶心，起初我以为这只是由于车身的颠簸，或因为看到了令人惊悸的红毛衣，但是很快我就准确地记起清晨梦中的最小细节。我坐在茅棚内用木板搭成的床上，听着炉膛里木柴燃烧时发出的噼啪声，我透过小窗看到，森林上空的天色已经发亮，等着上班时间的来临。睡在土坑里的一窝狼犬醒来了。跟每天的黎明一样，喘着粗气用爪子刨地，叼着光秃的骨头跑来跑去，将脊髓早已枯干的脊椎骨咬得嘎吱作响，试图寻找残余的美味。我穿上呢绒外套，攥着一根带钩的木棍，走到茅棚背后的腐尸井里打饭。这就是我的工作：每天要喂两次狗。我不在乎井里的尸体都是谁的。事实上，我也没人可以问。那口井每星期填一次，而且总是在夜里进行。等到我醒来之后，井里已经填满了妇人和孩子的尸首。事实上，所有的尸首都很漂亮，唯有他们身上散发出的甜味和一动不动的样子显示出他们是死人。我可以随便用棍子戳任何一具尸首，可以用钩子钩住他们的脖子，然后抱在怀里，就像抱一个熟睡的情人或一个生病的孩子，抱到院子另一头的坑里喂狗。就在那短短的距离里，我边走边欣赏冰冷的僵尸。我知道自己在这条崎岖小径上在想什么，我感觉到的，就是我希望的。没有人对这指手画脚，没有任何规矩要我遵守。有的人被我一声不响地从一个坑搬到另一个坑，还有人会听到我的讲述，比方说，我讲森林里有许多树长满了青苔，好像发霉了一样，另外，我们的森林跟别的森林不一样，这里的树都没有长树根。“您看，”我对一位老妇人说，同时用脚扒拉开地上腐烂的落叶，“您看，只是一些木头板，没什么好怕的。”我当然知道，她并不害怕，因为她已经死了。她没有什么好怕的。尽可以放心地拿她去喂狗，可这样把她抱过去的感觉，跟拽着两腿拖到狗窝的感觉截然不同。我也试过一两回，可惜她不喜欢那样。现在，我抱着一个女孩跳华尔兹，因为我看出来她很想跳华尔兹。我用一颗野草莓将她的嘴唇涂红，还不到八岁孩子的身体比一抱秋天的落叶还要轻，我们旋转的时候，她被风吹起的头发飘到我的脸上。一—二—三，一—二—三，我们一路跳着华尔兹朝狗窝走去，我始终清楚自己的职责，等一会儿到了狗窝跟前，我要从六英尺的高度把她扔到坑里。我对任何人都不例外。然而，我正要把她扔到一群咯吱磨牙的恶犬中间时，女孩突然睁开了眼睛，她问我，既然我跳舞这么好，为什么还干这种工作？我回答说，因为我找不到更好的工作，而我必须得挣钱糊口。别的事情我做不了，所以被派到这里喂狗，我说，随后我一边跳舞一边放开了托在她腰部的两只手，但她并不像一具尸首那样摔倒在猎狗中间，而是像一片羽毛轻轻飘落，同时发出咯咯的笑声，这时候猎犬们已扑上去撕咬，女孩的笑声在树林里回荡。我突然感到高兴起来。“你们给我滚开！”我冲着狗群吼了起来，用棍子和石块驱赶它们。“她还活着！”我嚷道，“你们要是吃她，你们都会死掉！”我嚷道，但那群狗继续埋头撕咬，女孩继续咯咯大笑，整个老林里充满了从她血液里散发出的荷兰薄荷的香味。“你这最后一个婊子！”我嚷道，“你别想让我当杀人犯！”我嚷道，随后开始在林中奔跑，尽管我知道自己跑也没用，我嘴里已冒出了大口的泡沫。

“你这么受不了贫困的景象？”神父问我，但我只是点头，现在并不想跟他解释，甚至感觉不到那种出于内在感觉而看不到周围事物的习惯性的羞耻。然而人们希望能够为此感到什么。至少感到一些羞耻。我很想能够控制住自己，告诉罗森伯格先生，那支钢笔对我来说毫无用处，然而他很清楚，从本质上说，就跟荷兰制衣厂表示这五百件板型有问题的毛衣对工厂来说毫无用处没什么两样。

“我们必须走快点儿。”我说。我想尽快离开这片吉卜赛居住区，甩开那些牵马的男人、不知通向何处的水泥台阶和穿着红毛衣的孩子们，就像逃离一个马戏团，那里唯一摄人心魄的场面是一头瘦得皮包骨头的狮子舔食脸盆里的牛奶。

我没有回程票，因为我十五年来总是跟女售票员强调，我只买单程票，就像尤迪特在亚得里亚海边的某个码头向一位货轮装卸工强调的那样，当时她在胳肢窝下夹着一件换洗的内衣和维尔家族祖传的名贵小提琴问那个男人：能不能行行好，收下一千美金，帮她在南斯拉夫制造的重型机械之间腾出一个藏身的空隙。所以，我在售票处突然想起，我买回家的车票也要强调这句“我只买单程的”。现在说什么都已经晚了，我想，我赶紧交付票款，因为火车已经开始鸣笛。

“带上这个。”神父说。我正要上车，神父将一个黑色皮面的旧本子塞到我手里。

“《忏悔录》吗？”我问。

“别开玩笑，当然不是。没有人知道这本书的作者是谁。”

“那就好，”我说，并将那个本子塞进了外套的兜里，“这么说，您会耐心等着的。”

“别担心，我有许多事情可以打发时光。”

“也许您是对的。我们可能需要积蓄更多的苦水，口吐更多的泡沫，才会最终攀爬到主的面前。”

“用不着攀爬。自己就会升天。”

搭乘星期一上午这列火车的旅客不是很多。没有工人，没有游客，没有带着走私货去外地赶集的小商贩，只有一两个拎着公文包的推销员，他们都还是新手，做小批量的推销，虽然只是搭乘火车，但是他们的老板声称，他们用不了一年能挣到一辆铃木雨燕轿车，到时候可以往布达佩斯成批销售镀金边的成套餐具，可以带着全家去巴拉顿湖度假。“你们回头就会知道，在环路上开店的女孩们将跟买糖果似的争相购买。现在你们干吗这样垂头丧气？别跟我哭穷，你们怎么会付不起五十套餐具的保证金？别跟我解释什么电费水费，你们最终要学会自食其力。珍惜这个好机会。”开小店的女孩们刚一开门，就挂出了**推销员免入**的牌子，有的人看到牌子也要进去，而且也拎着装在公文包里镀了金边的成套餐具，不过他要等推销用多种草药配制的美容用品和豹纹内衣的同行出来才行。最近豹纹内衣十分流行，这要归功于歌星罗比。总之，车厢里有一两个在这条线上跑生意的推销员，有几位手拿康乃馨和盒装饮料赶去医院的探视者，还有几位去政府部门要求索赔的上访者，在他们口袋里装着用墨水笔写的、只卖出几个小钱的耕地买卖合同或能够证明十二年后一起从叶尼塞河[01]岸步行回家的狱友证词。“我去哪个鬼地方能给自己弄一张释放证明？！一个手还没被冻掉的家伙在一张纸上签了字，纸上说我们从来就没有到过那儿，之后一名狱卒把我们一脚踹出劳改营大门，叫我们滚蛋，我们不敢扒货车，我们怕他们从背后射击。你有没有脑子，年轻人？你以为我耳朵上的窟窿是被人拽断了基佬的耳环？少跟我废话，你仔细看看：基佬的耳环不挂在这儿，这是我在工棚里被老鼠咬的！真遗憾我当时没有醒来，否则我能吃一顿肉！”总之，在星期一上午的这班列车上，坐的大多是这类乘客，很难找到空包厢，不像有许多工人、学生搭乘的早班列车或游客很多的周末列车，在那类车上人们喜欢在一起扎堆，只有八个座位的包厢里可以热热闹闹地挤十六个人，他们挖苦车间主任，奚落物理老师，周围摆满了酒瓶子，随身听放着刺耳的音乐。这些推销员、探视者和上访者全都喜欢一个人待在包厢里。拉上窗帘，每到一站，都假装打盹儿，让新上车的乘客别打搅自己，如果包厢门上的转舌式门锁没有坏，他们肯定会把门锁上，就连查票员也休想进来。

我在最后一节车厢里找到一个空包厢，我把门关上，转动门锁，拉上窗帘，然后心里盘算，回头最好把莫霍什·阿尔伯特神父的故事也放进黄色文件夹内，那里面搜集了各种各样的私密故事。尤迪特从前用过的乐谱夹，如今已变成一张令人感到羞耻的败绩表，因为里面塞的都是些永远不舍得扔

01 叶尼塞河发源于蒙古，流经西伯利亚，汇入北冰洋，是世界第八大河。苏联曾在上游设立劳改营，利用劳改犯修水电站。

进壁炉或废纸篓里的粗鄙小说。甚至，我特意把那个黄色文件夹摆在写字台上，夹在其他的手稿、校订稿和废纸之间，当我不在家时，母亲可以在心情好的时候翻看它们。我们以这种方式进行交谈。我在家时，她极少跨过我房间的门槛。但是只要我一跨出家门，她就会立即把我的东西翻个底朝天，房间里充满了化妆品的浓重气味，薄荷茶溅到桌面上，头发落在地板上。我的那些手稿被她的口红、胭脂弄得黏糊糊的，因为她一会儿舔手指，一会儿揉眼睛。但我从来没有说过她，其实我也可以把手稿锁到抽屉里，只是那样一来，她就不能作为第一位读者读到它们。

在火车上我既不能写字，也不能看书，窗外掠过的乡村单调风景混进我要读的书页里。就连最低矮的绿化林，在我修辞华丽的景色描绘中也似乎隐藏着耻辱的污点，之所以它还值得提起，比方说，只是因为人们根本无法侵扰它。我能在电梯里、有轨电车站或小酒馆中安心地看书，即使邻桌的客人在聊佐西马长老或马尔梅拉陀夫[01]也不会影响我，完全可以相安无事。甚至有的时候，我一边听世界杯决赛引发的争执，一边翻阅《清醒者评论》，反而感到颇为有趣。唯独风景会影响我，这对我而言不是一件幸运的事。我总是忌妒那些可以拿着一本书去玛尔吉特岛[02]或带着纸笔去玫瑰凉亭的人，而我不行，尽管我从神父那里得到一本书，但我根本没想试着去读它，而是望着荒原发呆，等着列车员来，希望赶紧查完票。许多年来

01　佐西马长老或马尔梅拉陀夫，分别为陀思妥耶夫斯基的小说《卡拉马佐夫兄弟》和《罪与罚》中的人物。

02　玛尔吉特岛是位于布达佩斯境内多瑙河上的一座小岛。

我总是担心，害怕查票员在我的车票上发现什么毛病，赶我下车，当然这是胡思乱想，但是只要还没有查完票，我就不会有一分钟的安宁。该死的列车员赶紧过来吧，我想，但是没过多久我意识到，我其实并不怕列车员。甚至我想，如果我现在被赶下车，那么，我想在草原上流浪四十天，对我来说肯定有益。我要是不在家，您连水龙头都拧不开，妈，我想。您要好好分顿吃那半公斤面包，我想。因为您肯定不会下楼去小卖铺的，我想。可是您必须得靠吃面包活着，妈，我想。拉库茨面包坊烤的白面包最好吃，我想。如果哪位有一点人性的列车员在我的车票上查出了毛病，把我从疾驰的列车上推下去，将我弃在无人的荒野，那么你不得不乖乖地下楼去买东西。每个月五百法郎，根本就不够买瓦列利安牌草药制剂和那堆鬼知道为谁涂抹的化妆品，我想。另外，她并不是我妹妹，而是我姐姐，这么多年您怎么也应该记住了，妈，我想。在我们七岁的时候，我们就已经明明白白地做出了决定，我想。因为实在没有必要为那半个小时的区别争执一辈子，我想。当你们在排演某出反映工人运动的滑稽剧时，我俩躲在提词厢[01]内，瞪着眼睛看着你们，我想。谁能坚持的时间长，谁就是老大，从那之后我们再没有为这个问题争执过，我想。我们也把比赛结果告诉了您，我想。至少您该在那个时候记住，尤迪特是我姐姐，我想。“您好，请出示车票。”列车员说。“给您。”我说。您至少也应该试着假装一次，在生我们的整个过程里，您别只记得会阴撕裂和眼底出血，我想。“这是非吸烟区。”列车员说。“对不起，

01　提词厢是设在舞台前部供提词人暗中为演员提醒台词的隐蔽木阁。

我马上就到过道去抽。”我说。尽管毫无疑问，生殖器受伤会很容易吸引人的注意力，我想。“只要拉下车窗就可以了。”列车员说。“我怎么都行，”我说，“那好，谢谢。”

当邮递员送来尤迪特从美国寄来的第一封信时，部长同志将剧院党委书记费诺同志召到他的办公室，他说，他并不是女演员维尔的忠实戏迷，一是因为他更喜欢细腰、棕发的女演员，二是反正也有那么多人排队等着获得各种各样的大奖和纪念戒指，所以让她把台柱的地位空出来并不是件坏事，然而，他从《纽约时报》上得知，那只小天鹅已经靠她那把小提琴在那里混出了名气。所以说，如果不想想办法把她从那里弄回来，实在非常可惜，不管怎么说我们是拥有音乐传统的民族，不是吗？你看，乐队首席有他们的优势，不仅可以坐在舞台最显著的位置，我们也可以相对容易地指挥他们。他们写不了什么，也画不了什么乱七八糟的愚蠢东西。想用四重奏攻击工人阶级也不太容易。简而言之，假如费诺同志能够找到这位母亲的阿喀琉斯之踵，他作为部长，将对费诺同志表示万分感谢。

由于费诺同志制定的“五年规划”受到了剧院所有人的耻笑，当然是在暗处，在背地里，所以，费诺同志为了找到我母亲内心的阿喀琉斯之踵而熬过了一个不眠之夜。他心里也感到一丝愤恨，不受制于人的时光已经一去不复返，最后他把心一横，该怎么样就怎么样吧。第二天排练时，他要求克娄巴特拉调换一个角色，去扮演一位年轻女奴。“您在开玩笑，是吧？”克娄巴特拉问。但是费诺同志回答：“这不是玩笑，女演员同志，这已经算是个不错的角色了。我们完全可以把您派到蒂萨河沿岸的人民小剧场去，那里也很需要您这样的杰出艺术家。”克娄巴特拉对导演说：“快把这个傻瓜赶到台下去！”可是导演却对这位女同事说：“请不要影响排练进程，既然您那么想参加布拉格艺术节，那就请在明天之前学会那几句台词吧。”

这个时候，克娄巴特拉没有卸妆就转身冲出剧院往家跑，眼里流出黑色的眼泪，因为泪水冲洗掉了描黑的眼线。她戴着黑色假发在市中心的街道上奔跑，头顶玻璃钻石的王冠，身穿镶嵌红宝石的乳罩，脚穿一双凉鞋，肩上披着人造丝的斗篷，这个克娄巴特拉造型是费诺同志的表妹根据一张法国滑稽剧海报想象出来的。街上的人简直不敢相信自己的眼睛，正好走出少先队百货商场的母亲们像拧鸡脖子一样地将自己孩子的脑袋转向一旁，那些瞠目结舌看得发呆的丈夫在街上被妻子扇了耳光，7 路汽车像爬行一样缓慢地从解放广场开到奥斯托利亚路口，因为乘客们央求司机不要超过克娄巴特拉。只是没有人认出这位披着斗篷的半裸女人是谁。人们没有认出这位自己喜爱的女演员，因为他们从来没有见过她真正的眼泪，在舞台上，她只是在需要流泪的时刻在眼皮底下抹一点儿越南产的清凉油。就连安东尼乌斯[01]本人也从来没有见过克娄巴特拉流泪，就连邮递员送来寄自东海岸的第一封信时她都没哭。事实上，克娄巴特拉现在才真正地知道，自己的眼泪并不是薄荷味的，而是跟其他所有人的一样，是咸涩的，她并不后悔就因为丢掉一个该死的主角而让人看到自己生平第一次哭泣，因为她哭得很有意义。感谢人民民主专政让她尝

01　安东尼乌斯是罗马恺撒大帝的忠实战将。恺撒遇刺后，他是东罗马统治者和埃及艳后的情人。后在屋大维的讨伐下逃到埃及，与克娄巴特拉七世在绝望中自杀。

到了咸味的眼泪。如果她的身份被降低了一格，即使《埃及艳后》这出戏不再受宠，即使将被从获得赞助的优秀剧目名单上调到禁演的剧目之列，她也不会感到遗憾。后来，安东尼乌斯到浴室去取缬草镇静剂和湿手巾，他解开了克娄巴特拉脚上凉鞋的鞋带，然后为她擦干净脚踝上和脚趾缝里染自科舒特大街、小环路和博物馆花园的尘土。之后，他为她脱下人造丝的斗篷，再用另一块毛巾为她擦拭脊柱凹陷处的淋漓汗水，为她放松因为哭泣而颤抖的肩膀和饰着金色皮带的腰胯，而后又擦掉沾在克娄巴特拉手上的、从被撕破了的靠垫里飞出的鸭绒碎毛。这时候，哭泣终于止住了。

“这样真舒服啊。”克娄巴特拉说，并且翻了个身，好让安东尼乌斯可以擦到她脸上沾着的碎羽毛、掺了脂粉的真正眼泪和颀长脖子上暴起的青筋，好让他用湿手巾平复她那饰有玻璃宝石的胸脯内急促的呼吸。

“别哭了，妈。”安东尼乌斯说，并用湿手巾仔细地为她擦拭腹部，从乳房下的凹陷处一直擦到肚脐下的金色腰带。

“帮我把这烂玩意儿摘下来吧，儿子。”克娄巴特拉说。于是，我为母亲解开腰带，她欠起了胯部，好让我把那条染成金色的塑料蛇纹皮带从她身下抽出来。

“这些混蛋，居然想让我去跑龙套。”她说。我为她擦掉沾在大腿上的羽毛。

“哎哟，这太舒服了。你再帮我擦擦脚掌。”她说，并且抬起一条腿搭在我怀里，我扳着她的脚踝，将她的脚举在我眼前。

“别生气了，妈。”我说，并在按摩她的细脚趾之前，用温热的哈气吹了一下她的脚掌。而后，我把她的脚后跟架到我的左肩上，因为我既不敢把它抱在怀里，也不想把它放回到床上，我们就这样坐了好几分钟，她用胳膊肘半撑着上身，一缕金发从假发套里掉出来，我用肩膀扛着她的一只脚，手里抱着另外一只。也许，这是我有生以来第一次感到她目光的温暖，但是我不敢抬起头来，因为我知道，只要我们的目光碰到一起，这种温暖就会立即消失。当然，我也清楚，我不可能这样低着脑袋坐一辈子。后来，她把脚从我的手里慢慢抽出，然后伸到我的唇边，让我吻了它一下。

“你以后肯定很讨女人喜欢，儿子。”她说，随后动作匆忙地走进浴室。

后来，在一个阳光明媚的上午，费诺同志把我母亲叫到他的办公室，给她斟了一杯拿破仑白兰地，然后对她说：“我们更为您不能继续发挥天赋而感到遗憾。您看，比方说，这个电影剧本马上就要搞出来了，里面有一个非常出彩的女主角，而且还是联合制片，也就是说，要到国外拍摄。虽然只是去保加利亚，但大海毕竟还是大海啊。怎么样，想不想再喝一杯？可是，您肯定也能理解我们，现在的情况是，出现了许多不利因素。不过，要想消除这些不利因素也很容易。即使别人不会，这些法国人真的很会酿白兰地，对吧？跟您这么说吧，只要您的宝贝女儿从国外回来，不管怎么说，我们是一个音乐强国，对不对？这里有李斯特、巴尔托克和莱哈尔乐团，还有匈牙利铁路交响乐团，所以说，我们真不明白您的宝贝女儿是怎么想的？但是只要她肯回国，我们就可以原谅她的小小失误，就当是一次教训吧，我敢保证，她不仅可以继续发挥她的音乐天赋，还可以建立许多新的关系，当然啦，她要做一点自我批评，以后要严格要求自己。您就更不用说了，不仅可以演这个剧本，还可以获得许多别的、非常适合您主演的女主角。来，再喝最后一杯吧！”第二天晚上，母亲写了第一封信，信里没提女主角的事，但是强调了叛逃的性质。我姐姐在信中只回应了一句：“尊敬的母亲，下星期我和梅纽因一起登台演出，妈，您该不会真想让我加入匈牙利铁路交响乐团吧？”

但是母亲并不认输，她再次去找领导商量。

“您就这么给她写，让她想一想自己的家人。”费诺同志说。他沉思了片刻，接着又说：“不，还是别这么写，这样会产生误解的，那些帝国主义者会把这话理解为，我们会迫害她在这里的亲人。您最好还是这样写，就说我们可以为像她这样有才华的年轻人提供良好的生活条件。”我姐姐在给她回信中说：“尊敬的母亲，这里也能为我提供良好的生活条件，尽管目前我每月只能给您寄五百美金。话说回来，我宁可在这里的哪个小旅馆里当女服务员，也不愿意回家在那种音乐会上当首席乐手。请您以后不要再给我写这些东西了。”

这一次，母亲没有再去征求费诺同志的意见，而是在信里罗列了一串自己由于那个黄毛丫头的叛逃而不能得到的角色和国家奖章，她要求尤迪特立即回国，因为她不能容忍自己的一生被断送在一个小婊子手里。要么搭乘第一班飞机回家，要么对她来说这个女儿就从今天死掉了。我母亲还发誓说，不仅当女儿死掉了，还要给她举行葬礼，要把她留在家里的所有破烂玩意儿统统埋进坟墓里。

一天上午，我在找药，头疼得厉害，后来我疑惑不解地盯着几封塞在维特海姆牌缝纫机抽屉里、已经撕开了的信愣了好几秒钟，因为我一直以为尤迪特的所有信件我都在吃早餐时给母亲读过。

“看起来，大都会也并不是那么糟糕的地方。但是可怕的是，你总是不能够流利地读信，儿子。你没有通过中学的毕业考试，我一点儿也不觉得奇怪。”她说。

“我并不是朗读考试不及格，妈。”我说。

“真的吗？那就不说它了，你继续念吧！”她边说边把半生不熟的煮鸡蛋摊到烤好的面包片上，我继续读信。只是我读的那些信的内容，跟被母亲塞到缝纫机的抽屉里、藏在药盒后面的这三封信完全不同，而且收信地址写的是剧院地址，收信人是“维尔·莱贝卡女演员”。在这三封信里，尤迪特已经跟母亲以你相称。并非出于放肆无礼或桀骜不驯，而是所谓一个女人跟另一个女人对话。这七张从五线谱本子里撕下的纸上充满了责备，我目瞪口呆地站在房间中央，突然意识到自从姐姐来了第一次月经，我就对她一无所知。我正要把信原封不动地塞回信封，想装作根本就不曾看到，但是就在这时，我在镜子里注意到母亲那充满遗憾的眼神。

“我可怜的孩子。”她边说边从我手中夺去那几张五线谱纸，捏在手里的样子就像拎着一只死耗子，只用两根手指，眼里黯然无光，如同一只刚被人打过的动物的眼神，我清楚地知道，从这一刻起，我们将以完全不同的形式开始生活。过去的规矩都在这一刹那彻底失效。

“我可怜的孩子。”她说，然后撇下我走了。

直到深夜，她才带着一位身穿运动背心的舞台美工回到家来，那人的肩上扛着一个黑色的道具棺材。

“请把它放在这儿！”母亲边说边用脚踢开摊在房间正中的衣服堆，将五百福林塞到年轻人手里，然后关上了房门。

我始终坐在她的床上。

“来吧，妈，睡觉吧。”

“快从我屋里滚出去！”她说，但我还是待在原地一动未动。

她用脚踢开棺材盖，先把尤迪特的衣服扔进去，然后是所有乐谱，从帕格尼尼到斯特拉文斯基，还有谱架、琴弦和琴弓。从出生证、留在家里的衣服到茶杯，所有的一切。之后她找出一个装满了家庭照片的黄色鞋盒，面无表情地坐到我身边，开始动手扔照片，就像从麦子里择蒿子。只要照片上有维尔·尤迪特的，一律扔进棺材里，小麦扔到我怀里。我看着挂在对面墙上的玛利亚圣像，就像那些在母亲日、生日和班级郊游时拍摄的照片一样沉默不语。我知道，在大部分的照片上也有我。但我没有任何感觉。甚至连疲乏都感觉不到。毫无感觉。

之后，她环顾了一下房间，以防漏掉什么东西。她在浴室里找到一套内衣，在小屋里翻出一只旧书包。

“这个书包是我的。”我说。

“那好。”她说，随手把书包扔到箱子和杂物之间。

那个书包真是我的。

后来，她从储藏室里拖出一只工具箱，开始在棺盖上钉钉子。所有的钉子都钉弯了，因为她捏钉子的角度不对。钉到第五根或第六根时，她干脆将锤子递到我手里，我围着棺材钉了一圈。我根本就没想对她说，让她去找一个舞台美工来干这活儿。或许，我脑子根本就不曾动过这个念头。除了该怎么钉钉子外，我什么也没想。钉完之后，我说:“晚安，妈。”

早晨，她去了一家天主教书店，那里不仅卖书，还卖各种日常使用的宗教物品：发着荧光的玫瑰花束，家用圣水罐，戴着头巾、怀抱圣婴的石膏圣母像，还有耶稣受难地的三维图片，总之，那里什么都有，不是从那些提供日常宗教活动用品的国产小作坊买来的，就是从梵蒂冈批发商手里搞到的。母亲买了十张未经填写的讣告通知，等我醒来时，她已经填写完毕。

“早上好，妈。”我说。

“啊哈。”她一边应着，一边继续用蝇头小字从电话簿里抄写政府部门的邮政地址，因为她不仅把讣告寄给我姐姐，还要寄给剧院党委书记、文化部部长和卡达尔·亚诺什[01]。一点看不出她是在发疯。我站到母亲身后，看着她将邮票用吐沫沾湿，贴到带着黑框的讣告信封上。

“别写了，妈。”我说。

“这事你别插嘴，儿子。”她说，并把我的手从她的肩膀上拨开。

后来，她出门了，在凯莱佩什公墓深处的一个角落里购买了一个墓穴的二十五年使用权。藤蔓缠绕着孩子们的坟墓，爬到轮胎厂眼看就要坍塌的墙根，那里可以听到叹气般的轮胎充气声，仿佛埋在地下的死者仍在喘气。掘墓工们牢骚满腹，因为十四号墓穴太难挖了，菩提树、栗子树和悬铃树的树

01 卡达尔·亚诺什（1912—1989），从 1956 年至 1989 年担任匈牙利政府领导人。

根在这里交织到一起，盘结缠绕，没有任何工作比用斧头砍树根更糟糕的了，即使在岩石上凿穴也会比这个容易些。不管怎样，他们终于赶走了雉鸡，拔光了杂草，挖出一个土坑，他们死活也不可能想到自己的劳动会升华为舞台表演，因为从表面上看一切都很正常。比方说，石匠斯穆克·尤若夫为了能得到一瓶芬兰伏特加，只花几分钟就将我姐姐的名字连同日期一起刻在了一块事先凿好的方尖石碑上，不仅将字母描成金色，而且还负责运输。殡葬公司经理没让母亲出示死亡证明，准确地说：母亲在位于蛇街的外汇商店里用尤迪特寄来的钱购买的一条美国香烟和一瓶苏格兰威士忌，就是我姐姐的死亡证明。总之，事情没遇到任何麻烦，没人说“这里已经三十年没安葬过谁了”之类的话，四位掘墓工抄起工具，伴着轮胎厂断断续续的抽风机节奏，铲掉丛生的灌木，砍断纠结的树根，为维尔·尤迪特挖了一座衣冠冢。

“这件衬衫太难看了。去给自己买一件正经的衣服。”

“我不去，妈。”我说。

“让你去你就去。赶快穿上衣服。”

“我说了，妈，我不去。”

“爱去不去。你愿意怎么着就怎么着吧。”

“求您别再折腾了，妈。”我说。

“这事只跟我一个人有关。你明不明白？”

“我明白，妈。但她永远不会原谅您的。”

“你想错了，儿子。你根本想象不出，人在必要的时候可以原谅自己那么多事。”她说，随后打扮完毕，叫了一辆车顶上带行李架的出租车。

司机十分抱歉地说："您别生气，夫人，我不是运尸的。"母亲从皮包里掏出两千福林，结果证明，在特殊情况下，棺材也可以被当成行李运。男人动手抱起棺材，结果发现比他估计的要轻得多，因此，他没把棺材扛到肩上，而是夹在胳肢窝里就搬了出去。他把棺材举到行李架上，随后用带弹性的行李带固定好，母亲穿了一身黑色西服套裙，脚蹬一双透气的凉鞋，手拿一只绒面手提包，坐到出租车的后座上。

"我们可以走了。"她说。他们直奔凯莱佩什公墓，径直穿过林荫蔽日的中央大道，开到最深处的儿童墓区，但是在土坑前既没有党委书记，也不见文化部部长，卡达尔·亚诺什更没有来，只有四位掘墓工，母亲对司机说："请您稍微等一下，几分钟之内就办完事。"在他们将棺材放入墓穴的过程中，出租车的计程器始终嗒嗒作响。两个福林四铲土，从帕格尼尼到斯特拉文斯基，因为掘墓工故意拖延时间，为的是能多瞧我母亲两眼，她穿的那身黑色绸面套裙[01]，就跟从前她在亚历山大百货商店的试衣间里穿时一样合身。

尽管东德的服装业并没有期待这身套裙会产生如此的效果。服装设计师们根本未曾料到，演员的夫人们会因为看到这身套裙，刚从儿童期忧郁症中解脱出来，就又一头跌入悲痛欲绝的忧郁之中；之后剧院院长们的秘密情人们，会因为看到这身更为神秘的套裙而觅死觅活，被清洗肠胃；数以百计的妇人们心里怀着十年婚姻所积蓄的氰毒，想将这条绸缎裙子和这件只有两枚纽扣、面料下乳头紧绷的绸缎外套送上

---

01 作者用了大段的篇幅描写这套由东德生产的、本来很含蓄朴素的夏装在女演员维尔身上显出的特别效果，不仅描写出女主人公体形的性感，更入木三分地刻画出母亲自恋的性格。

火刑柱。而那些昔日的导演助理、酒窖跑堂和肉铺的伙计也都同样希望将这身套裙付之一炬，即使已经过去多年，他们想起来仍会直冒冷汗，他们一旦在梦中感觉到那对乳房的杏仁味，就会在清晨的浴室里抡起拳头朝自己的女儿脸上砸去，并且大声叫嚷："别再让我看到你穿这样的烂布！"就因为可怜的孩子们正对着镜子试着某件刚从二手店里买回的绸料套裙。总而言之，东德的成衣产业做梦也不曾料到这样的后果。服装设计师当初只是想设计一套含蓄的夏装，当然还要配一件衬衣，比方说米黄色的，可以让十八岁至三十五岁的办公室女职员们周末穿上它去电影院。但当我母亲在亚历山大百货商店的试衣间里穿上它时，却惊讶地发现，这身套裙的表现力要超过绸料本身的百倍千倍，即使三个月没来月经也不会破坏她欣悦的情绪。

"我们可以走了。"几分钟后，她对出租汽车司机说，因为她对铲土的工作毫无兴趣。等到几位掘墓工将土坑填平，她已经坐在了费诺同志办公室里那张她已经坐过无数次的沙发上，她问，党现在是不是能够对她满意了？尽管她写信劝说没有奏效，但她对此也无能为力，毫无疑问，她女儿不是一个简简单单的迷途羔羊，而是一个不可宽恕的卖国贼，她为了自己的事业不仅毫无羞愧地出卖自己的亲生母亲，而且背叛了工人阶级。她是一个卑鄙的畜生，一个可恶的小婊子。费诺同志亲眼看到，她已经跟女儿彻底断绝了关系，从现在开始，对她来说她女儿已经死了。通过这个行动，她不仅作为一位母亲，而且作为一名演员，都已经符合革命的道德。起初，党委书记以为我母亲说这些只是出于对他所代表的意识形态的嘲讽，他警告这位艺术家同志，匈牙利社会主义工人党不能容忍她这样的态度，但是他很快就惊诧地发现，对方的话里并没有丝毫的讥讽之意，这个女人千真万确就是这么想的。于是，他朝我母亲脸上啐了口吐沫。

她把工作证藏在演员入口前的橱柜里，仿佛是塞一张已经吃完了的酒心樱桃巧克力的包装锡纸，但是回到家里，她连关上遮阳窗板的力气都已然耗尽。她费劲地踢掉凉鞋，解开套裙，四肢平摊地躺在床上。

“给我拿条湿毛巾来，我的偏头痛又犯了。”她说。

“我要搬出去住，妈。”我说。

“啊哈。”她应了一声，随后脚步蹒跚地去浴室取湿毛巾，我将几件干净内衣放进书包里。

我透过房门看到，她躺在床上，躺在光线昏暗的房间内，躺在那些佯装是维尔家族遗物的道具之间。黑色的丝绸外套从她的肚子上滑下来，整张脸盖着一块湿毛巾。她赤裸得如同一具尸体，一具只有洗尸工和上帝才会欣赏的尸体。此时此刻，从她眼睛里流出的很可能是费诺同志的口水，而不是眼泪。我感觉到什么，但我感觉到的全部仅仅是窒息。如果现在我不从这里逃走的话，那么就永远不可能逃走。至少我想恨她，我想。就像尤迪特恨她一样，我想。或者就像那些吃了许多安眠药的妻子，她们终于能够透过焚尸炉的小窗口看到里面的尸体连同绸料套裙一起化成灰烬，她们将自己丈夫的脸按到防火的玻璃上，让他们好好看清楚了，看他们还想不想再干她，再操她。

“我得走了，妈。”我又说了一遍，但屋里已经不见人影，只有那块贴在她脸上的毛巾。

“我会把门锁上。”我说，然后锁上房门，步行到环路，尽管我根本不知道可以去哪儿。后来我突然想起来，克列梅尔夫妇曾跟我说过，我随时可以去他们的农家小院住。

那时候，农家小院十分流行，黏土的墙壁，清新的空气，还有摆在院子里的、用天竺葵装饰的马车，农民们只是好奇地看到，这些来自佩斯的知识分子是多么激情洋溢地搅拌沙土，多么专业地修补眼看就要坍塌的砖垒烤炉，在漆成棕色的运煤马车上挂满了天竺葵，多么富有创造性地将已经发臭了的腌白菜桶和奶酪罐，改制成花园里用的露天圆桌和座椅，将打碎了的陶罐改造成台灯。婴儿们坐在揉面用的木盆里顽皮地戏水，父亲们用铁锉在磨镰刀的刀刃，母亲们则往烤面包的铁铲上刷漆船用的清漆。农民们只是惊讶地看到，女主持人一边在电视里朗读最新新闻，一边在隔壁院子里种洋葱，于是隔着篱笆问，这是怎么回事？她是怎么分身的？女主持人耐心地解释，电视里播的是录像，因为今天的技术已经很发达了，这个问题可以解决，农民们说，这个他们非常清楚，他们想问的并不是这个，而是：怎么可以在星期五录制星期六的新闻？怎么可以预先知道将发生什么？女主持人被问得有些尴尬，她赶紧反问：这里的土质怎么样？一个坑里种两个葱头就够了呢，还是应该种三个？农民们回答，这里的土质还可以，我们一般一个坑里只种一个。

去之前最好给他们打一个电话，我想。我从口袋里掏出两个福林，但我忽然想到，他们肯定会问我母亲的情况。我们过得怎么样，有没有尤迪特的消息等。我要先想好怎么回答，我想。我肯定不能跟他们说，我妈疯了，我想。这显然不能跟任何人说，我想。谁也不能说自己的母亲精神有问题，我想。我试图编个什么借口，这时候忽然下起了雨，我躲到一个报刊亭的棚檐底下，从那里望着进站离站的有轨电车，但我始终想不出来，如果他们问我母亲的情况我该怎么回答。当第十辆有轨电车也已经开走，我清楚地知道，我没有能力跟任何人聊我的母亲。这时候，卖报人从小窗口伸出脑袋，透过报纸和杂志问我，到底想买什么？我说，对不起，我只是在等人，并要了一本《电影戏剧音乐》。当他把杂志和该找的零钱递到我手里时，我突然惊诧得意识到，我无处可去。准确地说，我可以去任何地方，无论我在哪儿，只要我一受到卖报人的惊吓，总会买一本《电影戏剧音乐》。这就像从乡下参军的士兵们，即使是在前线挖战壕的时候，也会抓一把土在手心里揉碎，看看这里的土质究竟适合种小麦，还是种大麦。

一个五十岁左右、喝得半醉的女人跌跌撞撞地走在马路上，身穿一件红色连衣裙，光着两脚。好几辆汽车向她鸣笛，几个司机冲她破口大骂，女人朝他们啐了口吐沫，大声嚷道："我就是婊子。"头发蓬乱，鬓发湿漉，一串串雨滴滚到厚厚的脂粉上，好像流在涂蜡的帆布上。她一手拎着伏特加酒瓶和两只鞋，另一只手中攥了一只黑乌鸦。"我就是婊子。"她不停地说，即使过了马路仍喋喋不休，但她已经不嚷嚷了，只是这么自言自语，带着念珠一般的超然。她把鸟扔在路边，试着穿鞋，但摇摇晃晃地跌在电线杆上。最后，她坐到潮湿的马路边上，乌鸦在她旁边的柏油路上扑棱着翅膀。

等她终于系上鞋带的扣子，这时乌鸦已经咽气。折断的翅膀一动不动地贴在积水的柏油路面，仿佛被沥青粘住了，直到女人穿好鞋后，她才瞥了乌鸦一眼。“莱贝卡，醒醒。”她说，伸手捡起那团浸湿的羽毛，不愿相信它已经死了。之后，她试着往鸟嘴里灌伏特加，所有的酒都流到了水洼里，她紧张起来，愤怒地抓住乌鸦的脑袋往地上狠摔，发疯地叫喊：“莱贝卡，快飞啊！莱贝卡，快飞啊！”马路沿上溅满了血，因为乌鸦的脑袋已经断了一半。

汽车站上，一个女人用手捂住孩子睁大的眼睛，说：“别看那个丑老太太！”她说，但是孩子还是想看，结果被母亲扇了个耳光，被拽到人行道的另一边。卖报人从报刊亭探出脑袋喊道:“你要是还不从这里滚开，我就把你踢到电车底下！”女人并不理睬，男人冲过来一把揪住她的头发。

“放开她！”我冲他吼道，以前我从来不参与街头的事情。

“你少多嘴，否则我连你一起收拾！”他说。

“听见没有，放开她！”我再次喝道，但声音已经小了很多。

“那就带着这只死鸟赶紧滚开！”男人恼怒地说，随后骂骂咧咧地回到报刊亭，随手使劲撞上了门。

女人抱住我的大腿，就像抱着一根树干，我一时不知该说什么。在我脑子里闪过的只有“别闹了”或“别嚷了”，过了一会儿，我只是感觉自己将在这里，将在环路和贝尔库奇什大街街角的水洼里，跟这个抱着我大腿的婊子站整整一辈子。我真后悔刚才没有逃走，我真该逃走，把这一切留给卖报人处理，过了一会儿，我抓住女人的胳膊，至少不再让她这么抱着我。

“拉我起来。”她说。我帮她站了起来，之后她靠在电线杆上等着，等我把乌鸦包在《电影戏剧音乐》里。她把纸包夹在胳肢窝下，挎着我的胳膊走向广场。我看到一条没被人卸掉坐板的长椅，但是她不想坐下。

“这里不行。”她说。

“你住在哪儿？”我问。她用头朝旁边一条小街指了一下，随后将乌鸦扔进一只垃圾桶。

房间位于后面的楼道，对着公共厕所，但是女人先要爬到一个马桶上，从水箱上取下作为门钥匙使用的门把手，我们终于走进一间当作寓所的洗衣房。自从哈伊杜牌洗衣机推广之后，区委员会就将这些洗衣房改成公共救济住房，里面刚好能放进一张破床、一张小桌、两张断了扶手的沙发、一个柜子和一个煤气罐式的炉灶。

在煤气炉和水龙头周围的石灰墙上，贴满五颜六色的杂志封面。有的地方图钉掉了，演唱舞曲的女歌手和展示春季羊毛开衫的摄影模特们匍匐在墙，在《拉凯塔小说报》大胆裸露的封面女郎背后可以看出潮湿的墙砖，但还是闻不到什么霉味，而是一股鸟舍的味。这时，女人打开衣柜，房间里突然充满叽叽喳喳的鸟叫声。柜子里的隔板上，总共摆着二十五只鸟笼，鸟儿见到灯光都醒了过来，笼子里有金丝雀、鹦鹉、水鸥、斑纹雀和布谷鸟，还有十分普通的鸽子、巴尔干斑鸠、黑画眉和一堆麻雀，有的鸟在笼子的底板上无可奈何地扑棱着翅膀，因为翅膀已经折断了。

“有烟吗？”女人问。我告诉她已经抽完了，她跪到地上，用手在床下摸了一阵，摸出一只玻璃罐，她从罐子里抓出一把钢镚儿塞到我手里说："去买一包燕牌的回来。"

售货的女孩已经开始扫地。她说我应该早点来，收款机已经锁上了。我说她可以算到明天的账上。她说不行，万一我是检查员，她会被老板开除的。我说我不是检查员，我妈自己不能下楼来买，因为她的翅膀折了。女孩笑了，让我从已经放下一半的卷帘门下面钻进去，其实我把腿说成了翅膀，只是偶然的口误。我还买了四个小圆面包和四两粉肠。我回到屋时，女人正躺在床上望着在衣柜里鸣叫的鸟儿出神，就跟别人看电视一样，或者像站在窗前俯视街道，看外面的世界在发生什么。

"饿吗？"我问。我把吃的东西放到小桌上。

"你吃吧，我今天不吃东西。"她说，随后坐起来，点燃一支烟，继续盯着那些鸟发呆。对面的厕所发出撞门的声音，之后一个男人的叹息声跟金丝雀、麻雀的叽喳声混在了一起。"这是尼特拉伊，"她说，"他已经便秘两个星期了，每天晚上都被屎憋得在这儿哼唧。"随后她朝尼特拉伊喊了一句，要他喝几口蓖麻油，男人骂道："你给我闭嘴，否则我把你告到道德委员会，你这个烂婊子！"

"他才不会告我呢。"她挥了下手，好像只是为了安慰我，让我尽管留在这里，随后摁灭烟头，点燃煤气为杯里的水加热。"它们喝凉水会生病的。"她说，然后从一个纸袋里抓了一把什么籽撒到鸟笼里，让它们吃。

"它们都是从哪儿来的？"我问。

"哪儿来的都有。好的那几只，是客人送给我的礼物。只是每只鸟拿来时都折断了翅膀，所以才很便宜，或是人家免费给他们的。不过无所谓，反正它们在这儿也不能飞。”

“那只乌鸦是哪儿来的？”

“刚才我在广场上捡的，翅膀被狗咬断了。”

她把小拇指伸到杯子里，看看水温够不够，她为每只鸟笼添好水后，又点燃了一支香烟。

“你想干我吗？”她问。

“不想。”我说。

“你是个绅士。肯定常去安娜咖啡馆。”

“那倒不是。”我说。

“其实，你只要给我三百福林。安娜咖啡馆我也去过。”

“我还没去过。”

“结婚了吗？”

“没有。”

“你就是结了婚，也没问题。结了婚的更喜欢嫖妓。”

“我能睡在这儿吗？”我问。

“那也要付三百福林。但只能住今天一夜，因为明天会有客人。邮递员每星期二都会来。”

“行。”我说。

“金丝雀就是他拿来的。那你现在就得付钱，要提前付。”

“当然。”我说。我掏出三百福林，她接过钞票，塞到柜子里，藏在一只鸟笼背后。

“放在那儿谁也偷不走。只要有人走过去，它们就会醒来尖叫。比狗还管事。”

“那是你吗？”我用手指着贴在床头的一张照片问。

“那是我妈。”

“你们长得很像。你母亲很漂亮啊。”我说。

“你用不着讨好我。你既然花了三百福林，你就可以干我。你要成了我的客人，就给我带鸟来。”

“我不是讨好，她确实很漂亮。”

“是的。她在这儿可以看到一切……怎么，还不脱衣服？”

“我确实只是想睡一觉。”

“你是被老婆赶出来的，对吗？”

“我没有老婆。”我说。

“你要不想说她，那就别说。”

“你为什么不相信我没有老婆呢？”我问。

“对我来说，你有没有老婆都无所谓。我可以相信你，”她说，“我只是想说，那些有妇之夫最喜欢来这儿干我。来几次后，他们就会养成来这儿的习惯，因为所有的老婆都会把精液吐出来。其实吃什么都一样，最终全都变成屎。”

她关上柜门，鸟不再叫了。

“嘿，把这个喝掉吧。”她从煤气灶下抓起半瓶伏特加塞到我手里，之后脱下红色连衣裙，解开胸罩的背扣，掏出两个巨大的乳房，垂在胸前，如同揉成球的海绵或攥成团的雪球花。

邮递员肯定是奔着这对乳房来这儿的，我想。可能他也有什么精神问题，我想。那些瘸子，最喜欢逃到这样的巨乳间避难，我想。那个坐轮椅的，每周日都朝这边赶，肯定也是为来这里，我想。他一只手摇着手轮，一条腿操控着三轮车的方向，镇定自若地穿过红灯，是死是活对他来说反正已经无所谓了，我想。他故意从交通警察的脚面上轧过去，警察气得冲他骂娘，说他蠢货，但还是赶紧跳到了一旁，没有查他的身份证，因为警察也不是傻瓜。警察知道，跟这种是死是活已经无所谓了的人纠缠没有任何意义，我想。这个我们明天也可以试一下，我想。我们大摇大摆地闯红灯，如果警察不跟我们要身份证，那就说明我们也觉得无所谓了，我想。我看着女人蹬掉鞋子，她的脚上都是沙子，她从枕头底下摸出一条手帕，往上啐了口吐沫，擦了擦脚，随后将那块破布扔到床下。

“嘿，你过不过来？”她问。

“我还是在这张沙发上睡吧。”我说。我喝干了瓶里的伏特加，很快就觉得眼皮打架。

“你把衣服脱了，我不是小偷。”她说。

“我知道。”我说。

“那等会儿你把灯关上。”她说，随后拉过毯子盖在身上。

我把两张沙发拼到一起，脱掉衣服，在墙壁上伸出的水龙头前用手捧着喝了几口水，因为伏特加烧得我嗓子难受。

“你为什么想让你母亲看到一切？”我在黑暗中问。

“你要不操我，那就睡觉！”她说。

我耐心等待，终于等到列车哐当哐当地穿过这片无人区，穿过这片三流的绿化带，因为我对城郊实在反感。其实，我也说不出来反感的理由。小佩斯的别墅区很可能要比大环路一带的环境好许多，但是哈瓦那的居民区要比荒漠还好许多呢。从前，我要是在这里的哪栋板楼里醒来，肯定会感到无端的惶恐，会认为自己永远不可能找到家，不过许多年里，抽屉里还是堆满了画着地图的纸条。有一些是用烧焦的火柴棍画的，因为当时床边没有别的文具。“给你，这样画得够清楚了吧，小帅哥。你沿着这条路一直走到头，在副食店那里向右拐，在那儿把这张纸条连同我的地址和电话号码一起丢到垃圾桶里，我可不想你再在做爱的时候把我当成心理热线主持人。”当然，还有的画在凌晨喝咖啡时用过的印着红心图案的餐巾纸上，从笔记本里扯下的纸页上，或用口红画在碎布片上。“给你，把它留好，小家伙，上面有我的地址和电话号码。你沿着这条街往前走，在副食店那里向左拐，那儿有一个汽车站。现在你得赶紧走了，因为我爸爸马上就要下夜班，我丈夫随时可能从列宁格勒回来。”于是，我撒腿就跑，试图能赶上午夜列车，就跟那次一样，我把一个被选拔为时装模特的女教师当成了心理热线主持人而对她痛哭失声。总之，若从这个角度看，人在做爱之后不管出于怎样的原因总要赶紧逃走，真对不住这么多笔记本的纸页和印着红心图案的餐巾纸。

不过，我非常理解您为什么这样讨厌艾丝特，妈。您更乐意我继续积攒那些一次性地图，连同风干的口红、金色的发绺及写在我后背上的、韵律讲究的十四行诗。您更乐意我继续积攒那些我永远不会再打的电话号码和从项链上掉下来的小十字架、镀金的心形项坠和犹太六角星，毕业榜照片和十二宫图饰坠。双鱼座和天蝎座一样多，这并非出于偶然，妈。当然还有，其他东西的数量也都相同，以及跟每样东西相配套的内衣，还有一盘卷了带的皮雅芙音乐磁带。

毫无疑问，跟艾丝特相比，这类一文不值的纪念品更让您放心，妈。艾丝特与镀金的心形项坠或欧沃牌[01]录音带相互抵消，录音带的 B 面有偷偷录下的呼吸声，作为某种实用的纪念品在分手时被塞进口袋，好让人即使远离天使之地[02]也能

01　欧沃（Orwo）是当年东德著名的电影胶片和录音带品牌。

02　“天使之地”是布达佩斯第十三区的别称。

用什么帮助手淫。"你以后在手淫的时候能想起我来，对吧？"我撒谎说，当然会，因为在这种时候没有什么会比说出事实更羞辱人了。没有什么借口好说，我们对这种接触已感到厌恶，就在两小时之前我们还在无轨电车上或波兰菲亚特汽车内欲火中烧，想来我已经至少半年没被人领到新佩斯[01]的出租公寓或鹰山[02]上的别墅里了。

所以，即使在拥抱之后，即使平滑肌不能向大脑里输送任何欲望，人们也没有理由说他以后永远不会听录在磁带 B 面的呻吟声。脑子里什么都想不起来，只有国营彩票广告投进屋内的霓虹灯光，在做爱之后，它突然照亮了被刷成霉绿色的整个房间。即使写在后背上的十四行诗也无法唤起任何记忆，只有笔尖的划痛，至于被扯破的衣领，我只记得那是我最好的一件衬衫。但我看出来了，十几年来，这些一夜情的女人要比艾丝特更让您放心，妈。

在拉库什兰德泽火车站，有三个男人坐进了包厢，他们都是搭火车进城的铁路工人。他们几个结伴搭车去东火车站，可能只是为取一块刹车的闸皮或借一把工具，然后在候车室喝一两瓶啤酒等下一班火车进站，这样路上至少要花一个半小时，但是谁也不抱怨。想来坐火车的时间将被算进工时里，再者说，让铁路工人搭公车或电车，感觉就跟海员在陆地上一样别扭。铁路工人对城里的公交车嫌恶透顶，就跟被拴在一个地方一样难以忍受。这是我从一位列车查票员那里知道的，

---

01 "新佩斯"是布达佩斯第四区的别称。

02 鹰山位于布达佩斯第十一区和第十二区之间，是有许多豪华别墅的富人区。

他告诉我，比方说他无法在枕头上睡觉。妻子三十年如一日地为他铺床，他却三十年如一日地把枕头扔到地上，将铁路工作包垫到脑袋下，因为这是他从年轻时养成的习惯。女人则在黎明宾馆工作，所以不可能期望她不把枕头放到床上，向来习惯决定一切。不过谢天谢地，他们三十年里只吵过一次，毁掉了他俩的第一次避暑假期，由于没带铁路工作包，所以在全国总工会度假村里四天四夜无法入眠。每天早上他都恶心呕吐，将枕头揉成一团，他试着将妻子用来装浴巾、垫子的柳条筐枕在头下，但无济于事，只得在第五天打道回府。小夫妻差一点分道扬镳，好在后来女人意识到自己错了，因为世界上没有一个铁路工人可以离开工作包睡觉的。

还有一次，我和一位火车司机聊天，他之所以病退，是因为自从他遇到第一位自杀者后，再没勇气爬上火车头。“我的手痉挛，松不开车门把手，你想象得出来吗？我居然站在台阶上哭了，当时信号灯已经放行。后来，调度员和车站领导来了，两个人费了很大的劲才把我的手指从铁杆上掰开。医生当天把我送进布达佩斯铁路医院，想来绝大多数火车司机都轧死过五六次人，这事本该在意料之中。培训的时候，师傅就说过，不要为这个大惊小怪，因为生活中有很多卧轨自杀者，就跟鹿或兔子一样多，他们自杀是他们的事。不管谁有这样的癖好，结果都跟我们无关。遇到这样的情况，最好持续鸣笛，然后一冲而过，好像什么都没有发生，因为这不会带来任何的麻烦。而我，连鸣笛都忘了。当时我整个人已经瘫痪，你明白吗？在陶陶巴尼奥拐弯处站着一个领着两个孩子的妇人，她并没把孩子搂到自己跟前，而是像钻天杨一样并排站着，三个人都迎面站在那儿，你明白吗？那个六岁的小姑娘盯着我，像看一棵挂满礼物的圣诞树。后来，在第二天的报纸上登了几幅现场的照片和一篇诅咒这类母亲的文章，记者对受到如此惊吓的火车司机深表同情。我真想找到这个记者，问他有没有看到那个母亲领着两个孩子站在铁轨中央？我想要他写一篇纠错声明。写他们三个站在那儿，就像三棵钻天杨，我没有鸣笛，几个同事在聊天时劝我，叫我不要多想，烦心事已经够多的了，我应该知道，即使鸣笛也没有用。第二天我无法上班，我的手粘在了火车头车门的扶手上，就这样我办理了病退手续。从那之后，我在地窖里种平菇。”我问那位火车司机，他为什么还乘火车。他说：“小伙子，这不像你决定从除夕开始戒烟那么简单。因为铁路工人不可能离开火车活着。我有免费车票，每个星期天我都搭一列普快去德布列森或米什科尔茨，之后再搭夜车回来，因为我在那里无事可做。”

当三个铁路工人坐进包厢，我迅速从口袋里掏出神父给我的那个本子，坐在角落里假装阅读，因为我不想跟任何人搭话，人们一般不好意思打搅看书的人。这样他们就不会问我要去哪里、有没有成家。不管谁手里捧着书，谁就没有真在现场。这样一来，他们就不会递过小点心让我吃，给我饮料让我喝，因为书可以让人变得隐形。即使当着读书的旅客，他们说话的嗓门也没有放低。总之，我掏出书来，心里感到颇为好奇：拉扎尔神父到底将哪位作家的书替代《忏悔录》塞到我手里？他凭什么确信我没听说过这个名字？尽管我对基督教文学的了解有限，但对这类东西，推测总比确信要好，神父。我翻开书后，只是感到某种羞愧，可我还是以自己的方式让别人相信，或许从预制板房的旮旯里还能找出什么比一小盘带毒的圣饼更能让上帝愉悦的东西。我翻看那个包着黑皮的空白本子，但是除了苍白的羞愧之外，什么都没有感觉到。恐怕我会让人失望，神父，就像吉卜赛孩子让荷兰慈善业失望一样。所有的毛衣都沾满了泥浆，我想。这还不算，他们还穿着它骑在偷来的马上，穿着它坐在通向虚无的台阶上，我想。也许这并不像我们想象的那么糟糕，我想。那个不知道码头在哪儿的船员说得没错，水上没有一丝风，但是只要有马肉在，为什么还要迫不及待地想靠岸呢？我想。尽管他确实非常热情，而且这本救助手册也是一件很巧妙的礼物，但它们起初跟我的 A4 纸一样干净，我想。我有理由推测，就连该隐种的小麦也要比我写在纸上的东西更讨上帝欢心，神父。事情本来就应该这样，上帝不会为此降罪于谁。我即使处于自己最好的状态，也不过是一块发声的矿石，上帝对此也无能为力。因为他要么万能，要么无能，相对而言我们更认为他是后者，神父。

“你变瞎了吧！”十岁那年我自言自语，我睁着眼睛在家里跌撞蹒跚，好像真的变瞎了一样。一连三天，我不是把茶倒在杯子外头，就是一头撞在门框上。我不用费劲，就装得很像。可是我发现母亲根本就没有注意到，只有尤迪特知道是怎么回事。

“我是瞎子，但你别告诉任何人。”我说。

“好。”她说，随后为参加学校音乐会继续练琴。母亲正往身上穿一件波斯皮袍，我看着她，仿佛看一块乌玻璃。之后，她从冰箱里迅速地拿出一块熊牌奶酪，切成薄片，转身出门直奔剧院。

“星期一剧院休息。”尤迪特十岁时说。

“肯定是去排练，星期五公演。”我十岁时说。

“星期一没有排练。星期一是演员的星期天，就跟星期六是犹太人的星期天一样。”

“那今天就不是星期一。”我说。她听了之后放下提琴，将摆在母亲桌上的日历拿过来。

“你好好看看，是星期一。”她说。

“我看不见。”我说。

“对不起，”她说，“这里写着，星期一，晚上八点，E-Té。”

“你看对吧，《人类的悲剧》[01]。”

“埃芬巴赫·托马什。”她说。

“《人类的悲剧》。”我说。

“埃芬巴赫。再者说，自从那些持‘高尔基季票’的观众站起来为《法伦斯泰尔村庄[02]》鼓掌之后，《人类的悲剧》就已被禁演了。”

“那就是别的什么人。她答应过我，埃芬巴赫不会再来这里。”

“他们只是排练而已。你为什么不乐意他们在家里排练？你要想让他们立即停下，都不用跑到舞台上去。”

“他们总是大嚷大叫，吵得我睡不着觉。再说，她不能

---

01 《人类的悲剧》（*Az Ember Tragédiá*）是匈牙利19世纪诗人、作家马达奇·伊姆莱的戏剧杰作。

02 “法伦斯泰尔村庄”（Phalanstère）是法国19世纪空想社会主义者傅立叶提出的一个乌托邦概念，是一种工农结合社会基层组织。他还为“法伦斯泰尔村庄”绘了一幅建筑蓝图，中心区是食堂、商场、俱乐部、图书馆等。建筑中心的一侧是工厂区，另一侧是生活住宅区。

骗我。妈妈甭想骗我。埃芬巴赫根本就不是演员，他只是个记者。”

“他是评论家。跟演员差不多。”

“那我不管。她得试着一个人活着。”

她牵着我的手进到厨房，将熊牌奶酪抹到一块小面包上递给我，好像我真是瞎子一样。后来门开了，母亲回来了，她不但没有打招呼，而且连皮袍都没有脱，径直冲进浴室里。

“你看，今天没有演出。”尤迪特说。我们也丢下吃了一半的晚饭，回到我们各自的房间里。

“她有偏头痛，你别练琴了。”我说。

“咱们打牌吧。”她说。

“我看不见。”我说。

“那咱们就玩多米诺骨牌。你可以用手摸。”

后来大概过了有十分钟，母亲还是推门进来，一只手攥着一块湿绒布手巾按在血管怒张的太阳穴上，另一只手攥着门柄，青筋暴跳，好像攥着一把匕首，那只手看上去显得更美，片刻间我忘了自己是一个瞎子。那是唯一的一个不确定的瞬间，之后我的视线又像看一块乌玻璃似的穿透了她。我没有直视她的眼睛，而是盯着她背后某个很远的地方。

“你别想再干预我的生活！我绝对不能容忍，再因为我这乳臭未干的儿子遭人侮辱。”她说完之后摔门而去。

“现在是因为埃芬巴赫。”尤迪特说。

“没关系。至少他不会再来了。你能帮我把睡衣穿上吗？”

“你还瞎到什么时候？”

“我也不知道。”

“你为什么不当聋子呢？那样她会很快注意到。”

“不一定。另外，那样我们就不能说话了。”

“学校里没有瞎子。”

“我不去学校。等到早上，我会用高锰酸盐弄出鼻血。”

“那我留在家里陪你吧？反正我也需要练琴。”

“你最好还是上学去吧。我不爱听维瓦尔第。”

“其实你听听音乐没什么不好，”她说，“瞎子不能看书。实际上你什么都干不了。聋子还可以看书，而且听不见我练琴。”

“那我要使劲洗洗耳朵。或许可以像厄尔沃什·拉茨那样，他在圣诞节前被刺破了鼓膜。”

“这样她也会带你去看医生的。”

“但只会用灯照一照，然后开一瓶眼药水。”

“你怎么知道？”

“埃莱米尔告诉我的。他配眼镜的时候，要点一种扩瞳的眼药水，整整一天都看不清东西，好像是在流眼泪。”

“医生会发现你能看见的。”

“怎么发现？”

“拿手电筒照你时，你会眨眼。真正的瞎子，对什么都不会眨眼。”

“咱们打赌，我不会眨眼。咱们对视，看谁先眨眼。”

“咱们赌什么？”

“如果我不眨眼，一个星期之内你可以比我小。”

“这个赌我不打。这个我们早就说好了。”

“好吧，那你从妈妈的更衣室里给我偷止血栓。高锰酸盐刺激我鼻子。”

“可以。如果我赢了呢？”

“下星期我帮你做匈牙利语作业。”

“还有语法作业。”她说。

“没问题。”

尤迪特第二天从剧院给我偷来了一整盒止血栓，因为一直盯着她，就像一个真瞎子。就连她用乐谱扇风，我都没眨眼。

“你赢了。”她说，然后帮我穿上睡衣，但母亲只在两天后才意识到我是个瞎子。

“我们必须去看医生。太可怕了，你的鼻子留了这么多血。你看你缺了这么多堂课。”她说。

“我会补上的。”我说，并想用小勺敲半熟的煮鸡蛋，但敲到了旁边。

“你怎么了？”她问。

“没什么，马上就能敲准的。”我说，但是我又敲偏了，同时我的视线穿过她的蓝眼睛，投向虚无。

她恼火地夺过鸡蛋，磕破蛋壳，然后放回到我眼前，但我的手没找到盐罐。我小心翼翼地在桌子上摸索，以防碰翻茶杯。我的手伸到了奶油里，母亲变得越来越烦躁，但她始终没想到我会变瞎。

“给你，把你的手擦擦。”尤迪特说。她递给我一块擦碗布，我将手伸错了方向，等着她把抹布塞到我手里。

“这是怎么回事？”母亲问。

“他已经三天看不见东西了。”尤迪特说。

“什么，看不见东西？为什么看不见？”

“他瞎了。只要埃芬巴赫在这儿，他就盯着灯泡看几个小时。”尤迪特说。

“上帝啊！”母亲大叫一声，冲到我跟前跪在地上，双手捧住我的脸，但我还是将视线穿过她的蓝眼睛，投向虚无。

“他的鼻血是用高锰酸盐弄的，”尤迪特说，“因为他不敢瞎着眼睛去学校。”

“天哪，快换衣服！”母亲说。

“他自己不能换衣服。我已经帮他三天了。”尤迪特说。

“你们为什么不告诉我？你们怎么可以这样，为什么不告诉我？”她问。那是我第一次看到她真的哭了，不过是在我眼瞎的时候。我站在那里，让她帮我换衣服，她将睡衣从我身上扯下来，头一次亲手给我穿衣服，并把棉鞋穿到我光着的脚丫上。

“我们不想在公演前打扰您，”尤迪特冷冷地说，继续吃她的烤面包片，“另外，他没穿袜子。”她说，得意地看着母亲惊慌失措。

“你拿一双来！”母亲吼叫起来。

“都是脏的。”尤迪特撒谎道。

“那就拿一双脏的来！”她小声说，随后叫了一辆出租车，把我抱到车跟前。

“去黑姆·帕尔儿童医院。”她对司机说，但声音好像并不是她的。车子开到玉律伊大街，我意识到自己不可能在医生的灯照下不眨眼睛。我连母亲的蓝眼睛也不敢再看。当她再次用双手捧住我的脸时，我的视线落到她明亮的虹膜上，我已经泪流满面，其实我真想能够坚持到医院，但我已经看见了。我先是看到她的脸部肌肉松弛下来，随后僵硬得变成雕塑。

“掉头回去！”她跟前面的司机说，声音就跟十年后将道具棺材运到凯莱佩什公墓时一模一样。我们一声不响地坐车回家，她只说了一句："你别想再这么勒索我一次！"之后头也不回地走开了。

三位养路工人正在责骂撤退的苏军[01]。由于大部队的行动，匈牙利的货车运输彻底瘫痪，每天夜里，幽灵似的列车吱吱呀呀地穿过平原，拉走了一切。这伟大的解放也会有自己的斋戒。当最后一节车厢驶出扎霍尼[02]后，我们已被洗劫一空。弹药箱里假模假式地摆了一层手榴弹，只为糊弄边境的检查，下面装的则是从兵营里拆下的木地板。他们连同窗框一起卸下。一层窗户，一层毯子，以防压碎了窗玻璃，就连水龙头和淋浴喷头也全部拧下。手榴弹里装满阿司匹林，枪管里塞满圆珠笔和笔芯，估计在地对地导弹的燃料箱里还装满了塞格德特产的红辣椒粉。他们还运走帕拉德镇的矿泉水和小牛牌的巧克力。如果可能的话，他们会将整个匈牙利的副食业都装进车皮。他们沿途留下许多垃圾。将柴油放到扎拉河里，为了腾出地方装方糖。许多油桶里都装满了昂贵的匈牙利糖，河里的鱼与其被煤油溺死，不如跳到岸上。在佩奇地区，就连六岁的孩子都有打折处理的防毒面具，他们戴着面具去幼儿园，看上去就跟外星人一样，放孩子们到野地里去十分危险，因为灌木丛的根部有许多雷管。有一位女教师哭着告诉新闻主持人，她向一个一年级小学生要块橡皮，结果发现孩子的铅笔盒里装满了机关枪子弹。尖头的子弹就像 HB 铅笔一样排列得整整齐齐。于是她翻了一下孩子的书包，找到的子弹比

01　1989 年东欧剧变后，苏联从匈牙利撤军，直到 1991 年 6 月才完全撤离。

02　扎霍尼是位于匈牙利东北部的边境小镇，与乌克兰接壤。

书本还多。三十枚子弹换一颗手榴弹，这是市场价，一年级的孩子都这么说，并且抱怨自己只能捡剩的，因为这是四年级同学在一个土坑里发现的，他们还从什么地方搞到了一挺机关枪。“您知道吗，老师，用机关枪伐树要比用电锯容易得多。我爸锯一棵山毛榉，至少得花两分钟，只要马达还可以转。而四年级 B 班的彭格拉茨·商尼用一梭子子弹就射倒了一棵树，总共只用了三秒钟。这是我们偷看到的，不过您用不着担心，因为我们躲到一边去了。”

“这帮混蛋早就该烂在娘胎里，死在荒山野地！”其中一位养路工人愤愤地骂道，“他们在这儿蹲了四十年，最后在滚蛋的时候也不知道庄重一点。就连上帝也没本事让这帮家伙变文明些。他们比茨冈人[01]还要糟糕。茨冈人至少不会开着装甲车打仗，只是吃掉自己偷来的东西，仅此而已。可这帮家伙疯狂掠夺，他们撤退之后，我们要为此加班加点地工作。”“但至少这里有过秩序。”“你是不是脑袋有问题，伙计？这里哪有过什么秩序？什么时候有过秩序？”“好，好，我只是想说，这里至少有过军队。这个你也不能否认。有过歼敌机，还有坦克，应有尽有，现在变得一无所有。四十年来，匈牙利军人连跑都不会。看到图特人[02]或罗马尼亚人只会咧嘴傻笑，就像阿尔巴尼亚的驴子看见直升机。我想说的是，现在变成了没有狗的庭院。你也知道，这意味着什么：不管谁都可以进来。他们是喝威士忌还是伏特加，对你来说有什么区别？反正也不会轮到你喝。还不如让他们待在这儿，反正我们已经习惯

---

01 茨冈人，即吉卜赛人。

02 对匈牙利人来说，图特人原指克罗地亚、斯洛文尼亚的斯拉夫人，后指斯洛伐克人。

了。”“我可没有习惯。”“为什么？他们也没惹太多的麻烦。他们既不跟我们一起吃晚饭，也没追你老婆，我们连他们住哪儿都不知道。他们老老实实地躲在‘禁止拍照’的牌子后头。你难道觉得黑人会比他们好些？五年之后，你孙子也成了混血儿，还是黑白混血。”“黑人不会来这儿的。现在这一切都结束了，你难道还不明白？说的就是这个。”“黑人不来，那更糟糕，因为我们会把一切搞砸的。一个月后，罗马尼亚人会把背心和裤衩晾到国会大厦里去，就像十九世纪发生过的那样。我也不喜欢苏联人，我说的是实话，我哥哥在一九五六年就是被他们杀死的，用反坦克的火箭筒。他缩成了一团，就像个婴儿。反坦克火箭筒非常恐怖，一旦击中驾驶舱，就会把你变成煤饼。但我还是要说，既然他们已经来了，我们也习惯了他们的脸，那他们最好还是能留下来。”

自打苏军开始撤退，几乎在所有的公共场合只能听到这类谈话，无论是在酒馆里，还是电车上，气氛跟共和国宣布成立时没什么两样。那时候，所有的人都谈论政治。有的人主张保持中立，想跟瑞士一样设有许多银行；有的人支持建立王国，想来王冠和国王都还在呢，后者能说一口流利的匈牙利语。只需将许多油画搬出城堡，并且请回哈布斯堡·奥托[01]。至少他是一位真正的绅士，不像其他那些既无根基，也无传承的家伙们。他们还谈到了“大匈牙利国”。查票员认为，现在

01 哈布斯堡·奥托（1912—2011）是奥匈帝国的末代皇储，奥匈帝国瓦解后流亡海外。1961 年宣布放弃一切寻求复辟行动，并于 1966 年回到匈牙利。

是推翻《特里亚农条约》[01]的好机会。就连法国人自己都说，那是一个不平等条约。就跟足球赛一样，背后被人做了手脚。罗马尼亚人拉去一车厢妓女，就在几个老家伙一边喝着香槟一边重新划分边界时，女郎们在桌子下头为他们口淫。"许多文件被找了出来，作家先生，现在应该重新评价这个条约。"

有的人什么都不抱怨，只求上帝保佑别让那些犹太人来，否则够我们好受的。他们将在国家的支持下埋掉匈牙利母亲的孩子们，用不了二十年时间，特拉维夫政府[02]就会像只金翅雀一样迁到布达佩斯，将整个着火的鸟巢连同沙漠、死海一起丢在原地，在小小的匈牙利大平原上开办以色列集体农庄[03]。他们已经开始围着烬火不满地抱怨。他们刚让我们刨出圣伊什特万王国所剩无几的栗子，就急不可耐地操刀剥壳。当然，义务性的宗教教育尚无踪影，电视里就已经开设了《犹太文化半小时》的节目。这只是我们看到的，是匈牙利人直接体会到的。因为对来自纽约的秘密汇款，我们永远一无所知。他们有钱印出那么多带犹太拉比照片的巨幅竞选招贴，却没钱印《犹太人贤士议定书》。

毫无疑问，有的人望眼欲穿地盼着邮递员送来纽约的秘

---

01 《特里亚农条约》是第一次世界大战结束、奥匈帝国解体后，匈牙利霍尔蒂政府作为战败国政府于 1920 年 6 月 4 日在巴黎凡尔赛的特里亚农宫签订的丧权辱国条约，割让了三分之二土地和三分之一人口，成为匈牙利人的历史之痛。

02 特拉维夫政府，指以色列政府。

03 以色列集体农庄，在以色列是一种已有百年历史的公有经济模式，在志愿者组成的集体农场里，人们没有私有财产，农庄对其成员及家庭的生活负责。以色列共有集体农庄三百多个，自 20 世纪 80 年代开始衰败，逐渐转向工业和旅游业。

密汇款，他们好凭此立足，为文化筹资。因为生性暴烈的匈牙利人毕竟创造出了不少东西。好吧，就算他们不在街上屠杀，但也离屠杀不远了。他们立即把人带到多瑙河边，就跟箭十字党[01]队员一样。上帝保佑，千万别让这群人来。难道至今为止我们受的罪还不够吗？邮递员快点来吧，赶紧送来秘密的汇款，好让我们最终建起一个小欧洲，以代替令人作呕的信口雌黄。

然而，还有人断言，什么都不会变，只要世界上还有极权存在，那就什么都不可能改变。他们只是逢场作戏，佯装交出政权。用一个小小的新闻自由蒙蔽西方的眼睛，实际将一切建设到党内。他们千方百计地捞取利益，所有的钱都是他们的。比如说，那里有许多的全国总工会度假村。谁也别跟我说，会有不用一枪一弹就能交出这些度假村的政权，除非他们已经捞够了。这是个童话。整个体制变革都像足球赛一样，被人做了手脚。

当然还有人认为，确实有必要进行改革，但首先要把那些蛀虫消灭干净。他们这是怎么了？放在以前，他们根本不敢这样。住别墅的人联合起来？他们怎么这样厚颜无耻？四十年来，是谁建设起这个国家？是谁建造的重工业？匈牙利公共汽车驰骋在蒙古的戈壁大漠，匈牙利的枕木铺在非洲的铁轨下，匈牙利的铝造出了“图-152”外壳，难道住别墅的人就该联合起来？警察都跑到哪儿去了？为什么要解散工人民兵？为什么苏联驻军无暇过问，难道他们都在忙着装行李？

总之，到处都能听到这类的议论，就连乞丐都在谈时

01 箭十字党，二战期间的匈牙利纳粹组织。

政。他们站在游行示威的人群里，跟在重新安葬时情绪激昂的送葬队伍后，为了挣一点小钱而散发传单，夜里则到处搜集巨幅招贴，因为可以当被子盖。报纸创办人谈论的发行数字超过了国内识字的人口，想来在国外的侨民也争相阅读。一千五百万份报纸转眼就能卖完，只求印刷机不要散架。几分钟内，小手工业就得到了振兴，从新的徽章到新的路牌什么都生产，英俊的中学生推销装着旧体制最后一口气的罐头盒，因为全球牌罐头厂为革命赞助了两千个空的猪肝酱罐头盒。每个人都怀揣着至少三幅未来的蓝图，而且一个比一个美。也许这是千年以来的第一次田园牧歌，哪怕时间十分短暂。想来每个人都在抢麦克风，但没有人伸手去摸手枪，仿佛从现在开始只存在自然死亡，以及最高层次的精神谋杀。就连高压水车也只能看到一次，在一条僻静的小巷里，经过打听得知，水车里灌的是热茶。示威的民众在高压水车前排队等候，领一份两百毫升、盛在塑料杯里的俄罗斯茶，然后再回到国会大厦前。“这是不是简直不可思议，作家先生？”“对，没错，楼长先生。”

“放开我！”女人半梦半醒地扭头说，但我并没有放开她，我贴到她身后，努力插进她的大腿之间，最后终于找到了女人湿热的阴道。

“你要是不行，就老老实实地睡觉。”她说。

“马上就好。”我说。

“那就赶快。”她说，我也想赶快。我抓着她萎蔫的乳房，像狗一样戳着她的子宫。

你也正好一样，我想。还有两三个季度，我想。也会这般松赘，我想。一股氨味，我想。我刚一完事，女人就跟哮喘似的打起呼噜。后来，我醒来时，被夹在她汗津津的怀里和湿冷的墙皮之间，我忍了几分钟没敢动弹。我死活想不起来，自己什么时候从沙发爬到了女人的床上？头疼，伏特加仍在烧着我的喉咙，仿佛喝了半瓶火碱。后来，我摸黑从床上爬下来，借着火柴的光亮找我的衣服，女人蜷着腿继续酣睡，就像一个早衰的婴儿。在她头上挂着她母亲的照片，照片上的人出于某种目的，即使死了也要看着邮递员和我，还有那二十五只残疾的鸟。

外面传来厕所门的撞击声，我等了一会儿，直到尼特拉伊开始吃力地拉屎，因为我不想碰到任何人，随后我抽出三支燕牌香烟，像窃贼似的溜出门去。

天光渐亮，小货车拉来新鲜的蔬菜，在农贸市场后面有三个男人正在抡棒杀鱼。其中一个用笊篱将鲤鱼从水池里捞出，然后将它们扔到一块案板上，两个身穿工作服的照着鱼头一通猛拍，直到鲤鱼不再挣扎。

“剩下的留着卖活鱼。”手执笊篱的男人边说边从水池上跳下来，点上一支烟。另外两人拄着木棒歇了一会儿，随后开始将死鱼扔进木箱里。

我也坐到一个水泥台上抽了支烟。没有一家店铺开门。大概五点半，也许还没到五点半，晚上我忘了为手表上弦。莱贝卡，快飞啊！我想，我看到那些头被拍烂了的死鱼游在空中。

后来，在对面的街道里终于有一家开在地下室的小酒馆开门了。十分钟后，一个女人扯嗓子叫了一声，我在一把横撑在门口的扫帚前站了大约有十分钟。女掌柜放我们进去时，连我已经有三位客人。一个男人肩上扛着几根拆下来的煤气管子，另一个拎着四捆《晚报》。废品回收站七点才开门，所以用不着这么早拎过去。尤莉卡至少能够看出，那家伙付得起第一杯酒钱。那些煤气管也能值半杯乌尼库酒[01]。只有我看上去显得可疑，她用眼睛上下打量了我一下，一声不响地朝我跨近一步，从她的眼神里可以看出，这里很少有穿深色西装的人进来。

最后，她终于接受了这件西装。想来，这十五年里我也常来“巴尔干珍珠”小酒馆。没有固定的座位，也没有自己的酒扎，只是偶尔下楼来喝一杯，有的时候我什么都不点，只是到后面的卫生间收拾一下自己的仪表。我偶尔跟尤莉卡搭两句讪，但是她许多年来始终以自己的方式跟我保持三步远的距离。我清楚地知道，即使我换上一身运动装，或也拎两捆旧报纸来换口酒喝，她对我的态度也不会改变。

“您看上去就跟那帮在古装电影里玩了一夜俄罗斯赌盘的倒霉伯爵没什么两样。”有一回她这么说。不过我很高兴，至少她肚子里不藏着什么。

有一次，她不仅递给我一杯酒，还将一张报纸掷到桌上。

“这是您吗？”她用手指着一张照片问，那张照片附在一篇采访的文章旁。

“对。”我应道。

“您都写些什么？”她问。

01　乌尼库酒，是匈牙利特产的一种度数较高、味道苦甜、含有多种草药的药酒。

“什么都写。很难一句话说清楚。”

“即使说不清楚，你也试着说说。”她紧张地说。

“我写故事，写我从这儿或那儿听到的。”我之所以这么说，是因为觉得这样回答显得最为简单。

“您也写我了吗？”她用食指指着我的照片问，仿佛是将一只甲壳虫按在桌上，仿佛我再说错一个字，她就会把那由几丁寡糖构成的甲胄捻得粉碎。

“没有，我没写过您。”我说。

“那就好，”她说，“今天这杯汽酒[01]算我请客。”

不过，这段对话是发生在几年之后，在那个拂晓，我们既没有谈小说、采访，也没提那幅蹩脚的照片。在那个拂晓，我只有一个念头，想尽快止住心里的阵阵作呕，因为我越来越清晰地记起，自己是如何像藤蔓一样爬到那个可怜的女人身上的。就像一只赤裸的蜗牛爬上一棵濒死果树的瘢痕。就像那个邮递员和其他的嫖客，迫不及待地想将自己的精液射入她的体内。其实，我并不想那样。我根本就不想，只是一个人早早晚晚都会从沙发上爬到双人被底下，即便呛鼻的氨味并没有激发起交媾的欲望。

“厕所在哪儿？”我问女掌柜。

“在防空洞对面。”她边说边伸手摘下挂在酒扎旁的钥匙。

“一个福林，”她补充了一句，“请随身带好你的书包。我不想在这里发生什么误会。”于是我拎起书包穿过堆满木板箱和铝皮桶的夹道，磕磕绊绊地朝走廊尽头走去，防空洞的入

01　这是当地人习惯的一种喝法，按不同比例在葡萄酒里加苏打水。

口就开在那里。

要知道，营业面积只有八十平方米的“巴尔干珍珠”要想从区委会那里获得经营许可，必须修建八十平方米的防空洞，以便居民们能在战争中躲避空袭。尤莉卡跟科长说：“只要您去过那个地下室，看过那部介绍地对地导弹的科教片，您就会明白为什么这栋楼里的人宁愿钻进垃圾箱，也不愿躲进防空洞了。”可她无论怎么解释都无济于事，科长无动于衷地回答，即便半个区的人今天搬进垃圾箱他也不在乎，想来那里本来就是装垃圾的地方，规定就是规定，必须执行。“当时我真想抄起一个纸口袋，像夜壶一样扣到他的脑袋上。我真想把他的脸按到满地乱扔的救济申请、住房申请和三明治残渣之间，但我突然意识到，现在我只差这一个签字。我假装幽默地笑了笑说，对不起，科长同志，我并不想给您上文化课，只希望能再增添至少十平方米到十五平方米的面积用来摆酒桶。等到一年半后我重又搞到了所有的许可，我已经忘了想贴什么样的墙纸、铺什么样的桌布、买什么样的酒杯了。我一辈子也没遇到过那么多的坏蛋。给这个送一小条复活节腊肉，给那个送一小瓶南斯拉夫浴液，总之，你只有给他们擦干净屁股，他们才会给你盖一个公章。很多时候，还得给门房塞东西，否则你根本就进不了办公室。说了你肯定不会相信，在那一年半里，我只遇到过一个值得尊重的人。申请店名的时候，我必须填写为什么要叫‘曼加利亚珍珠’，而不叫‘尤莉酒窖’或‘尤莉酒馆’。因为我最初想起的店名并不是‘巴尔干’。当时我也非常蠢，居然在表栏里这样写道，因为我有过一位罗马尼亚情人，叫拉杜·佩尔拉，佩尔拉就是珍珠的意思。

“他叫我出来，央求我晚上一定出来，他想让我看一样漂亮的东西。在曼加利亚的海滩上，他用夹杂一半俄语的罗马尼亚语跟我解释。我告诉他，最好别老缠着我，因为那个在称东西的男人是我爸爸。当然，我说的不是实话，我爸爸从早到晚都待在旅馆里，因为他忍受不了罗马尼亚人和外面的暑热。我妈妈很想去看海，而伊布斯旅行社的业务员说，罗马尼亚的海滨要比保加利亚的好。一个人闻闻肉味儿洗洗青菜，没有什么大不了的。总之，我用夹杂了一半俄语的匈牙利语跟那个男孩解释，我并不是刚从壁毯上爬下来的幼稚鬼，我很清楚他想让我看什么，不过我还是措辞谨慎，并不想一下把他吓走，因为他长得那么英俊，就连电影海报上都没有见过。半夜，我从旅馆里溜出来，简直不相信自己的眼睛。我们一动不动地坐在沙滩上，出神地看着大海变幻的色彩。就着浪涛的光线，可以读书。水面漂满了海草或海藻，每年七月，它们都随潮汐卷到岸边，泡沫闪烁，跟萤火虫一样。在那之前，我一直以为人们只会由于疼痛或悲伤哭泣。连那个男孩也泪水盈眶，按理说这样的景色他已经看过无数次了。后来，他站了起来，径直走进海水中，仿佛大海是属于他的。他一个猛子扎进水里，背上闪着绿色的光。他的脊柱和肩胛粼光熠熠。如果有人三生有幸，他可以在上帝身上看到这样的情形。随后我也站了起来，跟着他走去。他用不着叫我，通过我脚下淌水的声音，他就能准确地知道我跟着他。我甚至忘掉了心里的恐惧，尽管我还从来没有跟男孩亲密过。当时我只有一个感觉，我是世界上唯一一个披着淡绿色光芒的女人。闪光的大海是她的面纱。当我们抱在一起的时候，海水变成了嫣红色。我问他叫什么名字，他说，佩尔拉。

我问他是什么意思，他一时不知该怎么解释。‘你等我一下。’他说着从我的怀里脱开，潜入水中，我当时差一点哭出来，不过不再由于景色美丽，而是因为惊恐无措，我感觉他被大海吞噬了长达几个小时。他终于游了回来，虽然挨了我一个大嘴巴，但他还是咯咯傻笑。他用牙咬开一只海贝，告诉我说：‘这就是佩尔拉。’他跟我接吻，我感到他嘴里含着一颗珍珠。你看，就是我项链上的这一颗。

“如果您想写的话，可以把这个写下来，这个故事非常美。

“这就是巴尔干珍珠的来历。不过，就在那天清晨，我也挨了一个大嘴巴，半年后又挨了一个，原因是在一场友谊赛上，我当着父亲的面为罗马尼亚队加油。然而，正是那个嘴含珍珠吻我的人，让我相信即使天塌下来也不可怕。比方说，我丈夫比七位部落首领[01]更像匈牙利人，即使我怀着四个月身孕，他照样把我按在地上拳打脚踢。我不仅流掉了孩子，还被摘除了子宫，我丈夫被判处一年有期徒刑缓期执行。他二话不说，将我赶出家门，我随身只带了两只皮箱和一把咖啡壶……好了，言归正传，我在申请表上认认真真地写下自己有过一位名叫佩尔拉的情人，在办公室里接待我的那个男人连连摇头，说这样不妥。我问，为什么不妥？难道我用那个把我的子宫扔进亚诺什医院垃圾桶里的丈夫命名就妥了吗？他回答说，那是另外一回事，不管怎么讲那段关系是合法的，如果按照我写的理由，申请肯定会被拒绝。他说，他本人完全理解我，想来他也曾经去过海边。再者说，为什么不能用‘曼加利亚珍珠’

01　这里指的是于公元 9 世纪末率领匈牙利先民迁徙到喀尔巴阡盆地定居的阿尔帕特、埃尔德等七位部落首领。

这样颇有情调的名字命名酒馆呢？不过，他还是向我建议说：‘我们最好另编个原因，当然咱们一起来想，得想出一个即使离谱，也让人可信的理由。比方说，咱们能不能这样写，就说想通过这个店名增进匈罗两国的友好关系？这家酒馆起名的意图，就跟葛洛扎·彼特河滨大道、布加勒斯特饭店一样。您看这样行不行，亲爱的尤莉？’他问我。我点了点头，说他是专家。‘那我就这么写了？’他问，同时将一张白纸夹在打字机上。所以我说，在我遇到的五十来个公务员里，只有他没有给我脸色看。不过这也没顶太大的用，‘曼加利亚’最终被换成了‘巴尔干’，因为后者听起来更大众化些。”

我先画了一个戴着夜明犄角的脑袋，然后画出整个身体，最后在脖子上挂了两块牌子，看上去有点像一扇开在胸口的双拱窗。随后，我用乌鸦牌毛笔将背景染黑，再用母亲的指甲油将斗篷涂红，为了让光感更强一些，我把犄角染成黄色，总之，我差不多已经画完了，但始终不敢碰那两块牌子。最终我还是鼓起了勇气，用眉笔在上面连写九次，“就，就，就”，本想写“别杀我”的位置始终空着，所以整体构图略显失调，不过我倒觉得这样更好。

“什么题目？”尤迪特问。

“《我的石牌》。”我说。

“为什么他手里拿着小提琴？”

“我不知道。画的时候正好想起它。”

“很美，只是你给摩西画了两条左腿。不过没有关系，小提琴和折断的琴弓与有两条左腿的摩西更般配。”她说。

“本来我想画一条马鞭，只是手柄太长了。另外，两条左腿也不是故意画的。等会儿我试着改一改。”

“用不着改，这样我更喜欢。可以把它给我吗？”她问。

“当然可以，只是不要给别人看。”我说。

“不会让别人看见的，我将把它粘在小提琴盒里。”

说罢，她取出胶水涂在画的背面，然后等了一会儿，等到稍微晾干一些。

“我们道歉吧。”我说，因为母亲已经几天不跟我们说话了。

“你后悔了吗？”她问，同时用指甲撑起摩西。

“没有。”

“我也没有。那为什么要道歉？”

“也许我还是有点后悔。不过，直到她带我出门打车去医院，确实就跟真的一样。她穿着睡衣冲了出来，而且忘了给我穿袜子。”

“那你为什么要哭啊？否则连医生都会相信。”

“我不知道。”

“你害怕了吧？”

“没有。”

“那就是你心软了。”

“没有。”

“但是一个人不会再为别的事哭。”

“会的。你练琴的时候也哭过呀。”

“那是另一回事。”

“不是另一回事。反正我哭了。咱们应该道一个歉。”

“我不道歉。你要想道歉你就去道。”

“我们一起更好。”

“我已经说了，我绝不道歉。”

“明天将是她的首演。”

“那又怎么样。星期天我还有场音乐会呢。”

“我们要是不道歉，她肯定不会去看你演出。”

“那好，你去道歉。等会儿我也站过去。”她说。

“行。”我说。

“我想跟您道个歉，以后我不会再装瞎子了。”早餐时，我跟母亲说。

她嗯了一声，连眼皮都没抬，继续往面包上涂黄油。“晚上你们到剧院来，我会派一辆出租车。”

“星期天我有一场音乐会。”尤迪特说。

“五点之后我要排演。”母亲说。

“音乐会六点开始。”尤迪特说。

“那正合适，”母亲说，“只是你跟他们说说，别把你排在最后一个出场。这些音乐会比家长会还要恐怖。你怎么忍受得了那么多笨蛋？”

“格罗斯曼相当聪明。只是有点晚熟。”十岁的尤迪特回答说。她说“相当聪明”时的口吻就跟母亲一模一样，不过含义截然不同。

“他们会把你的水平拽下来的。回头我去想想办法，让你从秋天开始去音乐学校念书。”母亲说。

“我不太想去那儿。”尤迪特说。

“这个咱们回头再说。晚上你们都换上一身正经衣服，六点半我叫出租车来接你们。”母亲说，随后又从门口甩给我一句，要我演出结束后为上次的失礼跟埃芬巴赫道歉。

事实上我憎恨剧院。我憎恨散发着汗臭的更衣室、迷宫一样的道具库、雷鸣般的掌声，以及三百个空座位的十分钟寂静；憎恨用线绳悬吊的秋日风景和机关复杂的舞台灯架；憎恨一百瓦的黄昏和一千瓦的夏日午后；憎恨墓穴一样的提词厢，里面虽然能容两个孩子，但肥胖的女清洁工爬不进去；憎恨道具室里的手枪、茶壶和茶具；憎恨防蠹药味的长袍和军服；憎恨极具时代风格的男侍马甲，内衬里缝着“红十月服装厂”的标签。

艺术家俱乐部的喧闹、戏剧化的眼神、舞台上的动作和那些无聊的玩笑让我感到恶心。

“我情愿用国家换一勺盐[01]，我的小耶诺，快给我找一点芥末来，否则这根香肠无法下咽。”耶诺朝他挥了下手说，“马上就来，演员先生，我得先在演员女士的记账栏里记上一杯蛋黄酒。”

“等到第四杯时再记，我的小耶诺。在第四杯之前，你用不着问我记不记账。”

“当然，演员女士，我不会问的。”

“该死的芥末怎么还没有上，小耶诺？那边都在等着我呢。两分钟后我就得上场。我没时间吃了，因为特斯拉牌的大喇叭已经在催理查三世上场了。”

我真想用鞭子将那些堵在演员入口处的女中学生统统赶

---

01 这句俗语来自一个欧洲童话。一位国王让三个女儿形容她们对自己的爱。老大、老二分别用黄金和宝石，老三由于拿“盐”作比而惹恼父王，被嫁给了一个流浪汉。后来，三公主巧妙地让父亲明白，盐虽然廉价，但对生命来说要比金银财宝更不可缺。于是国王将国家交给了小女儿掌管。

走，她们不仅索要签名，还把情书塞进科里奥兰纳斯[01]的口袋里，并且偷偷希望，即便自己考不上戏剧学院，至少能谋到一个服装助理的工作。她们对着镜子私下演练，怎么帮乌伊海依先生披上战袍，怎么将铝制的宝剑递到他手中，但是她们做梦也不可能想到，即使将全校女学生绑到一起，也不会激起科里奥兰纳斯的兴趣。她们哪里知道，乌伊海依先生此时最想帮那个已在禁止停车的路牌下苦等了三天仍未得到女演员维尔签字的美少年更衣，哪怕只是脱掉外套。每次，女演员不是前呼后拥地扬长而去，就是抱歉地对他说："下次吧，可爱的孩子，现在我实在没有时间。"要知道，维尔女士的手迹可不是轻易能够得到的，如果没有毅力在门口等两三次，就不配得到她珍珠般清秀的手迹。当然，维尔女士清楚地知道，谁身上的弦能够绷多紧。就拿这个男孩来说，她第一眼看到他就自信地说："即使再过一个月，这孩子还会站在那儿；他是不是非常可爱？"

乌伊海依先生却不是这样，他能够一连半小时地给表演系女生或担任服装助理的女孩签名，跟她们聊天，夸她们的发型，而且总能道出一两句涉及戏剧本质的闪光真理。之后，他从那个等着我母亲的中学男孩跟前疾步走过，就像一枚出膛的子弹，因为即使长长的一瞥，都与社会道德水火不容。这个秘密一旦被人发现，假如他从少年跟前走过时没有垂下眼帘，那要比谁的女儿非法叛逃更糟糕。不是在瓦茨监狱里蹲到呆傻，就是在精神病院里被关到咽气。

01　科里奥兰纳斯是莎士比亚同名历史剧的主人公。罗马共和国英雄科里奥兰纳斯因脾气暴躁，被逐出罗马。

“像您这么一位英俊、性感的男人，怎么会至今还没有结婚，乌伊海依同志？”

“我想把全部精力投在戏剧事业上，费诺先生。”

“这怎么可能，乌伊海依同志。就连神父们都因独身而焦躁不安。男人的欲望是无法克制的。想不想再喝一杯威士忌？”

“谢谢，费诺先生。”

“您不觉得身为中学女生的崇拜对象，早晚都应该成家吗？至少应该制造一些令人信服的桃色绯闻。比方说，跟某个提词女郎发生一小段浪漫史。只是，工作狂的说法容易让人误解，乌伊海依同志。”

“您说得对，费诺先生。”

“您明白就好，乌伊海依同志。请您相信，我们随时可以帮助您。比方说，您是想要一些奖金还是纪念戒指？只是，您没有必要去挣那点小钱，您最好跟您的未成年房客解除合同。想来，一位贴身的少年房客有碍于您建立健康的恋爱关系，对不对，乌伊海依同志？”

“您说得对，费诺先生。”

“那好，咱们再喝最后一杯！没错，法国人在这方面的确很在行。”

“您说得对，费诺先生。”

科里奥兰纳斯在回家的路上，感觉在走向绞刑台。“我是个该死的畜生。畜生，畜生，畜生！”他哽咽自语，“我实在受不了了。他们这是要整我，难道你还不明白吗？！你赶紧收拾东西，回塞格德[01]去吧。这些混蛋都不是人。他们要比疯

[01] 塞格德是匈牙利的南方城市。

狗还坏！没错，我是个软骨头，但我不想死掉烂掉！难道这就这么可耻？你快走吧！拎上你的皮箱给我滚蛋！赶紧离开这里！”科里奥兰纳斯冲着只有十六岁的房客大声咆哮，然后撞上房门，伏在同性之恋的灵柩上哭到天亮。后来，他没有参加三场演出，因为他震惊地发现，拖着这副软骨头还是没有活下去的意义。有的时候，一个人永远不能原谅自己。科拉尼医院的大夫们为他缝合上腕部的血管，好让他能够重新拿起宝剑。

“嘿，您还想不想出来？！”女掌柜问道，并用手砸门，因为我已经在里面吐了半个小时。

“马上就好。”我说，迅速用冷水洗了把脸。

“您可别在我这儿干什么蠢事，”她说，“我既不想叫救护车，也不想见警察。”

“我只是有些不舒服，我喝多了。”

“那您不该要葡萄汽酒，应该要啤酒。”她说，然后递给我一扎石矿牌啤酒，“慢慢喝吧，你不急着走，对不对？”

“对。”我应道，慢慢呷酒。

在台阶下的衣架旁，堆着几摞旧报纸，看上去很像存衣处。只是这里不给号码，的确，即使没有号码每个人也都清楚，哪摞东西是自己的：《人民之声报》或《广播电视节目报》。每堆废纸都用粗铁丝捆着，捆得十分仔细，因为铁丝要比麻绳更占分量，当然，收废品的人也心知肚明，对多出的几克睁一只眼闭一只眼，不大计较。除非纸捆里混了石头或别的什么。如果混了石头，他们立即可以感觉到，连称都不用称。从这个角度讲，他们的胳膊比任何测量仪器都更精准。他们闭着眼能够说出，是用麻绳捆的一年的《妇女杂志》，还是用铁丝捆的一年的《火箭小说报》，谁也别想用石头或木板蒙他们，因为那样做是对他们的无礼。“不要把我当傻瓜，卡尔奇。在这捆东西里，至少有四个鞋油盒。不信咱们就拆开看看。”果真，在九月八号和九月九号的《人民自由报》之间，夹着四个鞋油盒，里头装满了湿沙子，没有什么比这更令人蒙羞。排队的人们愤怒起来，觉得这样的骗术太过分了，有两个人拎着去年的《大耳朵》[01]站到一旁，好像只是过来看看，然后到隔壁门洞里检查一下，看看在填字游戏杂志中间是否无意中混入了其他废品。比方说，几片有害于社会主义造纸业的房瓦，会造成生产线的突然中断。所以说，没有必要做这样的手脚，几捆报纸问心无愧地并排摆在台阶旁，就像放在高档饭馆存衣处的外套一样，它们的主人在惬意地喝酒，有的刚开始喝，有的已经半杯下肚。日子，每天都以这样的寂静拉开序幕。这种时候所有人都觉得，或许最好还是不要醒来，因为这样的生命跟垃圾无异，就像区委会科长跟尤莉卡所说的那样。不过，等到第一杯酒下肚，尤莉卡打开了收音机，广播里传来科舒特电台的体育新闻。人们是听科兹·耶诺的播音，还是听新公墓里的蛆虫，毕竟有所不同。在这个问题上，或许科长同志还是错了。

喝一杯“浓葡萄汽酒[02]”，再听完体育新闻，所有人都已经茅塞顿开：弗拉迪足球赛又有黑幕。整个决赛就跟五年计划一样自欺欺人。托洛奇科被罚下场，还说什么“有利原

01 《大耳朵》是当地的一份填字游戏杂志。

02 浓葡萄汽酒，指将葡萄酒和苏打水按 2∶1 的比例勾兑。

则[01]”，说白了都是在玩猫腻，凭什么我们就不能在《人民体育报》中间夹两块木板？

女掌柜已经注意到，我在角落里已经坐了几个小时，但是并没有喝多少。她一会儿给我换一个烟缸，一会儿送一小碟咸花生。

“怎么了，是不是被老婆赶出来了？”她问。

“我没有老婆。”我说。

“可是您看上去就是那副模样。”她说，然后回到柜台旁。

《南方记事》播完后，她将收音机的音量放小，因为接下来是《游戏与音乐十分钟》。在节目中提问的是茨冈尼·久尔吉，回答问题的是来自凯奇凯梅特市的寡妇，尤哈斯·卡曼夫人。

“今天，是一部浪漫主义杰作在德累斯顿首演一百一十八年……”茨冈尼·久尔吉说。

“今天是几号？”尤迪特问。

“七号。”我说。

“是《但丁交响曲》。”尤迪特说，可唱片还没有开始播放。

“你为什么不报名参加游戏？每天你都能赢一块蛋糕。”我说。

“如果我想吃蛋糕，我自己会去甜点店买。”尤迪特说。

“你也知道，其实不是为了蛋糕，而是，为了赢。”我说。

“既然这样，我也赢了，所以没有必要去那里。”尤迪特说。

01　在足球比赛中，当控球方遇到对方犯规时，球权仍在控球一方并且将对控方进攻有利时，裁判一般不会判犯规。

“太棒了！让我们用掌声祝贺尤哈斯·卡曼夫人。”茨冈尼·久尔吉说。

“你看，不是你赢了。”我说。

“看起来，您很在乎收音机里说什么。”

“谁会不在乎呢？你只是装作不在乎。”

“我不是装的，对我来说真无所谓。这有什么不能理解的？”

“既然这样，那你为什么要拉小提琴？为什么不只在家里拉？既然你觉得无所谓，干吗还要到舞台上去？”

“那完全是另一回事。”

“根本不是另一回事。”我说。

“你听着，我肯定不会在《游戏与音乐十分钟》里拉小提琴，你明不明白？”

“付账。”我对女掌柜说，但账单里她没算葡萄汽酒。

许多年来，凯莱佩什公墓始终是城里唯一一个能让我相信草是绿色、落叶会在脚下沙沙作响的地方。只有在那里，我觉得大自然主宰着一切。我对布达山上用水泥加固的岩石、亚诺什山观景台上的新鲜空气，以及在城市公园的人工湖上泛舟从来都不感兴趣。以前，大自然就跟游乐场一样，对我一直不具有诱惑力。后来，科里奥兰纳斯第二次割脉自杀，不过那次的技巧高超了许多，当我听到有人说“我们十分震惊、困惑不解地站在这里”，还有“你做出痛苦决定的原因，变成了永远的黑色秘密”时，我跟尤迪特说，我想散一会儿步。当五位致悼词者脸不改色心不跳地对死者撒谎时，我俩左躲右闪地钻出人群，我想尽可能地远离艺术家墓区。

“瞧你被气成这个样子，好像你从来没有撒过谎似的。”尤迪特说。

“难道你不觉得这样做令人作呕？”

“为什么要作呕？难道你真的认为，他们会站到墓坑边向他道歉，就因为在匈牙利当同性恋不是一件明智的事？”

“那也不该厚颜无耻地对死者撒谎。”

“可是，只要你活着，你就得学会眼皮不眨地当着任何人的面说谎。如果你做不到这一点，那就好好攥紧你的刮胡子刀片。”

“简直是胡扯。”

“你听我说，在这个墓地里你找不到一具，哪怕是唯一的一具不是以潜在自杀者的身份活过一辈子的尸体。所有的人在自杀之前，不是得了什么癌，就是遇到地毯式轰炸，要么就是老迈病衰。你没有时间否定自己的生活，没有时间为你自己作呕。”

“如果真是这样的话，你知道你该怎么办？现在你就回家，割脉自杀。既然只是时间问题，那你索性拆下小提琴弦，用它勒断自己的手腕！”

“这个主意不错。”

“滚你的吧，什么主意不错！走啊，你为什么不走？既然你知道结局，那还等什么？难道想否定自己的生活，是不是?！”

“我已经否定了。现在只是害怕。”她说完之后，撇下我走了。

在一座二战纪念碑前我追上了她。

“你怎么了？”我问。

“没什么。”她说。

“你骗我。”

“那好。这么说，我还是能够眼皮不眨地对人说谎。”她说。

“我原来以为，你对我不会。”

“对谁都一样。你别刨根问底。”

“以前，你从来没这么愤世嫉俗过。而且从来没说过这样的蠢话。”

“肯定因为是青春期。人在这种时候总是无中生有，小题大做。”她说。

“你现在说话的腔调，就跟妈妈一模一样。”我说。这时候尤迪特突然站到我跟前，要扇我的嘴巴，但是她的手定在了空中。

“你永远别拿我跟妈妈比。永远。你听明白了没有？！”

“听明白了。”我说。

这时候，出殡的人群开始散去，我们躲进了灌木丛，不想遇见任何人。就像是在首演之后，一些人三五成群地聚到一起，对致悼词者评头论足。毫无疑问，艺术家雷迪先生获得的好评最多。他始终是一位俊酷的男人，与其说像奥贝龙，不如说像李尔王。“啧啧！你是跟我开玩笑吧！他的孩子？他都有两个孙子了。没错，太不负责任。”后来，也有人为艺术家乌伊海依先生感到惋惜。“他塑造的科里奥兰纳斯太棒了。这事让人一想到就起鸡皮疙瘩。偏偏在男人最美的季节。”“啧啧！你是跟我开玩笑吧！他是同性恋？这怎么可能，简直是神话。他想让我们相信这个，好让自己的人生更有戏剧性。用不着什么都信。他征服女人，就跟吃糖果一样容易。不信你看，全校的女生都为他泣不成声。”有人认为，这样的结局或许对他更好；也有人觉得，如果剧院经理有一点头脑，现在应该赶快把波亚尔从卡普什瓦尔[01]调上来。

最后，人群总算散尽了，整个墓地里只剩下我俩。

“你别生我气。”我说。

“我没有生气，只是现在不想说话。”她说，并且挽住我的胳膊，我们一言不发地走在长满蒿草的小路上。

黄昏日落，成排的雕塑隐在白杨树下的阴影里。近百年来好像约定俗成，要用散发着永恒性欲的雕塑作品代替痛苦的耶稣，为豪绅显贵看守家族陵墓。收入在一千克朗以上的：阿芙洛狄忒，收入在五百克朗到一千克朗之间的：背着十字架的耶稣，其余的：十字架，没有耶稣。几乎所有的石碑都缠满了常青藤。长匍匐茎有如青蛇一般，爬在大理石的基座上。槐树和菩提树庇护着神庙，根茎伸延，穿过地穴断裂的墓盖，不过，这要比瓦尔柯尼经理先生可能真把波亚尔从卡普什瓦尔调上来更令人欣慰千倍万倍。从那时候起，我至少每星期去一次凯莱佩什公墓，因为那是城里唯一能够让人感受并且听从大自然引领的地方。

“付账！”我跟女掌柜说。随后我在一家自助餐馆里吃了份炖菜，并且再次搜肠刮肚，考虑自己还可以去哪儿，但从克列梅尔夫妇的农家小院到曾经的情人们，一切都显得十分可笑。所以，等到肉馅饼和豇豆炖菜下肚之后，我突然明白了该去之处，我显然只有一个地方可以去：凯莱佩什，去看看从现在开始我们将跟什么样的生活共生。一方面是因为无论在哪儿（从火地岛到堪察加半岛），只要我被报贩子吓着，

01　卡普什瓦尔市位于匈牙利的西南部。

都会买一本《电影戏剧音乐》杂志；另一方面是因为带着一把名家制作的小提琴出走，不同于拎着一箱子干净的内裤。

也许，妈妈，人对胯下的东西什么都能原谅，但是心室要比阴蒂娇气得多，我想。蒿草一旦长进了中庭，早晚都会伤及自尊，我想。至少这个你应该知道，想来，当你的自尊心受损时，通常观众席里有两百人抽泣，我想。只是现在不是从七点到九点，然后卸妆，我想。如果你真为你女儿立起了墓碑，那么世界上没有任何的脂粉，能给你重新涂上活人的肤色，我想，我已经第三次走遍整个墓地，但我什么都没有找到。真实的死者躺在每块石头下，不是中弹身亡，死于癌症，就是由于衰老而寿终正寝。已经变成尘灰了的死者，在地下宁静地倾听野鸡的窸窣、轮胎厂机器的叹息和热恋中少女的呻吟，不时夹杂着由远而近的咔咔声响，来自墓地管理员们生锈了的自行车后轮轴。“天杀的，你们以为这儿是什么地方？！这里不是妓院！这里安息着阿迪·安德烈和约卡伊·莫尔[01]！你们滚到新墓区发情去吧！”女孩还在整理内衣，男孩则嘴硬地提高了嗓门：“如果我没记错的话，咱们还从没有以你相称。话说回来，管理员先生，我们在这里做爱也许会打搅约卡伊，但是阿迪·安德烈肯定一点儿都不会在意。不管怎么样，我们的情已经发完了。再者说，过不了多久我也将到这里安息，在阿迪·安德烈和轮胎厂中间的什么地方，只是我回头要在遗嘱里面写清楚，决不能让像您这类灵魂的劫匪靠近我的墓穴。”女孩不知羞耻的笑声尚能让人忍受，但“灵魂的劫匪”

01　阿迪·安德烈（1877—1919）是匈牙利著名诗人，约卡伊·莫尔（1825—1904）是匈牙利著名小说家。

说得实在气人。管理员将自行车往地上一扔，抄起一个歪倒在地的十字架，穿过红军墓区，朝大门口追去。

小路上，一位身穿运动装的管理员骑着自行车迎面过来，头上戴着一顶贝雷帽，脖子上挎着一副用来发现毁墓者、淫荡者和无家可归者的军事望远镜。后一类人在区委会分给住房之前，经常溜到这里睡觉。

“先生，您应该知道这里是陵园。请不要抽烟。”他说。

“对不起。”我说，然后踩灭香烟。其实我知道，他也刚把烟头扔掉。

“我在找人。”我说。

“这里已经没人了，十分钟后就要关门。”

“我找维尔·尤迪特。昨天上午下葬的。”我说。

“你明天再来找吧。现在请你离开墓地。”

“她是我姐姐。”我说。

“十一区后边，靠近轮胎厂。抓紧时间，八点钟就要放狗出来。”

“我回来了，妈。”我站在门厅朝屋里说道，但她没有回答。她躺在床上的样子就跟我一天前离开时一样，只是毛巾干了，皱巴巴的，蒙在脸上。随着时光流逝，她的整副身体也逐渐萎缩。十五年里，看不见的丝线将她网住，如同蜘蛛网住金龟子，但是透过褶皱的丝网，美丽的甲壳仍隐约可见。

“我回来了，妈。”我又说了一遍，然后将毛巾从她脸上拿开，我以为她睡着了，但她却醒着。没错，她的目光空洞。我一看到那张漠无表情的脸，心里就明白，没必要跟她说什么。我走进厨房，泡了壶茶。过了一会儿，她跟了进来，脚下打晃。

“你去哪儿了儿子？”她问，可能这是有生以来她第一次这样问我。

“这不重要。”我说。

“她是自作自受。她该跟乐谱一起烂在地下。就让她死在外头吧！”

“我累了。”我说，随后站了起来，想回房间，但她一把抓住我的胳膊。

“这么说，你相信了？你相信了那些胡言乱语？”

“这不重要。”

“什么不重要！那封信里的每个词都是肮脏的谎言！”

“您说得对。”我说。

“我从来没有强迫她做过任何事情！”

“可能吧，妈。”我说。

“她已经是一个成年女人，愿意做什么就做什么！她想跟谁做爱就跟谁做！我也一样，我想跟谁做爱就跟谁做！”

“这我知道。”我说。

“还有刮宫，那也是一个拙劣的谎言！那只不过是一项检查！一项常规检查，你懂不懂？！”

“大概是吧。”我说。

“你给我闭嘴！不是‘大概’！每个女孩到了十三岁，都要被带去让医生检查，你查了没有？！”

“我懂了，妈。”我说。

“你什么都不懂！我教给她生活！一个女人应该知道如何生活！她应该学着像我这样！”

“现在说什么都已经晚了，妈。”我说。

起初，我只以为她是因为偏头痛才不出家门，后来一晃就是十五年。今天，是她两星期里第一次看到蓝天，因为我把她装在敞着盖的棺材里搬到庭院。

“她没有闭眼？”一个运尸工问。

“没有。”我说。

“人一般死后都会闭眼。”

“我知道。”我说。

“她的眼睛很漂亮。”

“现在也很漂亮。”我说。邻居们站在悬廊上惊得目瞪口呆，不知道我母亲是从哪儿变出来的，因为他们早把她给忘了。

在刚开始的几个月里，他们还不时关心地问：“好长时间没看见我们尊敬的女艺术家了，她的身体还好吧？”我告诉他们，我母亲很好，什么病也没有。后来，他们只向收煤气水电费的人打听，卡尔奇让他们放心，我母亲根本没有中风，他刚刚还看见她撞上房门，就跟上周一播放的老电影里一样漂亮。“估计她已经告别舞台。有名的女演员们经常告别舞台，之后找一个别的机会，重新出现在观众面前；比方说，作为动物保护者什么的。”

尤迪特葬礼的几星期后，我做了个梦。我爬上一座山峰，正好破晓。脚下的山谷里浓雾氤氲，山上吉卜赛人的房子雪白刺眼。我战战兢兢地从紧闭的房门和罩着黑纱的窗户前悄悄溜过，因为我从剧院里的一个清洁女工嘴里听说，吉卜赛人经常把陌生的孩子绑在马棚里，喂他们马血，那些喝了马血后长出翅膀的孩子，将根据死者的宿命把他们带进天堂或领进地狱，因为在这件事上，部落首领连上帝也不相信。

这时候，天光大亮，房后的松树在风中摇曳。我既听不到枝杈的怒吼，也听不到树干的呻吟，仿佛除了我心脏的突突狂跳，不再存在任何声音。我眼看就要将这个即将苏醒的墓地甩到身后，通向山下的小路已隐约可见，但是在最后一栋房子的庭院里，站着一个吉卜赛女孩。过胯的长辫子里插满金币，腰上系着浅色的围巾，嘴唇是秋日蔓越莓的红色。我很想飞奔，但她的视线让我瘫痪。我的血管里灌了铅，吐沫像柏油一样流进喉咙。她的手里攥着根马鞭，一只真人大小的猫头鹰蹲在她身旁的一个松树桩上打盹儿。女孩用我听不懂的语言冲我说了些什么，仅仅说了一个词。之后她甩了一个响鞭，等到鸟儿开始回巢，翅膀沉重的呼啸声飞进了罩着黑纱的窗口。

第二天早上，我就收到了尤迪特对自己讣告的回应：“尊敬的母亲，如果您想看到我的话，回头不要闭上眼睛。”她这样写道，在一张加拉加斯明信片上，一个手攥马鞭的吉卜赛女孩看着我，在她的头发里嵌着金币，腰上系着浅色的围巾，在她的眼神里冒着憎恨的火焰。我站在楼道里的信箱前，一动不动地愣了好几分钟，最后我把明信片揉成一团塞进兜里。我准确地知道，这张明信片永远永远不能落到母亲的手里。那天半夜，我将工具箱翻了个底朝天，最终找到一把可以锁上写字台抽屉的旧钥匙。藏好明信片后，我试图给钥匙找一个安全的地方，可即使把它塞到地板嵌条后，我还是感觉不安全。想来想去，最后我用一根线绳拴好挂在脖子上，一挂就是好几年，就像一个蹩脚的星座图，虽然有点生锈，但还是一个灵验的护身符。

我给尤迪特写了三四封信，但每封信都被退了回来。退回的信皱巴巴地装在塑料袋里，邮戳被水泡过，好像邮递员不小心把它掉进了大海里。从那之后，我再没有给她寄过信，但还是给她写下了一切，告诉她家里的情况，因为除跟她之外，这些话我实在无处倾诉。一个人不能告诉别人自己的母亲疯了。节目全都结束了，她仍盯着电视发呆；她在门上装了一大排防盗链；吃午饭时，她突然起身，装作去拿餐巾纸，却用松肉锤将电话机砸得粉碎，然后回到桌旁继续吃盘子里剩下的番茄汤。

总之，我给她写下家里的一切，当然，并不是以正经写信的形式（因为那么写反正也毫无意义），而好像是写给那些有朝一日会闯进我家的人看的。后来有一次，我忘了把一个类似的故事锁到抽屉里藏起来，晚上，我回到家里，母亲看我的眼神，就跟当场捉到我正在读尤迪特被藏起来的信件一样。

“这是什么垃圾，儿子？”她问。我缄口不语，因为脑子里想不出任何可以搪塞的话。

我们站在门厅里面面相觑，她手里攥着揉皱的稿纸，我心里既感到恼火，又觉得羞辱。最后我说：“那是一篇小说，妈。”因为我觉得只有这么说，才能阻止她的干涉。因为，如果需要的话，我可以在门上装二十根防盗链；如果需要的话，我可以跟邻居们撒谎说“谢谢，我们都好”，但是没有任何人能干涉我在A4纸上写什么，在整个该诅咒的地球上也没人可以干涉我！

“就连你的动词前缀都让人恶心。”她说。

“也许吧，妈。那您就别读它了。”我说。从那之后，我干脆将写过的稿纸放在桌上，直到艾丝特来到家里，除我母亲之外，从来没有人读过它们。

事实上，我第一次说“我是作家”，是跟一位警察。不过没遇到什么麻烦，因为既不是在“三月十五[01]”，也不是在“十月二十三[02]”。那只是初秋的一次常规调查。“晚上好，请出示您的身份证。”来人接过紫红色的小本子，我随后复述出个人信息：出生年月日，母亲姓名，常住地址。之后他问我在哪里工作，结果发现，我根本没有工作单位。“这么说，您是社会闲杂人员。”他边说边取出登记簿，夹好一张复写纸，准备把我这个威胁公共治安的无业游民记录在册，我就跟母亲站在门厅里问我“这是什么垃圾儿子”时一样无言以对。我告诉警察，我是作家。他问我有什么可以证实，因为是个人都可以这么讲。这些他已经听腻了，这个说是作家，那个说是画家，另一个自称是杂技演员，可却找不到任何证明资料。“你们明知故犯地对抗法律，然后没完没了地抱怨这个体制那个体制。这样不行。这样肯定行不通，尊敬的先生，如果现在我把您的情况如实写到登记簿里，您知道会发生什么吗？我告诉您会发生什么吧。您，尊敬的先生，将从下月一日起作为学徒工参加畜牧农场的建设。现在我可以放过您，但如果下次您既不承担公民义务，也不出示从事自由创作的有效公文，那么我不会再有这样的好脾气。”

01　3 月 15 日是匈牙利自由斗争纪念日，纪念 1848 年爆发的反对哈布斯堡王朝统治、争取民族独立的自由之战。

02　10 月 23 日是匈牙利人民革命纪念日，纪念 1956 年爆发的反对苏联统治的民众起义。

“尊敬的母亲，我今天抵达罗马。”我写道，然后迅速在信封上写好地址，在两点半前赶到盖列尔特饭店。尤迪特已经四个月没再给家里写一行字，我终于找到一个能够帮我从“经互会”[01]境外寄信的人。她叫阿奈塔，是一个崇尚人本主义的女外贸商，要死要活地想要建立深层的关系，并且偏执地认为，如果一个男人更热衷于谈李尔王，而不是自己的生息之地，那么这意味着一种深层的关系。“真遗憾，你不能跟我一起去罗马，否则你肯定可以给我讲许多有趣的事。另外，在午夜的斗兽场里，在早期基督徒和角斗士殉难的地方，那该有多颓废啊。”我躺在印着汉德瓦萨[02]设计图案的床单上盯着从荷兰带来的梵高画作印刷品出神，伺机找一个不会让对方感到受辱的机会起床。想来这也不能怪她，即使在做爱之后，在她的斗兽场里，在巴尔托克大街 4 号，在印着汉德瓦萨设计图案的床单上，她也用同样空洞的废话惹我心烦。确实不能怪她，我之所以更热衷于谈李尔王，而不是自己的生息之地，是因为我们已经建立起深层的关系。

“你去哪儿了儿子？”

“就去散了会儿步，妈。”

“下次至少冲个澡再回家。整屋都是科隆香水的臭味。”

“真抱歉，妈。”

“我猜，又是哪个不要脸的小婊子。凡是爱用这类科隆香

---

01 “经互会”即“经济互助委员会”，是由苏联组建的、由社会主义国家组成的政治经济合作组织，总部设在莫斯科。1991 年 6 月 28 日宣布解散。

02 即佛登斯列·汉德瓦萨（1928—2000），是 20 世纪末奥地利最有影响的画家、建筑家和艺术家。

水的，都是婊子。”

“您说这个没有意义，妈。”

“用不着你告诉我有没有意义，回家之前，把你身上的臊味洗干净。听懂了没有？”

“听懂了，妈。”所以，我刚跟阿奈塔说完“没错，在斗兽场里肯定很颓废”，就立刻下床冲澡去了，并在浴室里抽了支烟，因为在她的房间里不可以抽烟。其实也不对，因为我如果非常想抽，也可以被特准在房间里抽，只要我能小心别弄坏那张汉德瓦萨床单。不过我觉得，一个人之所以去淋浴，是因为已经建立了深层的关系，因此不该滥用这类特免权。我连浴缸上方的通风窗都打开了，好让烟尽快散出去，我一边冲澡一边绞尽脑汁，试图编出一个可信的理由，既然我这辈子都没有去过罗马，为什么托她从罗马往布达佩斯给维尔·莱贝卡寄信呢？但我必须编一个理由，因为尤迪特已经四个月没有来信了。我冲完澡后，阿奈塔兴奋地一口答应，当然，她到罗马的第一天就会去寄信，这样跟一位阿姨开玩笑，真是有趣。代表团明天晚上出发，她在出发之前还要去盖列尔特饭店蒸一次桑拿，她问我能不能陪她去。幸好她突然想起来，那里的桑拿不能男女同浴，于是我们说好明天下午两点半在盖列尔特饭店门口碰面。第二天，我取出鹈鹕牌钢笔，开始写信：“尊敬的母亲，我今天抵达罗马……”之后我粘上信封，步行穿过自由大桥。

一位年轻女郎站在桥栏杆旁，长发披散，身穿一件浅灰色风衣，盯着河面上碰撞的浮冰。明亮的冬日沉入云层，河鸥迎风上下翻飞，女郎就像一棵白杨树站在那里，身上的风衣如旌旗招展。

虽然我已经迟到了，但还是不知不觉地驻足了片刻。起初，我注意到的并不是她的脸，而是她抓住铁栏杆的手。后来我忘了尤迪特的信，忘了我的母亲和那个总共见过三次面、崇尚人本主义的阿奈塔。阿奈塔已蒸好桑拿出来，正在盖列尔特饭店门前等着我，她离我只有几百米。我忘掉了被当成维尔家族祖传家具蒙人的舞台道具和那些装在门上的防盗链，忘掉了凯莱佩什公墓里那块令人羞耻的墓碑，墓周围就像被撒了盐，连藤蔓都不想爬过去。我望着这个穿灰风衣的女郎，忘掉了那位曾在我母亲灵感的激发下帮我度过十四岁危机的女演员彼鲁·伊薇特，在一次《海鸥》演出结束后，她在一个租下来的饭馆存衣处惟妙惟肖地给我表演性高潮，简直就跟十年没见过阴茎一样。我忘掉了那位曾想让我帮她度过四十岁危机的女演员梅采依，但是谢天谢地，她没有得逞。我忘掉了挂在脖子上的那把钥匙、手执马鞭的吉卜赛女孩、“巴尔干珍珠”里的报纸捆，还有那二十五只笼子和笼子里折断翅膀的小鸟。我忘掉了让我母亲受辱的费诺同志和戴着镶嵌玻璃红宝石乳罩在老城街道里狂奔的克娄巴特拉。我失神地望着这位穿风衣像白杨树一样站在三月风中的女郎，不时瞥一眼在三十米的桥下被河水冲荡、反光刺目的浮冰，我不知道自己该怎么开口，因为我从来没在街上跟任何人打过招呼。我总是等别人主动跟我打招呼，就像一个颇有教养的妓女，用眼神示意对方：来吧！如果需要的话，我会等待，哪怕等上几个月。总之，现在我不知道该怎么开口。事实上，我心里既没怜悯，也无好奇。我不想知道她为什么站在那儿，为什么还不跳下去，我只想站在那里欣赏她。

“嗨，咱们走吧。”我在欣赏够了之后对她说。

“行。”她说，然后抬眼盯着我。

当时我就该把艾丝特撇下，在咖啡馆里，桌子上堆着威士忌酒杯和组织活检的化验条。“我能把这些收了吗？”女侍者问。我说，别扔，然后把化验条揣了起来，好像那是我的一样。几天之后，化验结果出来了，菲海尔·艾丝特的子宫瘤是良性的，只需要做一个简单的手术，她的子宫就可以变得跟所有二十八岁女孩的一样生机勃勃：既适合分娩，也适合打胎，主要取决于恋爱关系的好坏。

我等在外面的走廊里，兜里揣着两包香烟，因为我不知道一台良性肿瘤摘除手术需要做多久，但我刚抽完一支就想冲进手术室，要他们住手。后来，门终于开了，维达克医生安慰我说："放心吧！可爱的女士一切都好，但至少一个月不能干那种事，您明白吗？"

“明白。”我说。两天之后，我接艾丝特出院，把她送到位于九区的一套归区委会所有的三十二平方米出租房里，楼道里散发着公猫的臊味，我把她背上三层，就像背自己产后的老婆，实际上我第一次去她家。

“你去哪儿儿子？”

“该买面包了，妈。”

“面包还有，昨天你也是十点才回家。”

“昨天我有事儿，妈。”

“你这么到处乱跑，我放心不下。”

“好吧，我回头尽量早点回来，妈。”我说。后来，有一天夜里，我重新装了一下门上的两条防盗链，这样一来，我从门外也可以用一只小钩将它们挂上，等到母亲睡熟后，我像逃离教养院一样地从家里溜出，因为我不想听她问：“你去哪儿了儿子？”在一张海绵垫上，我挨着艾丝特躺到黎明，太阳大街的居民楼里寂静得如同修道院，我该感谢维达克医生，因为是他禁止了我们干那种事。我没再对李尔王进行深刻的剖析，而是开始跟她讲起我将近十年没跟任何人讲过的一切。我一直讲到路边压杆式泉井响起咕噜噜的水声，她既不刨根，也不问底，只是使劲地把我搂在怀里，她用的力气是那么大，以至于她的耻骨在我的大腿上留下了一块紫痕。

“我想看看你的房间。”艾丝特说。

“不行，”我说，“再说也没有什么好看的。有一张曾在某出俄罗斯话剧里用过的写字台，我的床还不错，也是在哪出戏里用过的，还有一大堆书，大概我只读过其中的五分之一。”

“地毯呢？”

“《威尼斯商人》的。”

“吊灯呢？”

“来自一出捷克斯洛伐克的喜剧。剧名我已经记不得了。”

“风景怎么样？”

“不是博物馆花园，就是百叶窗。”

“我很想看看。”

“不行，你还病着呢。”我已经骗了她好几天了，因为我实在害怕过不了多久，自己又会像在喀尔巴阡饭馆的存衣处，或者在小佩斯公寓或汉德瓦萨床单上，盼望能够伺机逃走。我希望维达克医生的禁令能够一辈子有效。希望自己每天都能穿着衣服躺在这张一米六宽、两米长的海绵垫上，只是讲啊讲啊，一直讲到她听不到我的声音。我对别的都无欲无求，只渴望她能攥紧我的手，只渴望能透过她的睡袍感觉到她怀里的体温。当她的嘴唇开始抽搐，我知道在我讲最后的几句话之前，她就已经什么都听不到了。于是我闭上嘴，仔细地观察这个越来越让人困惑的身体。我注意到她的脊柱紧绷，就像一个正被电击抢救的垂危病人，就像一根再弹一下就会绷断的小提琴弦。既恐怖，又美丽，就跟那天她站在风中，站在反光刺目的浮冰上三十米的高空中一样。我望着她被蓬乱的黑发遮住的脸和随着呼吸微微起伏的胸脯，我望着她，慢慢从沉思中苏醒过来。后来，在她的手伸到我的怀里之前，我一把抓住她的手腕，我骗她说："我现在必须回家去，因为我妈妈马上就要醒了。"她说："那你就走吧。"并且吻了我的眼睛。

"我想看看你妈妈。"她说。

"不行，"我说，"再说也没有什么好看的。当她不演朱丽叶或劳拉·兰巴赫时，她看上去跟我没什么两样。"

"这个我知道。"

"你从哪儿知道的？"

"今天我去了图书馆，找出几本杂志的封面照。"

"你不该去那儿。"

"我不是你妈妈。"

"这个我知道。"

"那你吻我吧。"她说。

"你还病着。"我说。

"你骗人。"她说，随后解开了睡袍的腰带。事实上，当黑白色的丝绸从她肩膀上滑下时，我第一次看到她的裸体。

我本想逃走，但却坐在了她的身上，犹如上帝的天使降落在尼尼威的废墟上。我俩四目相望，她开始动手脱我的衬衫。

“别。”我说。

“闭嘴。”她说，我只看到她的头发，感到肚脐眼里流满温热的口水。她的脸紧紧贴着我的小腹，她用唇沾着吐沫，涂在我绷紧的皮肤上。就在燃烧前的刹那，我的阴茎感觉到她呼出的哈气。

“别。”我再次阻止，但她将沾了自己阴液的手指按到我唇上，轻轻插进我的嘴里，用海水的味道将我麻醉，使我软瘫。她的指尖贴着我的舌头向深处探去，一直触到我的喉咙，然后缓缓退出，我感到天旋地转，下面那唯一的一枚味蕾，在怒张的毛细血管上爬行。后来，我感到她的唇在我的神经末梢上上下滑动，我又慢慢开始遗忘，忘掉了一切，就像不久前在自由大桥上那样。不仅忘掉了我用钥匙锁上的抽屉、尤迪特用左手伪造的信件，以及戴着镶嵌红宝石的乳罩朝家里狂奔的克娄巴特拉，而且忘掉了现在究竟是凌晨，还是午后。当我连为什么吸气都忘了的时候，我的脊柱僵直，艾丝特的嘴唇也忘记了归途。我突然坠落，落入喉咙的虚无深处，在接下来的那个瞬间，我感觉不到在我胸膛上耕犁的指甲，听不到我自己低吼，除了她喉咙有节奏的挛搐，我什么都已经感觉不到，仿佛在我肋骨的笼中，吞噬掉了一个月来分泌的全部欲望松脂和疯狂的心跳。之后，光和黑暗一起倏然消失，上帝之钟在天堂里停了，我母亲道具室里的马蹄表在地狱里停了。

我在自己精液的味道中苏醒过来。她亲我的时候，我的精子像一串珍珠项链从她的嘴角流出。“我爱你。”她说。当她的手指从我的嘴唇移到我的睾丸时，我的确已经有了足够的能力，做那件曾因积蓄了一个月的欲望而变得无能的事。我的手找到她肋骨间逶迤的曲径，然后向下摸进她最后一节尾椎后幽邃的洞穴，试图为自己在她的阴唇间辟开一条路。“疼吗？”我问，但她已经丧失了将声音变成词汇的能力。声音断断续续地随着喘息从意识崩溃了的卧室里逃出。她的舌头再次舔遍了我上腭的拱壁，钻进嘴唇和牙龈的间隙，她的口水流进我的喉咙，但是当我进入她身体的最深处，当我在她体内感到她心脏的狂跳时，她已经失去了接吻的气力，这时候我心里只想着母亲道具室里的马蹄表，因为希望它先不要停。我想让时间永远留在这里，徜徉在这间意识崩溃了的卧室里，跟我嘴里乳头的汗味一起，但是不行。一千只手抓住我的胳膊，攥紧我的指腹，伸向阴蒂滚烫的灰烬，片刻之后，我感觉到紧贴在我身上的肌肉开始抽搐，艾丝特哭着抓住我的双肋，或许我还感觉到她眩晕地瘫倒。

现在我该感觉到根茎，我想；就跟橡树一样，她想；更像是雪松，它能继续活下去，我想；我爱你，她想；闭嘴，我想；我只是在想，她想；这么想会毁了你的，我想；我不在乎，她想；这样活着是不可能的，我想；但我想要这样，她想；闭嘴，我想；我就不闭嘴，她想；我给她请一位女护士，我想；那是你最后一次见她，她想；我知道，我想，我只是想，我想；只要你躺在我身边，你就不应该想她，她想；别生我气，我想；我没生气，她想；那你抱紧我吧，我想；我抱着你呢，她想；我想留在这里，我想；我知道，她想；我想跟橡树一样待在一个地方，我想；或者跟雪松一样活下去，她想；我想用根茎抓住你，我想；那就抓住我吧，她想；你的胯现在已经紫了，我想；我不在乎，她想；我爱你，我想；那我们以后就这么活着，她想；这样活着是不可能的，我想；但只有这样活着才有意义，她想；我会让你害怕的，我想；已经没有什么能够让我害怕了，她想；但我这么想，我想；天已经亮了，她想；你沉默一个月也没有用，我想；你该走了，她想；你比我更怕，我想；这不是真的，她想；怎么不是真的，我想；你真得走了，她马上就要醒了，她想；我知道，我想；那你赶紧走吧，她想，她吻掉我额头上豆大的汗珠。

"你去哪儿了儿子？"

"我有事儿来着，妈。"

"我的胸口很疼。"

"别生气，妈。"

"那我就是死了，你也别回家。"

"我去请个医生来。"

"别叫任何人来这里，我已经吃了药。"

"那好吧，妈。"我说。其实我清楚地知道，家里除了维生素和缬草外什么药也没有，就连阿司匹林都吃完了，但我没有勇气说出口，我根本不相信她胸口疼。然而，我十岁的时候敢去她的房间，毫不迟疑地要求他们立即停止排练，并要埃芬巴赫立即滚蛋，因为我和尤迪特想要睡觉，我们七点就要起床。

"再说，你根本就不是演员，只是一个臭记者。"我对埃芬巴赫说，至今我都不能理解，为什么我要为此向他道歉，妈，他本来就是一个臭记者，一个只会听从政府指示写些一钱不值连傻瓜都知道的废话的三流评论家。“触及人性的深刻作品”，只有这句话我没有忘，妈。它们就跟“触及人性的深刻作品”一样可怜，我记得比乘法口诀还要清楚，但是即便如此，我还是会服从你的意志在演出后的招待会上去跟那个小人道歉。

“我想为上次的事情向您道歉。”我说。

“道什么歉啊，我早就忘了。”他说。

“但我没忘。”我说。

“你听我讲，你已经是个大男孩了，再过几天就是一个大男人。你应该明白，我并没有伤害过你母亲。”

“当然没有。”我说。

“我俩当时，怎么说呢，你想要一杯苹果汁吗？”

“不想喝。”我说。

“所以说，她之所以经常发出尖叫，并不是因为受到了伤害，而是因为她非常高兴。如果圣诞老人给你带来了你喜欢的礼物，你肯定也会尖叫的。”

“是的。”我说。

“你看，你很聪明。我们是不是说到这儿了，这么说吧，像你母亲这样漂亮的阿姨，尖叫的声音越大，说明她们越高兴？”

“对，是说到这儿了。”我说。

“当然，你说的这个一点儿没错，我确实不是演员，但是有的时候，人们并不喜欢说自己为什么高兴，因为他们觉得无论怎么解释别人都不会理解的，所以在那种时候，他们索性说些模棱两可的话……你肯定不想喝苹果汁吗？”

“肯定不喝，”我说，“其实什么事也没有，我妈也更乐意让我们以为，她是在排练。”

“这话怎么讲？”

“比方说，总比我冲进屋嚷‘你们别操了’要好。”

“天哪，你这小子！已经可以和你像男人跟男人那样说话了。”

“那咱们就直话直说吧，”我说，“我不想让我妈再跟你操。”

“这话听上去不像是道歉。”

“你说咱们可以像男人跟男人那样说话的。”

“你是不是有点太自以为是？”

“没有，”我说，“我只是不喜欢像你这副德行的人，带着杏仁奶糖来做爱。我最恨的就是杏仁奶糖。”

“嘿，赶紧去找你妈去吧，小心我要扇你的嘴巴。”他说。我本来还想说下去，比方说，我敢连眼皮都不眨地宰了他！但是就在这时，沙罗希导演同志走过来跟评论家埃芬巴赫碰杯，我和尤迪特被揪到了一边。

别生气，妈，是我把一个三流作家打造成了一位公正的评论家。没过多久，这位公正的评论家坦率地指出，女演员维尔用十分俗气的喜剧方式咯咯地笑着说道：“噢，你是这么敢想敢做！”还有，“要活得随心所欲”。说真的，怎么会是这样？为什么你演约卡斯塔演得最糟糕，妈？为什么就连见识过那么多蹩脚演技的埃芬巴赫·托马什都会感到惊讶不已？为什么偏偏这个为你量身定制的角色，成了你舞台生涯中唯一令人羞惭的巨大瑕疵？

其实，我根本没必要过去道歉，因为三天之后反正客座导演吉尔兹·布科夫斯基也会来，他在做爱之前操着英语喝伏特加，但在射精之后改用波兰语打呼噜，他希望从今以后我们能够生活在一起，就像一个大家庭，因为他怀着这样的梦想。“我们一起。”他搂着我们走进浴室，从他穿了多天的跨栏背心里散发出混着俄罗斯伏特加、匈牙利须后水和波兰汗臭的恶心气味，他特别高兴听到尤迪特对他说：“你可真臭，吉尔兹！”因为他一个词也听不懂。他还为我们四个都是一头漂亮的金发感到高兴。真正的一家子。事实上，我们也很高兴。我喜欢这个感染力极强、打破常规的天主教教徒，他会大大咧咧地拍你的屁股说：“先跟孩子们踏踏实实地吃完早餐，然后再排穆罗杰格[01]的戏，顶多让同事们等半个小时。”我喜欢听他问：“怎么又是小熊牌奶酪？”随后，他趁着鸡蛋还没有煮熟，跑到楼下小卖铺买回几根农家香肠和两瓶伏特加。实际上，我们真不舍得他一个月后回到华沙他自己的老婆孩子身边，他们也全都是一头金发，他们的照片就挂在我家的冰箱上，为的是吉尔兹能在晚饭后看看他们，也就是看看而已，为了能够获取灵感而伤心一下：真遗憾呀，你们离得这么远，而我们是多么的相爱啊。那将是一个大家庭，非常非常大，他的女儿弹钢琴，你的女儿拉小提琴，即使儿子们什么都不会，那也挺好。

是的，妈，我确实很不舍得让吉尔兹·布科夫斯基回华沙，因为这里需要隐秘的思想、打破常规的天主教教徒、打破常规的戏剧和打破常规的家庭。我不能说我真喜欢他，但他至少不会跟人家讲：“你妈妈夜里见到圣诞老人是多高兴啊。”

---

01 即斯瓦博米尔·穆罗杰格（1930—2013），波兰著名剧作家、小说家。

我单凭这点也不舍得他。

“你觉得，咱们去你们家怎么样？”艾丝特问。

“我不知道，”我说，“已经十几年了，没有陌生人去过我们家。她唯一只见过收水电费的。”

“从来没有人上门找她？”

“当然有过。至少有过三个。大概只有这三个人没有听到这句传言：不管从哪个角度讲，最好都别去找女演员维尔·莱贝卡。如果一个人只有情人和熟人，那真很倒霉。”

“别把话说得这么难听。”

“确实很倒霉。这个我有切身体验。总之，在前几周里，大概还有过三个消息不灵通的家伙。我母亲就像个外科医生，准确地知道该在门口跟什么人说什么话，能让对方这辈子都不会再动登门拜访的念头。她跟第一个人赞美自己的丈夫，向第二个人问候对方的情妇，和第三个人不用费更多的口舌，只需要损一下他的发型。实际上，人类并不是多么复杂的动物。当然，她也很会有的放矢地运用词汇。只有街区医生到过她的房间，因为母亲以为是我叫的，以为我想把她关进疯人院。其实他来家里，只是因为有一份什么材料我母亲拖了几个月还没有签字。”

“后来呢？”

“没有什么。我母亲为这意外的造访感到特别高兴，她抱怨说，她的腰疼又犯了。她给医生看她哪个部位疼，医生为此感到受宠若惊。我被支到楼下的小卖铺，买了一瓶玫瑰红酒和一些小点心。医生为给我们添了这么多麻烦而感到抱歉，他说艺术家的生活都是这样，太紧张了。之后，他赞美我母亲的斜纹软呢外套，并在处方纸上签了字。”

“我猜，医生肯定给她开了利奇托菲特运动药膏。”

“开了。后来，我母亲把我关到厕所里，戴上胶皮手套，用电熨斗的电线将电引到前厅大门的门把手上，好把那些被我叫来想把她送进利普特疯人院的家伙全都电死在悬廊上。幸好她在连线时发生了短路，只把保险丝烧断了。”

“这太可怕了。”

“但是可以慢慢习惯，”我说，“谢天谢地，她在装灯泡时从来没忘记带胶皮手套。因为她是个怕死鬼。话说回来，如果电视和吹风机也是用脚镫子控制的话，我很可能现在都坐在厕所里。”

“你脑子有病。怎么能拿这种事开玩笑？”她责备我说，可她自己也笑了。

“只是因为，我知道菲海尔·艾丝特马上就会抱着我。”我说。她马上把我搂进怀里，我俩的舌头在口腔内的黑暗中较量了一会儿，之后我任凭她战胜了我。我任凭她征服我从嘴唇到咽喉的所有领域，因为我同时摸到了她夏衫的衣襟。“你真是疯了，咱们不能在这儿。”她说，但是我已经感觉到，她的乳头开始坚挺，我已经感觉到，她的阴蒂硬得像石子，或者说像那种水晶，当它在地下，在矿井深处，要比深海的海绵还要柔软，但是一旦见到阳光，就立刻变硬，如同石英。我已经感觉到她在裤子纽扣间探寻的手指，听到她的心跳。心键有力的敲击声，在整个布达佩斯东部的餐饮区内咚咚回响，感谢仁慈的主，整个上午这里没有一位客人惠顾。“别停下！”在巨大空旷的大堂角落，她喘得上气不接下气，这个时候，我的一只手已经探到她笔直迷宫的最深处，另一只手捂住她的嘴，因为我知道，她的尖叫会召集起所有的饭店员工。男跑堂和女洗碗工会从各个角落闻声赶来，但是即便如此，也无退路。我知道，即使一个警察大队也已经不能制止我们。只要我的手再动一下，科威特的所有油井和冰岛的所有火山都会妒忌。缠在暖气管上的塑料花突然活了，大理石图案的油布和立体派的吊顶开始波浪起伏，霓虹灯灭了，尼龙窗帘刺眼地飘摆，仿佛电熨斗的电线连到了濒临倒闭的迷迭香饭店。之后，墙壁颤抖，整座社会主义现实派风格的建筑物连同两只啤酒杯和盛满烟蒂的烟灰缸一起剧烈摇晃，最后，艾丝特扑倒在桌子上，我也差一点扑在她的肩头，但在远处朦胧的暗影中，出现了一个似神似猿的模糊人影，他问我们还想不想点些什么，我说：“我也不知道，哦，对了，再来两杯跟刚才一样的吧。”

“多来几杯。”艾丝特小声说。她始终用胳膊遮住脸，担心对方从她的神色中看出一切。现在，哪怕是她的一个眼神，都会触及刑法关于公共场合有伤风化罪的所有条款。与此同时，我察觉到她正用另一只手在桌子下面动作迅速地整理衣服。

等到大堂里终于又只剩下我俩，我说：“一年半徒刑缓期执行。”

“才一年半？我会被判十年监禁。”她微笑着说。吻我之前，她用滑润的手指在我的唇上抹了一下。我心里想说，那么我会被判终身监禁。

“你为什么想见她？”后来我在街上问她。

“其实，我也不知道。”她说。

“她还没见过你，就已经恨得够呛了。”

“我猜，你已经跟她提过我了？”

“没有。她熟悉你的味道。”

“我更恨只通过味道认识的人。”

“你不是我母亲。”我说。

“其实，我也并不是想要见她。当然，我是想见她，但完全是因为别的原因。出于好奇。人这样可以更容易地接受事实。恐惧要比这个更可怕。”

“你没有任何理由怕她。”

“我想，我并不是怕她，而是怕她的儿子。因为是你在帮她，是你像看守一样锁上房门。”

“那我们现在就去。”我握住她的手说，然而我清楚地知道，母亲将以外科医生的精准找到能够用来割破迷迭香饭店获得了生命的尼龙窗帘、波浪起伏的吊顶和腌臜油布的词句。我的肠胃痉挛，但我并没有阻拦艾丝特在环路的地下通道里买花。我们站在门口。母亲只上下打量了一眼，连对方的名字都不感兴趣。

“我不能忍受你把你的婊子们往家里带。你还是跟平时一样，把她带到小旅馆吧。”话音未落，她砰的一声撞上了房门，就在那一刻，我看到眼泪重新刷掉艾丝特眼中的最后一丝光亮。这一次，母亲的态度要比对其他任何人都狠，比朝脸上啐痰或打一记耳光更疼。

用带刺的铁丝网圈起的耕地，立在远处的瞭望塔。所有长方形的土坑都黑黢黢的，密密麻麻一望无际。每个土坑前都有一小块陶瓷牌，上面刻着种植时间。这片地方归一位身穿制服的医生领导。在我换岗之前，他向我布置任务。他在一个土坑边停下，朝坑底指了指说：“对这个坑要格外注意，我们对它抱的希望最大。”坑里面，一个瞎老太太挥舞着一根白色拐杖。

“醒醒，你该走了。”艾丝特说。

“我不走。”我说。

“你必须走。”

“我都十年不能回家了。”

“这有可能。可你现在必须回去。”

“我恨死她了。”

“用不着你替我恨她。”她说。

“你去哪儿了，儿子？”

“这个你以后永远别再问我，妈。”

“不准你把婊子往家里带。我不需要观众！”

“艾丝特，妈！菲海尔·艾丝特！从现在开始你好好记住！比记你自己的名字还要清楚！”

“这是我的家！在这里，我想叫她什么就叫什么！”

“你错了，妈！”

“婊子！婊子，你听明白没有？！最烂的婊子！这种婊子的用处，就是让你发泄一下！”

“求求你，别嚷了，妈！”

“她也真不要脸！刚被操了几次，就恬不知耻地拿束小花到这里晃悠！”

“你给我住嘴！”

“我知道，这个贱妇你已经操了几个月了！这个小艾丝特！她是想要毁了我！”

“没有人能够毁了你，妈！”

“你脑子里灌的都是她的话！只要你的阴茎上还没吸上水蛭，就永远别想跟我这么讲话！”

“我错了，妈！所有不敢跟你这么讲话的人都错了。整个匈牙利戏剧界都错了。当时只有费诺同志除外！”

“闭嘴！”

“就连尤迪特也只敢在信里跟你讲话！只敢从世界的另一头给你写信，说……”

“闭上你的狗嘴！”

“我闭不闭嘴都一个样！反正我也说不出什么新鲜的，只会说让你发疯的话！”

“滚回你自己的房间去！”

“一个十年不出家门的人，肯定是疯了，妈！一个不值一理的疯子，你明不明白？！你该死就死吧！死了也就清静了！”我冲她吼道，撞上了房门，之后浑身哆嗦地躺在床上，等着我的血管爆裂，至少要窒息，因为我说了人们从来不应该说出口的话。

十分钟后，我敲门进去。母亲站在屋里，身上的睡袍整理过，刚刚梳了头，涂了口红，她问我：“你去哪儿了儿子？”好像根本记不得发生过什么。我几乎哭了出来，“我有事儿来着，妈。”我说。“我烧了一锅番茄汤。”她说。随后，她盛好两盘没味儿的稀汤，我俩的勺子同时碰到盘子上，同时从盘子里舀起一勺放到嘴里，并同时咽到肚子里。这时我已经知道，她并不是装的，而是真的记不得我说过什么了。从现在开始，她永远不会再记起什么，不会记起任何一句可能改变至今为止的秩序而让我们按照迥然不同的新秩序生活的话。

“明天给我买些水果吧。”她说。

“行，我去买苹果。”我说。

“你最好还是买葡萄。我想吃葡萄。”

有一个星期五，艾丝特从图书馆弄来一台莱明顿牌打字机，买了一包五百张的海鸥牌打印纸、复写纸和一包饼干，然后在桌上放了两壶冰茶。

“我不想看见你。”她说，并将两把扶手椅的椅背相对。

“这样，我就跟对着墙读一样。”

“当然。”她说，于是，我对着白墙开始读我写的那些故事。

从打字机噼里啪啦的声音里，我可以听出她在哪儿换的行，在哪儿少打了一个定语，这时候，我也察觉到哪个定语不该要，我继续读《雇人做梦的故事》《货车运输的故事》《小提琴的故事》，等到午后的墙壁变得灰暗，我时不时地开始打盹儿，因为纸上的字行相互打架。《儿科的故事》不再是由单词组成，而是变成了漆黑一片的挛缩线虫，这时候，我陷入惊恐，因为我忽然意识到，我闭着眼睛也可以阅读。我清楚地记得许多年前写过的句子，清楚得就跟记得饼干蘸茶后的味道一样。这时我跟艾丝特说，别再打了，打好了也没有任何意义。没有什么比一个人把大脑乱七八糟的胡思乱想跟自由混为一谈更无聊了。但她没有理我，只是拿起两张空白纸，将一张嗖嗖作响的复写纸夹在中间，我听到她轻轻扣了几下桌子，之后将空白纸插到打字机里等了一会儿，我喝了口茶，继续读《戏剧的故事》，等我读完之后，她已经累得打不下去了。她不得不在手腕上缠了一块湿手帕，由于打字过久，她的指腹已经变得很硬。我从浴室取来妮维雅护肤油为她涂在手上和整条胳膊上。后来，她翻了个身，好让我能够涂到她的肩胛骨和腰。

“再往下点儿。正好是你喜欢的那节脊椎骨疼。”她说，并将一个靠垫卷起压在肚子下，“我们真得弄一把好椅子。等你的书打出来了，你又可以送我去医院了。”

“我根本不想出这本书。”我说。

“废话少说。接着给我抹吧，全身都要。”她说。我慢慢给她涂遍全身，从脖子到胯，直到所有的脚趾，然后涂到她叉开的大腿间晶莹闪光的阴唇附近，但我小心翼翼地避免碰它。

“全身都要！”她透过披散的头发说，但始终只有我的哈气碰到她搏动的阴蒂，因为出于纯粹的欲望，我还想仔细地欣赏它。她摸到油盒，将花生大小的一小疙瘩油抹到括约肌周围，“还有这儿。”她小声说，边说边将手指朝里面滑去，紫红色的肌肉开始慢慢松弛。我的手指也贴着她的手指插了进去，终于突破了内心的障碍。

“哎呀，疼。”当我试图进入她的身体时，她呻吟了一声，我本来应该停下，但在那一刻，除了来自遥远角落的操控之外，我几乎什么都感觉不到。她双手抓紧我的两胯，不让我逃脱她的肛门的紧缩。“我要。我要这样。”她剧烈喘息，十个指甲掐进我的皮肉，随后猛地将我拽向自己，如同一个人将匕首刺进自己体内，随着她发出受伤的野兽般尖叫，我已然感到来自痛苦折磨的无助与狂喜。实际上，这种狂喜是一种高贵的痛楚。

她躺在床垫上，怀里紧紧地抱着靠垫，就像被埋在火山岩深处、只剩下人形躯壳的庞贝人。她的意识若有若无，大腿上精液的斑纹和脸上的泪水都半湿半干。太阳从对面房子的窗户上反射进来，将房间染成了暗红色，之后飘过了一片云，也许对面是谁推开了窗户，因为房间里突然暗了下来。我仰面躺着，后脑勺枕在她的腹股沟上，盯着天花板上米色的水迹。

“你跟她睡了，是不是？”她问，我一时间没弄懂她在说什么。后来我撒谎说，没有。

也许，当时她应该冲我喊：“你别想骗我！”是的，我当时应该告诉她，当克娄巴特拉穿着三流滑稽剧女舞蹈演员的服装一路狂奔地穿过老城，当安东尼乌斯为她擦去身上的泥和杏仁味汗珠后，那位被打入冷宫的女演员维尔稍歇了一会儿，然后匆匆忙忙地走进了浴室。她无须做出太多的动作，顶多就像捷克斯洛伐克风格的悲喜剧里需要的那样，但是单凭那几个动作，就足以让我们在接下来的几个星期里无颜面对，足以让克娄巴特拉无法在次日的早餐桌前读她有生以来第一次接到的配角戏，而是端着她的薄荷茶回到自己的房间，在紧闭的门后背诵台词。总而言之，在最没有人性的日子里，我们的举止最有人性。那时候，我们一个简单的触碰，就能让面包风干，自来水流成一地汪洋。后来，尤迪特终于寄来了一封信，或多或少地帮助我们重新找到了具有安全意味的句子：

“看起来，大都会也并不是那么糟糕的地方。但可怕的是，你总是不能够流利地读信，儿子。你没有通过中学的毕业考试，我一点儿也不觉得奇怪。”

“我是代数考试不及格，妈。”

“哦，不管哪门不及格，至少你应该去补考。”

“我明年会去，妈。”但我并没有去，因为在这个已变成双穴墓室的家宅里，有没有高中毕业证书都无所谓。是的，妈，你其实完全没有必要画蛇添足地葬掉你的女儿。事实上，你用那个动作已经标出了防盗链的位置，正是那个动作，使你陶醉于那只从你的小腹移到忧伤的克娄巴特拉的潮润阴道的安东尼乌斯的手。

“别问了。求求你，别再问了。”艾丝特说。在最后几年里，在尤迪特旁边，我早就学会了不刨根问底。我俩从佩斯的某段河岸步行到布达的某个观景台，几公里路上我什么都不问。夜里我趴在窗口看西欧车牌的轿车，早晨我什么都不问。我从邮箱里取出既没写发信人也没贴邮票的信给她，我什么都不问。我只在贝尔格莱德比赛前问过她一次，那是因为她哭了。夜里，她在剧院里练琴，因为剧场里的声响效果要比音乐学院的排练厅好。在雷鸣般的掌声后，工作人员拆除了舞台上的罗马城布景后下班回家，我们两人留了下来。她站在台上，在一只六十瓦灯泡昏黄的光下，我坐在台下，身边放着那个被我想象为约柜[01]的琴盒，我的石牌和手执长鞭、长了两条左腿的摩西在里面藏了将近十年，纸上那块本该写“**别杀我**”却没有写的地方已经破成一个洞，因为尤迪特有时在那

01　据《圣经》记载，约柜里面保存着刻有《十诫》的两块石牌、摩西哥哥亚伦用过的手杖和装有古代以色列人流浪时吃的吗哪的金罐。木柜上有两尊黄金天使——基路伯，两对翅膀围出的空间代表上帝的所在地。所以对旧约时代的以色列人来说，约柜是与神同在的象征。

里写“**就**”，之后又用橡皮擦掉，一段时间之后，那张作业纸已被橡皮擦得薄而又薄，再也经不住更多次的涂改。

我十三岁时，她第一次涂改，当时母亲带她做一项常规检查，她因为做扁桃体手术一个星期没来学校。后来，她又擦掉了两盒欧诺辛[01]，她出于恐惧吃了就吐。她擦掉了三年的平静和之后的一位同性恋芭蕾舞演员，她擦掉了演员雷迪先生和他的全家，擦掉一位癌症研究专家、一位中学教师、一位歼敌机飞行员连同那架在演习中爆炸的飞机。后来，她又擦掉了一次雷迪先生，但不再是跟他的家人，而是跟我母亲一起，从那之后准确地说，她先后擦掉了母亲四次。那时候她俩已经以你相称，只是我没有听到罢了，当时女演员维尔告诉女儿，她特别喜欢三个人一起，就是那次，纸被擦破了。女雕塑家莱曼·阿格奈斯开始想给尤迪特画像，结果画成了莱贝卡，当时只能从琴盒的胶合板上擦掉了，其实我母亲一直讨厌女人，她那次却鼓起了勇气。可以这么说，她游戏成瘾，肆无忌惮，在洗胃之后，她带了一本《萨福诗选》去医院送给女儿。“妈，这样是行不通的。”为时三天的邵普隆音乐节，我感觉好像我们并没有住在一个屋檐下。“你永远别拿我跟妈妈比！”直到尤迪特那封写在五线谱纸上的信偶然落到我手里，那时我才准确地理解她那句话的含义。

在贝尔格莱德之行前，我一直都这么想，最好我什么都不问，这样，她至少不用跟我撒谎。后来，我坐在观众席的第三排，她站在台上，在一只六十瓦灯泡昏黄的光下，我听她演奏帕格尼尼《b 小调小提琴协奏曲》，当她拉到第二乐章时已

---

01 欧诺辛是一种安眠药。

经泪如泉涌。

“你肯定能赢。”我说。

“我知道。”她说。

“那你还害怕。”我说。

“非常怕。”她说。

“告诉我，你会回来吧？”我问。

“闭嘴。”她说。她站在台上是那么孤单，好像上帝忘了在她周围建造世界。

“就是这样，没有为什么。你别再问了。”当我问她为什么这么害怕医生时，她这样回答。在我的口袋里揣着那张刚才差一点被女侍者扔掉的组织活检化验条，我决定等待。我有她家的钥匙已经快一年了，但始终对她所知甚少，只知道她在首都萨布·埃尔文图书馆六区的分馆里做半日工，直到我在自由大桥上对她说“嗨，咱们走吧”之前，在她生活里没发生过任何值得一提的事。

起初我以为，如果需要的话，这种沉寂我可以保持几十年，但是恐惧还是不知不觉地渗入我的胸膛，想象逐渐被潜入的海草所缠绕。一个在区图书馆里干一辈子的人，肯定不会跟一般人那样死去活来地做爱，我想，在短短的几分钟里，我从溺爱孩子的父亲想到夜里喧嚣的安娜咖啡馆，在那里，阶层优越但十足匈牙利人的女士们，跟那些虽然不是同一个阶层但能够付得起钱的客人一起喝白兰地。因为在诱人多疑多虑的麦司卡林[01]的作用下，我灌了水的脑袋里所能想象出的第一个情景只有这个。似乎唯有清晰确凿的过去，才能让人对一个女人的话产生兴趣。有一天上午，我知道她去上班了，于是我上楼来到她家，拉上窗帘，开始翻找。在我的抽屉里，至少会塞满画有地图的小纸条和链子已断的金属项坠，我想，而在她的抽屉我翻到的只是一堆账单。在我的抽屉里，至少叠落着许多信封上写着子虚乌有的旅馆地址的母亲的信，我想。我没有拆开它们，我想，我只是偶然看到了尤迪特的来信，我想。没错，我因为头疼去找止痛药，只为找一片该死的奎列林[02]，我想。但我从来没有偷看过，我想。也从来没跟谁刨根问底过，我想——但是无论我在她家里怎么翻，都一无所获，只找到几张电影票和我已经看过的出院报告。仿佛世界上根本就不存在家用相机，只有专拍证件照的自动照相机。仿佛从来就没有人给她拍过泳装照或曝光不足的半裸照，要知道，在所有女人的抽屉底下都会压着那类照片。我还翻了她所有的书和画册，但连一朵压扁的干花都没有。随后，我逐层搜遍她的衣柜：内裤和浴巾，尼龙袜和睡衣。我查看了她夏天衣服上写着产地的标签，掏空了三个皮包和唯一一件棉大衣的口袋，后来我变得越来越恼火，将门厅壁橱里的所有盒子都端了出来。一个盒子里装着鞋油和鞋刷，另一个盒子里装的是药，木匣子里装着几把工具、锤子、钳子、灯泡，但是没有一处可以找出一样东西能够显示出一个人近乎三十年的生活里发生过什么样的蛛丝马迹。没有一样东西能够说明在某人于某座

01　麦司卡林是从一种生长在美国南部和墨西哥北部的仙人掌种子、花粉中提取出的致幻剂型毒品。

02　奎列林是一种止痛药。

桥上对她说“嗨，咱们走吧”之前，她的日子是怎么过的。

突然，我听到传来撞门的声响，我三步并作两步地跑回卧室，躺在床垫上假装睡觉。等一会儿我说，我母亲，对，我母亲冲我吵了一夜，我想。我从早上过来一直睡到现在，因为在家里根本没法睡觉，我想——后来，我发现是邻居家的门响，想来艾丝特今天要上班到两点，现在我还有一个小时呢。于是，我开始搜查浴室，其实这里对我来说比在自己家里还要熟悉。从漱口杯到月经栓盒，所有的东西都翻了个遍，却不知道自己到底在找什么。即使找到了什么，我又能拿它怎么样？有什么能够让她抓在我肩胛骨上的手指或响至凌晨的打字机的噼啪声发生任何改变？有什么能够阻止我想要一把拧开手术室的门柄，闯进去大喝一声，让他们住手，因为我知道她恐惧得浑身发抖。对她来说，其实良性、恶性都无所谓，只是别戴着橡胶手套碰她的子宫，别把从她子宫里取出的任何东西扔进垃圾桶。不管我能找到什么，都不会让回荡于伊尔哈什山谷[01]峭壁间的喘息声有什么改变，也不会改变摊糊了的鸡蛋和美术馆管理员大妈的道德判决，我想——但是，我忽然想起，有一个皮包我翻得不够仔细，于是我又回到小屋，掏出黑色的皮包，正当我把揉皱的纸巾和用过的汽车票从包里倒出来时，我突然感觉到喉咙灼烧，羞窘难当，几乎窒息。

“我回来就为了取这个，”她说，随手从写字台上拿起我的小说手稿，“你走的时候，请把门锁上。”

---

01 伊尔哈什山谷，布达佩斯南部郊区的一个地名。

我锁上房门，把钥匙投进邮箱里，我当时以为，自己永远不会再有脸见她，但是刚过三天我就忍不住了。我在图书馆门前等到天黑，手里并没有拿鲜花，而是攥着一副鹿皮手套。这副手套难得不是剧院的道具，而是和那把小提琴一样，连同三把银勺、一幅晚期浪漫主义风景画和几张发黄了的老照片一起来自维尔家族时代的昔日匈牙利。我根本不知道W[01]. E. 是谁，这两个缩写的大写字母烫在鹿皮上，作为占有者的标记，在当时，即使一个烫有火印的牧羊人在烫有火印的树下睡着了，也不会造成任何的财产损失。总之，我不知道W. E. 是谁，只知道自己情愿拿整个大匈牙利[02]换取维尔·艾丝特的原谅。后来，她走出楼门，我却忘记了这件没用的破烂，一声不吭地转过身去，拔腿就走，既无羞恼，也非自怜，只是冷漠。这最无情的冷漠，使那摊糊了的鸡蛋和我抓住手术室门柄的手全都变得不可思议。我已经走到了大环路，她从后面一把抓住我的胳膊，用力一拽，我像一只破布娃娃朝她转过脸去。

“这个你忘了带走了。”她说，并将钥匙塞到我手里，之后把我丢在马路中央，我望着她的背影，看着她闯过红灯，赶上正要开动的有轨电车。

自打尤迪特出走之后，那是我第一次失声痛哭，我站在列宁环路和人民共和国大街的街角，手里攥着一把埃勒泽特

---

01 “W”是“维尔”家姓的第一个字母。

02 大匈牙利，指奥匈帝国解体前匈牙利王国的领土。

牌门钥匙，与之相比，圣彼得的钥匙[01]也不过是一件粗陋的赝品，不过是一把生了锈的地窖钥匙。的确，我当时感到，与列宁环路和整条匈牙利人民共和国大街相比，即便幸福的天国也不过是脚下的某个角落，匍匐在“黄铁[02]”下面的腐泥层里。

“你在我的抽屉里找不到什么。什么都找不到，你明白吗？”

“我明白。但我什么都想……”

“你想什么，那是你的事。但即便是你，也不该什么都知道。而我最痛恨说谎，所以你不要逼我说谎。我爸爸没有强奸过我，我也没有当过妓女，我连情人都没有。我猜，你就想知道这些对不对？”

“我只是想了解……”

“自从我们认识之后，你就准确地了解我是什么样的人，我从生下来就是这样。”她说，然后戴上烫着 W. E. 字母的鹿皮手套，动手解开我的衬衫纽扣。

她根据一些档案馆资料，试图绘出维尔家族的家谱图，为了在圣诞节送我母亲一件能让她高兴的礼物，当然，结局谁

---

01 《圣经·新约》中记述，耶稣曾对他的门徒彼得说：“我要把天国的钥匙交给你，凡你在地上所捆绑的，天上也要捆绑；凡你在地上释放的，天上也要释放。”圣彼得的钥匙是天国的钥匙，象征主宰人类命运的特权。

02 布达佩斯的“黄线地铁”，建于 1896 年的布达佩斯世博会，是欧洲第一条电气化地铁。时值匈牙利人在喀尔巴阡盆地定居千年，又称“千禧地铁”。

也预测不了，对一个疯子来说，有什么能让她真高兴呢？另外，说老实话，以前也只有尤迪特知道，什么东西能让我母亲高兴。

“把你画的画给她。”她说。因为我有时在信纸上画画，用所有手指可以抓到的东西画，甚至用母亲的口红和指甲油。有时候，我往纸上涂的颜料实在太多，看起来更像一幅浮雕。当然，那并不是我的本意，只是因为我画得不好，不得不一遍又一遍地涂抹，直到最后变成我想象中的样子，然后喷上发胶固定。我也喜欢这些画，尽管题目比画本身更重要。《逃跑的徽盾动物》《年轻的回味者》《如果真有上帝，我为什么起床？》《扛着野兽的男人》，我给画起的都是这类题目。

“回头她自己去买香水。把你的画给她。”她说。

“那会毁了咱们的圣诞夜。”我说。

“你猜错了。她肯定会喜欢。”

“你喜欢的，跟她喜欢的一点儿都不一样。”

“你怕什么？”

“我没怕什么。只是觉得她不会喜欢。”

“现在是你该了解你妈的时候了。如果你想的话。”说完，她顺手拿起一本画册，跟我一起挑出了一张，那张画最后被命名为《畸形的父母和畸形的孩子》，因为她觉得这个题目合适。

在满地泥泞的卡尔文广场，在法布隆牌化妆品广告牌下，林立的松树让人感觉像来到一座森林城市，一个小贩嘴里骂骂咧咧，抱怨客人们早都死到哪儿去了，非要等到现在才来买，他还要赶回到彼奇凯镇。一位老妇人对他说：“因为今天最便宜。如果昨天你就卖一百福林一米，现在也用不着跟马车夫似的急成这样，对不起，年轻人。你知道吗，一九四四年，当我们在地窖里过圣诞时，也没有人好意思用三麻袋土豆的价钱买一根松树枝，小贝列克·弗里茨则说：‘等到明年咱们再算，如果咱们还都活着，圣诞快乐！’你看看人家。”小贩回答：“他一定是个大傻瓜，您赶紧回家去吧，蛋糕卷马上烤煳了。”随后，他用钢尺量了一下我挑好的那棵。

“两百六十。”他说。

“这树两米五。”我说。

“要加十福林的草绳钱。”他说。

“那你用不着捆它。”我说。等我把圣诞树扛到家，浑身上下扎满了松树刺。当尤迪特将一根针叶从我头发里摘下来时，我求她在天黑之前再想出一样东西，我说：“如果妈妈看到我画的画，肯定会发脾气的，我不想让妈妈因为我瞎想出来的混乱幻象，在圣诞之夜气得摔门出去。”但是尤迪特说：“你真还不了解咱们的妈妈，我愿意用一把斯特拉迪瓦里琴，来换你的混乱幻象。”后来，我找出一把小斧头，将圣诞树的根部削细，然后插进金属基座，当我们点起蜡烛，将礼品包递到母亲手里时，我感到肠胃翻转，好像吃了腐肉一般。当时我真想把圣诞树推倒，趁她们扑灭窗帘上的火时，我赶紧将那件破烂藏起来，因为那实在是一件拙劣的破烂，如果我真有勇气给她的话，那我也敢往她脸上啐吐沫了。

“哎呀，这真是一件迷人的东西。我还不知道你这么有天赋呢，儿子。你看这些题目，简直是天才之作。回头我去安排，让你去上美术学校。”她说。我不但没觉得如释重负，反而突然感到被一只手掐住了喉咙。仿佛我把二十四张画连同所有的铅笔、蜡笔、眉笔一起统统地塞进了嗓子眼。仿佛我把乌鸦牌墨水泼在她脸上，将发胶瓶子从她的阴道塞到她的心脏。分鱼刀在我手中瑟瑟发抖。

“我很高兴，您会喜欢，妈。”我说，一根鱼刺卡在了喉咙。我阵阵作呕地冲进浴室，尤迪特随后跟了过来，帮我捶背，最后我终于吐到了墙上，她得意地看着我。

“怎么样，我说对了吧？”她问。

我们痛苦地忍到《中国小提琴作品欣赏音乐会》散场。“他自始至终地运用东方武术的技法和大汗淋漓的颞额，以三十级，甚至高达四十级台风般的速度横扫全场，从北京到巴黎，没有人能够听他的音乐而不流泪”——我尽可能准确地引用宣传招贴和电视文化新闻中的原话。的确，整个音乐学院都起了一身鸡皮疙瘩。我只在管风琴演奏家中看到过这样的人：更年期的妇女们听他们的音乐会泪流满面，因为上万根笛管都不足以表达她们丰富的精神世界。同样，四根琴弦也不能满足那位中国人的表达需求，更何况有一根弦狡猾地绷断，而剩下的三根，已然在与魔鬼击掌。这时候老妇人们已开始鼓掌，在换琴弓的时候，更是达到预期的效果，全场掌声雷动。当时我真想立即退场，但是习惯最终约束住我，无论是在音乐厅还是在剧院，我都从来不会站起来。准确地说是在音乐厅，因为我已经十几年没去剧院了，有一次，有人还对此下了个定义，说我这是“耍个性”。我说：“没错，你说得太准了。”从那以后，我们再没有做过爱。总之，我跟艾丝特终于忍受完中国人的演奏和存衣处的排队，磕磕绊绊地踩着十二月夜晚的泥泞朝人民共和国大街走去，想找一家有点人样的啤酒馆。我们已经猜到我们是在安德拉什大街[01]，但又不敢确定，想来在苏联人还没有撬兵营里的地板，还没有往手雷里填塞格德红椒粉，还没有用子弹换副食品之前，无论什么都可能发生。

“尤迪特十岁时，就已经很懂音乐了。”我说。

“我知道。”艾丝特说。

“你从哪儿知道的？你从来没有听过她演奏。”

“因为她是你姐姐。”

“你有盲目的好感。”

“没错，我是有。”

“到什么程度？”我问。

“比应该的还要多一点。”

“明天也会吗？”

“有可能。只要我能够得到礼物。”

“你得不到的。你很有可能得不到。不过我已经给你包好了圆月。之所以现在乌云满天，就是为了不让你发现。”

“我不要圆月。”

“为什么？”

“因为圆了之后就会缺。”

“你相信我好了。”

“那我也不要。大屋被占了，我们还可以去小屋。我只要一件能够摆在小屋里的东西。”

“那你就别做梦了。小屋里什么都装不下。”

“有一样东西可以装下。”

01　安德拉什大街是布达佩斯最著名的街道，沿街是奥匈帝国时期的建筑群，被列入世界文化遗产。

“那好，你说一样吧。”

“婴儿。”

我点燃一支烟，手捻火柴，为了避免看她的眼睛。

“再者说，礼物不能提前说。”我说。

“我想跟你生个孩子。”

“你知道，现在还不行。”

“怎么不行？我的病早就好了。”

“医生说，你要等一段时间。”

“已经快两年了。”她说。

“没错，可是两年时间并不够长。”

“你为什么不直接说，你怕要小孩？”

“因为事实并非如此。”

“那为什么？”

“只是为你担心。我不想在医院看见你。”

“把火柴放下。”

“因为没有什么比医院更让你害怕的了。”

“你说得不对。比如现在我就怕你。”

“你瞎说什么。我只是说，我为你担心。一次普通的筛查，都会让你一连几天脸色苍白，白得像墙。”

“下回你该找个更好的比喻。”

“你现在怎么这么刻薄？我为你担心，有什么错吗？”

“我这辈子都没有刻薄过。我只是想说，谢天谢地，下回你肯定能找到比‘白得像墙’更好的比喻。”

“我们之间从来没这么讲过话。”我说。

“因为你还从来没跟我撒过谎。”

我们都沉默不语。

“别生气，”她说，“你想再喝杯啤酒吗？”

“行。只是咱们别吵架。这太可怕了。”

“我很想要孩子。”

“但我不想。”我说。

“现在你至少是诚实的。要孩子很难吗？”

“很难。”

“其实什么都不用改变。或者说，几乎什么都不会变。”

“那不可能。一切都会变的。”

“我只想跟你要一个孩子，并不想要你搬过来住。”

“我知道。”我说。

“那你还怕什么？”

“我不想再生出一个维尔。”我说。

“你的话真蠢。孩子不只有维尔家族的血统。你也不是纯种的维尔。”她说，烟雾在我肺里凝固了。

“别再说了！我不想再生出一个维尔，不想就是不想！”

“我懂了。你用不着嚷。”

“你根本不懂！我永远不想生孩子，不管跟谁！不管是纯种，还是杂种！你听明白了没有?！”

“好吧。我听明白了。”她小声说。

第二天，她得到一轮圆月[01]，并且非常高兴。我们寻找以匈牙利人命名的环形山，寻找“阿波罗号”的着陆点和“宁

01　作者在这里不仅通过这轮圆月用象征的手法描写了一场销魂的性爱，也通过月球上的宁静海基地，表示出“我”在艾丝特身上找到了生活中暂时的宁静和内心安慰。

静海[01] 基地”。后来月球滚到她的肚子上，然后被她的大腿夹住，绕过扔在地毯上的衣服、两只杯子和一盘蛋糕，撞开了一只当道的蜜橘，为了避开那张我作为婴儿替身得到的、有两百年历史的棋盘，之后从窸窸窣窣的包装纸中滚回到圣诞树蜡烛形状的彩灯下。但不论是她还是我，都没有获得失重状态。大地的汗水注满宁静海的海峡，之后我们沉默不语。

“我该走了。”我说。

“那就走吧。”她说，轻轻吻了我的眼睛，她的脸色苍白，白得像墙，尽管有时我能找到比这更好的比喻。后来，我踩着十二月夜晚的泥泞踯躅回家。人丁兴旺的屋子里亮着烛光和圣诞彩灯，别的地方是蜡烛加电视，只有一名酩酊大醉的吉卜赛族长和一位遛狗的老妇人违反了宵禁令。

“你去哪儿了儿子？”

“我有事儿来着，妈。”

“这种时候，所有人都在家跟家人一起。这是习俗。”

“我知道，所以我才赶回来的，妈。”之后，我用三个玻璃球和几颗干硬的圣诞软糖装点好一根插在花瓶里的松树枝，感觉像是小贝列克・弗里茨在一九四四年送来的。

“尤迪特来信了，妈。她托我的一个熟人带来的。”

“以前她从来没托人带过信，儿子。”

“这次巧了。她在尼斯碰到了贝列克・弗里茨。”

“这是什么人，儿子？”

“您不认识，妈。”我说。她取出一张世界地图和一支毡

01　宁静海，是月球上的一处月海，位于宁静盆地之内。人类首次载人飞船“阿波罗 11 号”曾经在此登陆。

尖笔，趁她寻找尼斯并标个记号的空当，我点上蜡烛，取出艾丝特根据档案室资料绘制的、嵌在镜框里的“维尔家族家谱图”，因为我们猜测，至少这件礼物会让疯子高兴。但是母亲的脸慢慢阴沉下来，这时候我已经明白，疯子的地狱才是绝对的真实。她永远不会原谅我的，因为我们被标在了旁支，这样一来，大匈牙利的一半土地该归某位第六代堂兄所有。

“难道对你来说，连圣诞节都不再神圣了吗？！你给我记住，谁也别想剥夺我过圣诞的权利！我知道，你的小婊子想剥夺我的权利！你操完她后，带回这样的肮脏东西给我看！”她大喊大叫，抄起镜框摔到我脸上，仿佛是扔一把粪便。实际上我的心里格外宁静，毫无感觉。我取来笤帚和簸箕，将在我额头上摔碎的玻璃碴扫成一堆，准备倒掉之后回自己屋里躺下。

“你们已经盘算好了。”她说。

“没人想剥夺您的权利，妈。”

“畜生！别以为我会听你们摆布！”

“谁能摆布您呢，妈？”

“我要去举报！”

“那您就写吧，写好了我去寄，妈。”

“我什么也不写。我要直接向卡达尔举报。他会亲自处理的。”

“卡达尔已经死了，妈。”

“真的吗？！回头让我们看看是真是假。”她说，然后从橱里一件件地往外扔虫蛀了的衣服，直到找出那件黑色绸缎外套。之后她开始穿衣服，衣服松松垮垮地罩在身上，就像蜘蛛网逮住一只金龟子，但是乘客们似乎始终还在央求 7 路汽车司机不要超过克娄巴特拉，刚好走出少先队百货商场的母亲们似乎始终用手遮着孩子们的眼睛，那些吃安眠药吃傻了的演员夫人似乎始终将她们丈夫的脸按在焚尸炉膛的小窗口上，让他们在梦里也能看到，他们身穿绸缎外套的婊子如何被烧成灰烬。

“您要干吗，妈？”

“你害怕了，是吧？但我还是要把你关起来。他们会以伪造公文罪把你和那个烂婊子一起关进监狱。”她说，并将那张家谱图从镜框里抽出来，塞进兜里，唯恐我会销毁罪证。当她套上那件波斯裘皮大衣时，我握着簸箕的手已经开始发抖，我感到自己马上就要把她掐死。我要把这十三年连同维尔家谱图和这堆玻璃碴统统塞进她的嗓子眼。

“休想！休想，你这个娼妇！”我吼叫起来，抓住她的胳膊把她扔到床上。

“你永远休想，你知不知道？！”我气喘吁吁。当我将她的裘皮大衣从她的身上揪下来时，她冲着我的脸哈哈狂笑。

就像一个摔碎的鸡蛋，蛋卵已经被野兽吃掉，破碎的月球残片就这么散在床垫上。我呆呆地站在空荡的家中，突然明白了她为什么不要圆月而要婴儿，我也相信，对我俩来说这是最好的礼物。

我给所有医院都挂了电话，最后得知，她住在泉谷医院，但是当我赶到那里时，护士告诉我说，她已被从妇科转到神经–精神科了，明天才能探视。“她是我妻子！”我在走廊里冲护士嚷道，“如果你不让我进去，我就让人把你开除！我是作家，我有本事让人开除你，你这个烂货！”她躺在 14 号病房，在铁栅栏后，四肢都用布带绑着，她的目光从我身上穿透，就像看一块乌玻璃。

用白兰地和名牌香烟确实能办许多事情，这是我从母亲那里学会的。这样，我终于把她换到一间空病房，并且可以解开绑着她的布带，但她一连三天都一动未动。“二”，我从她嘴里只读出这个，但这个也不是跟我说的。后来，她的意识或多或少地从镇静药造成的呆滞中恢复了一些，元旦那天，吊瓶也被摘走了，我们已经可以在房间里散步。

“坐一会儿吧。”我说，因为她的腿在发抖。

“现在我还不想坐。这样走走挺好。”她说。事实上要不是我架着她，她早就瘫倒了。于是我们又走了一圈，五步到门，五步到窗，然后我搂着她，躺回到床上。

“别让他们做休克治疗。”她说。

“我当然不让。”我说。

她用手指从墙上抠下一块干裂的油漆，掰下一小块放到嘴里，然后吐了出来。

“我已经忘了，”她说，“对吧，你知道，我还是忘了。”

“你忘了什么？”我问。

“药。我忘了吃药。”她说，终于开始哭起来。

我们穿着细毛厚绒的长大衣站在多瑙河边，站在一片沼泽地上。一条木船顺流漂下，船上有一个七八岁的孩子，也穿着一件细毛厚绒长大衣，眼睛蒙着。漂到我们跟前时，男孩摘下蒙在眼睛上的黑手帕，上下打量着我们。在他的眼神里，既没有责问，也没有厌恶。他只是看了一会儿，又将手帕重新蒙上，小船继续朝下游漂去，消失在水雾之中，就在这时，我才惊愕地意识到，没有人划船。就在这一刻，河在我们眼前停止了流动。

许多次，我给她讲我做过的梦，一直讲到凌晨。她躺在我身边，如果有人在这个时候看到我们，一定会觉得这像一首田园牧歌，但其实这里面并不存在丝毫田园牧歌的浪漫。这更像是男人们在跟自己的新情人讲他们的旧情人，大多是在女人的催促之下，因为她们想要知道一切，男人则顺从地就范。一旦有一两个细节想不起来，稍微沉思片刻，他就会发现女人已经咬破了嘴唇，将烟蒂在烟灰缸里摁得粉碎。没错，这实际上很像类似的仪式。她从来没向我盘问过旧情人的事，但坚持要听我做过的梦，而许多年来我一直认为，她因为我母亲而忌妒我们。后来我才知道，她之所以想听我讲梦，是因为许多年来她一个梦都记不住，因此感觉像被夺走了半条生命。

“你很少梦到我。”她说。

“因为我在记梦这方面很专一。我只记噩梦。”我说。我还是不给她讲那条木船吧，因为我觉得她不太想听这个。

“你第一次是在什么时候？”我问。

“你别问了。”她说。

“现在问跟以前问不一样。现在我应该知道。”

“没有什么不一样的。一模一样，你知不知道？一模一样。”

“天哪，这样下去会让人发疯的。”我说。

“别急，你永远不会因为什么发疯的。”她说。

“现在这样，要比你揍我的脸还要疼。”

“我也不会因为什么发疯的。我这么讲，你会不会感觉好一些？”

“没有。我宁可你揍我的脸，也忍受不了你像坟墓一样的沉默。”

“你的比喻越来越糟糕，”她说，“你现在走吧，求你了。”

“我哪儿也不去。以前你从来没跟我这么说过话。”

“那现在就让你习惯一下，赶紧走吧。”

我没有跟她打招呼就跨出了房门，但只走到大门口。

一个男人正用绳子从二层楼往下放圣诞树。枯槁的针叶飞旋着飘向泥洼，当松树终于落到地上后，等在路边的妇人又检查了一遍系在松枝上的糖纸，看看有没有万一没剥的奶糖，然后掏出一个指甲剪铰断了绳子，感觉就像是剪脐带，之后将树扔到两辆停在路边的轿车之间。

“你让孩子拿一把扫帚下来。”她冲正从窗口探出头来的男人喊道。

“算了，用不着扫。”

“地这么脏，必须得扫。我可不想听杜拉克夫人骂街。”

“那我给你扔下去。”男人说。

“别扔，我怕砸到汽车上。”当我回头望时，看到一个男孩跑下台阶，两腿间夹着一把扫帚，头上戴一顶蜡染布的牛仔帽，估计是小耶稣送给他的礼物。我听到母亲对儿子说：“你看。”她将最后一颗圣诞软糖塞到他手里。

艾丝特躺在床垫上，哭得浑身发抖。

“我再也不想这样走出这个房门。”我说，然后躺到她的身边。她蜷缩在我的大衣下，但她的寂静让她依旧孤单，仿佛她在自己周围建造了一个被上帝遗忘的世界。

“太棒了，太棒了！只要再表现得夸张一点儿，简直就是帕格尼尼。”指导教师瓦戈沃尔基说。

“乐谱是帕格尼尼的，小提琴是我的。”尤迪特说。教师先生打断她说，这类机智的调侃还是留着以后跟记者们说吧。尤迪特听罢，随手将乐器往讲台上一撂说：“那好，请您给我示范一下，怎么可以既像我这样演奏，同时还能够表演小丑。我洗耳恭听。”所有在场的人都惊得目瞪口呆，她头也不回地扬长而去。但是，学校并没敢开除她，因为那样一来就无法派她去贝尔格莱德。在比赛前最后的一个月里，她干脆不去音乐学院，每天都练琴十二个小时。乐谱对她来讲，就像埋在冷却了的火山岩深处的一个人形的躯壳，需要她自己去填充。所以她要在乐谱上画满各种各样的符号和标记。接连好几个星期，她在拿起小提琴之前，总要先在乐谱上记点什么，比如，“两点半快车，佐戈洛站”，“母亲在《垂死挣扎》（第二幕）”，“格列柯：《悔罪的抹大拉的玛丽亚》”，所有的乐谱都记满了。

“你不能再练了。再练你会发疯的。”我说。

“我还差得远呢。”她说。她把一块饼干在撒了盐的牛奶里蘸了一下，放在舌头上，随后又给琴弓涂了遍松香，从头拉起。奇怪的是，她从来没想过要狡猾地拉断一根琴弦，然后看看观众的反应。如果谁只看她演奏几分钟的话，肯定会觉得很没意思，她站在台上，就像一棵白杨树。但是随着时间的推移，她宁静的姿态变得越来越令人畏惧，最后，人们开始希望她一头栽倒。折断她的脊柱，用斧头把她砍倒，只是别再让她继续那样两腿笔直、眼帘紧闭地站在那儿，这真能让人发疯的。

母亲越是恼羞成怒地质问我“这是什么垃圾儿子？”，艾丝特以后就越难在打字机上找到字母，我则更加准确地知道，我的故事很棒，只是适合于每个人从这个句号或那个逗号中听到自己的寂静。而且我还知道，我的期望不可能比这更多，想来我也只是从中（比方说，从《波利日记》[01]的字里行间）听到自己的寂静，自然的秩序就是这样。但是即便如此，我还是惧怕书籍，因为我把它想象成庞贝的尸壳，每个人都可以对它们随意处置，可以赤身裸体地躺进去，但也可以用最廉价的石膏灌模。这类念头能把人折磨得焦躁不安。当我收到出版社的来信时，复杂的感受难以一句道清。我的书不能在春天出版，因为刚刚修改了预算，但是秋天肯定会出，想来文学顾问对这本书的评价相当高，而且女编辑乔尔丹·伊娃祝我写作顺利，在我看来，他们推迟了我被活埋的刑期。然而，艾丝特却火冒三丈，非要去出版社质问他们，这么好的书凭什么不出。我好说歹说才拦住了她，感觉那本书不是我的似的。

“你有点偏见。”我说。

“你说得不对。只是这事实在气人，鬼知道哪个弱智刚画了本涂鸦，他们就赶紧修改预算。事情总是这样。”

“也许是个弱智，但不一定是涂鸦。”

“就是。”

“不是。”

“你给我闭嘴。我恨的就是这个，全国的作家要比懂得拼写文法的人还要多。”

“我也总是搞不清楚，该写‘haggyál’，还是

---

01 《波利日记》是匈牙利现代抒情诗人拉德诺蒂·米克洛什（1909—1944）的遗作。1944年6月2日拉德诺蒂在集中营被枪杀。1946年6月23日他的遗体被挖出时，人们在他的上衣口袋里发现了这本日记。

‘hagyjál’。”

“好了，不说它了。你只要能够抱抱我，我就很感激了。”

“感激到什么程度？”

“比可能的程度还要大些。”她说，并且紧紧地抱住了我。后来，我脱下外套给她披上，因为自打她住进泉谷医院，这是她第一次明确表示要我抱她。还有，在河心岛上，不管她抓住哪条树枝，上面的嫩芽都被捋得精光。

“我在老罗森伯格那里看到一幅画。”我说。

“哦。”她说。

“尤迪特的钱刚刚寄到。明天我去买回来。”

“尤迪特并不是那么蠢。”她说。

“这话什么意思？”

“没什么意思。我只是想说，她很聪明地寄来每个月的锁钱。”

“你恨我母亲。但别把尤迪特扯进来……”

“别生我气。其实我并不恨你母亲。”

“你准确地知道，尤迪特……”

“当然。我说了，别生我气。你看到的是幅什么画？”

“没什么。一幅风景画。只是很喜欢。”

“你拿回家之前，先给我看看。”

“我想挂在这里。”

“我早就不喜欢了。”她说。

“你是说风景画吗？”我问。

“绘画。”

“什么时候？”

“那不重要。”她说。

“当然。”我说。我已经可以肯定，在她还是小姑娘时，有一只灰毛老鹰扑到她身上，某位画家或某个继父，用尽最后一点雄性的能量糟蹋了她，然后把她丢到医院的病床上，手捆脚绑，听天由命地等待刮宫和休克治疗。想来，六十岁的男人有很多优势，一旦看上了哪个姑娘，哪怕我们打一个嗝儿，她都要诚惶诚恐地奉为圣旨，要被我们阳痿的阴茎折磨几个小时，只是我们不喜欢小姑娘们怀孕。“知道吗，就连松节油的味儿我闻了都觉得恶心。我可不想弄臭烘烘的褯子。所以，给你两千福林，你赶紧去做掉。我有什么必要去那里？话说回来，你已经是大姑娘了。再说，我也没有时间去，不过，在恩斯特的画展上，所有的展品你都是主角。”由于画展马上就要开幕，他不能陪她去神经-精神科，但他很难过，同事和评论家们也都看了出来，于是对他的好感又增添一分。但我一定要找到他，并且宰了他，我想。不把他活捉，我决不罢休，我想。我可以不动声色地宰了他。即使从地底下刨出来，我也要把他磨成碎末儿，我想。我要在他的坟上撒盐。是的，我撒完盐后，再浇一泡尿。

实际上，那幅画没有什么特别的，在痛楚的天空下有一片贫瘠的耕地，就像一个刚被道具工打扫干净的巨大舞台。没有乌鸦，没有黄昏，没有金雀花，但也不是世界的尽头。油画，麻布，算上黑色画框也就四十厘米高、六十厘米宽。肯定是哪个乡土画家的作品，从米勒的《晚钟》那里获得的灵感，只是画人的技法还不熟练，所以干脆没画祷告的男女，也没有画小推车，至于棺材，在原作里头没有——总之，只画了舞台，画家心想，这样内容肯定不够，但愿在画的过程中能够灵机一动。

“就是这张，对吗？”艾丝特问，她从写字台后取出一幅画。

“对。”我说。出于惊讶，我的脑子一片空白。

“那你去拿钉子和锤子。”

“你怎么知道的？”

“要么是我喜欢这张破画，要么就是我了解你。也许两个原因都有。再者说，在一个弹曼陀林的吉卜赛姑娘和呦呦叫唤的雄鹿之间，用不着什么辨识的魔法。”她说，然后抱住了我。

“谢谢。”我说。

“把它挂在哪儿？”她问。

“吻我吧。”我说。

“你先把锤子拿来。”

“我想跟你做爱。”我说。

“不行，现在肯定不行。”她说。

“你骗我。”我说。我与她对视，开始解开她睡袍的腰带，两个月来我第一次看到她的裸体。当然，在医院里帮她更衣和抱着她去神经-精神科走廊尽头混着消毒水和尿味的卫生间小便不算在内。每次，她宁可使劲憋着等我来探视，也不想让女护士贝尔图丝卡将没有冲洗的便盆放到她身下。她巴不得逃走，但我紧紧抱着她，就像一个癫狂的天使，偏执地要把自己失手打碎的满月拼接起来，直到最后一座环形山。

“不行。”她说。

“别说话。”我说。她的乳头在我呼出的热气中开始变硬。我将脸贴到她的小腹，当我触到她的腹股沟时，她整个身子都在战栗。

“不行。”她重复道，但我把沾满她体液的光滑手指压到她唇上，然后探入她的双唇，用她自己海水似的腥咸降服她。我的舌头尝遍了欲望超敏的神经末梢，她开始遗忘。先忘掉了我母亲和那套公寓，然后忘掉了鲍耶环形山[01]和宁静海的残骸。当她已经记不起来到底是凌晨还是午后，甚至忘掉了自己为什么要呼吸时，我的手也忘掉了她的力量，很快，我揉她的阴蒂的手指和在她乳房上耕犁的指甲已经全都失去了知觉。她没有听到自己的尖叫，除了心脏在胸廓内的狂跳之外，她什么都感觉不到，随后光明与黑暗一起消失，天堂里的上帝之钟停了，地狱里维达克医生的医疗器械熔化了。

我吻她，并将她体液的泡沫像珍珠一样地吐到她嘴里。“我爱你。”我说。我知道真实的菲海尔·艾丝特在此刻复活。我指的是，她以后不会再把金莲花枝条上的嫩芽捋秃了。“疼吗？”我问，但她此时已经丧失了把嗓音变成词汇的能力。她把舌头伸到我的嘴里，舔我上颚的拱壁，探进嘴唇和牙龈之间的缝隙，她的口水流到我的喉咙，她猛地把我推开，这时候，我只能感觉到她的拳头击到我的脸上。

“你这个畜生！畜生！畜生！”她大声嚷道。我并不躲闪，任她继续打我。过了一会儿，她哭着瘫倒在我身上。

“你去哪儿了儿子？”

“您很清楚，妈。”

01　以匈牙利著名数学家鲍耶·亚诺什（1802—1860）的名字命名的月球环形山。鲍耶是非欧几何中双曲几何的创始人。

“我知道你们打架了。”

“我在街上遇到了流氓，妈。”

“你别把我当傻瓜。”

“我们没打架，我们永远都不会打架。我刚才说了，我在街上遇到了流氓，妈。”

“这么说，她已经给你脸色看了。她已经给你脸色看了，对吧？”

“求您别再说了，妈。”

“一个小婊子。怎么样，我说得对吧？”

“现在您最好什么都别说，妈。”

“这种婊子的用处，就是让你发泄一下。”

“我从小时候开始，就一直在浴缸里发泄自己，妈。”

在那些天里，死掉的鸽子越来越多。在古腾贝格广场上，我看到了第一批尸体，四五只鸽子躺在马路上或人行道边，翅膀像是长进了泥水里，但事实上并没有什么人注意到它们，想来每年春天掉下来的鸽子跟苍蝇一样多。它们艰难地熬过严冬，然后在冰消雪融的日子里开始从房檐上或窗台上扑通跌落。曾经发生过这样的事，鸽子的尸体多得堵住了烟囱，清晨只有半岁的小阿吉被冻醒了，因为奶奶忘了给孩子的房间烧暖气，但三个星期过去，无论是小烟斗饭馆、彩票百货商场的地毯销售组，还是岁月流年老龄俱乐部，谁也没有注意到波德纳尔夫妇的无故缺席。后来直到居民们报告说，情况不对，复活节眼看就要到了，可从四月四号之后就再没看见隔壁大婶出来在庭院里晾衣服，那时小阿吉也已经开始腐烂。当时有关部门则说，再给他们几天时间，说不定洒水日[01]一过就会出来，最后，人们终于破门而入。波德纳尔夫妇本可以上晚报的头版，跻身于火星研究的新成果和春耕之类的新闻，只是那样会把报纸染上腐尸的臭味。

“天哪。你还是自己看看，他们是怎么写迪伦马特[02]的。你尽量试着理解一下。”母亲说。

“奇怪，我觉得我读得很明白：总共死了四个人，没错，他们中没有一个获过科舒特奖。”尤迪特说。

“看来，我对悲剧的感觉还不够细腻。”母亲说。

“这只是关于首演的一个小新闻。”我说。

“没有人所有的感觉器官都那么完美。比方说，我听觉很好，但有时一连几周都看不到周围发生了什么。”尤迪特边说边收拾盘子。

“一个女人要学会在黑暗中也能够看见。”母亲说。

“你要是有急事的话，等会儿我来刷吧。”我对尤迪特说。

“谢谢。其实这也没什么不好的。如果我想杀谁的话，肯定会这么做。”尤迪特说。

“我去看看《人民自由报》。”我说，我还没有听说这件事。

“四只死鸽子掉进烟囱里，这保证会上每日新闻。”尤迪特说。

01　洒水日指复活节的星期一。欧洲许多国家至今都有这样的传统，在复活节的星期一，男人向女人头上洒水祝福，女人送给男人彩绘的蛋壳。

02　即弗里德里希·迪伦马特（1921—1990），瑞士剧作家、小说家，经常写犯罪题材的推理小说。

“这个主意很有创意。我猜，你会逮鸽子吧。”母亲说。

“如果灵感爆发，早早晚晚能够逮住。肉馅饼很好吃，谢谢您做的午餐。”尤迪特说完匆匆出门。直到供暖时间结束，有关部门以接到居民举报为由，先后到我母亲的房间里检查了五六次烟囱。

总之，我在古腾贝格广场第一次看到几只死鸽子，随后是在布拉哈·路易莎广场，只是那里的人行道已被死鸽子染黑。人们抱怨说，真是见鬼，公共卫生怎么会糟糕成这样。有人认为是左翼搞的，有人认为是极右翼，但是绝大多数人毫无疑问地认为，这场瘟疫跟帕克斯[01]核电站有关。第二天，报上刊登了第一篇争论文章，分析一场可能爆发的民众示威将对匈牙利能源工业造成的影响。电视台说，根据非官方消息，调查原因的记者们已经采访了所有能够就此话题表态的人，而且还有人在黄金时段的节目里回忆起类似的鸽子大批死亡事件。不过卫生检查部门表示：根本没有瘟疫流行，但是提醒家长要尽可能不让孩子玩死鸽子。就在那时，我跟艾丝特去农贸市场，看见一位老妇人正从纸袋里抓出一把麦粒喂鸽子，边撒边喊：“吃吧，莱贝卡！”

“就是她。”我跟艾丝特说。

“她是谁？”她问。

“就是那个撒麦粒的女人，鸽子是她毒死的。”

“这不可能。”她说。

---

01 帕克斯镇位于匈牙利中部，1973—1987 年那里修建了该国唯一一座核电站。

“我认识她，”我说，“我曾在她住处的衣柜里，看到二十五只鸟笼子。”

“我想象不出是她干的，”她说，“另外，养伤残小鸟的人，不可能用毒麦粒喂鸽子。那太蠢了。”

“你想错了。”我说，随后我们去买东西。

自从我接到那封约我六日见面的来信后，我一连两天都把早餐咖啡吐了出去。我列好一串可能的问题，备好一些最没个性的回答。最坏的情况下我就说：“算了，咱们用不着再折腾了”，我想。我没有坐吊匣式的滚动电梯[01]，而是步行爬楼，想借此拖延一点时间，事实上我从来也没有坐过吊匣式电梯。但是，当有人跟我说“请进”时，我只注意到这里的门把手也是铝制的。

“我是乔尔丹·伊娃。”一位女士自我介绍，并跟我握手，她从头到脚打量了我一遍，然后问：“你喝咖啡吗？”我说：“喝。”之后我坐到一张沙发上，心中暗想，她还没有时间换掉人造革面的长沙发和艾莉卡牌打字机，她则冲着楼道尽头的办公室喊道：“来两杯咖啡！”

“我喜欢您的书。”她说。我向她道谢，但是就从她像检查产品质量那样打量我的那一刻起，我觉得她要是不喜欢我的书，我反而会更高兴。我总是很反感那种在五十年中花掉十年时间为自己成功地打下根基、握手的方式像一名军人的

01　在匈牙利，有不少机关大楼里都装有这种与摩天轮相仿的、挂有多个木匣、绕上下两轴不停滚动的电梯。木匣没门，客人要在木匣底缘与地面平齐时及时跨进或跨出。电梯里的人万一下到一层或上到顶层而没来得及跨出，就会穿过一段黑暗的机房转到对面。

女人。这种女人可以在五分钟内换好“波兰-菲亚特[01]”的轮胎，而涂在指甲上的玛格丽特·阿斯特牌蔻丹会完好无损，即使在一次做爱或一次不愉快的离婚案后，也能够准确地知道自己生命的意义。另外，她的大烟嗓也让我感到不舒服。她用不着你喜欢，最好你也别喜欢，我想，趁她翻找档案夹的空当，我瞟了一眼挂在公文柜一侧的年历：十二月的大平原上风雪交加，实际应该翻回到四月的洪水。

“当然，作品还需要做些加工。我直接在上面做了些批改，但愿你不介意。”她说。我朝书稿望了一眼，看到旁边有用黑圆珠笔写的批注，有不少地方画了横线或标了问号，我当时唯一的反应是：这个女人随手涂抹的是艾丝特几星期打字的心血。

“没关系。”我说。

“我想，您最好先从头到尾看一遍，然后我们再细谈。”

“好的。”我说。

“您给我家里挂电话。如果可以的话，这个周末。”她说，并将她的电话号码写在文件夹上，“反正在这儿也无法工作。”

“好的。”我说。

“您喜欢喝什么？”

“茶。”我边说边将书稿装好，站起身来，只想尽早离开这里。我们再次握手。她的手足有五千岁，至少这个打不了粉底，我想。

“您母亲怎么样？”她问。我突然僵成了一块石头，因为

---

01 “波兰-菲亚特”是波兰别尔斯克比亚瓦小型车辆厂生产的一款小型轿车，冷战期间曾畅销东欧。

在我预先列好的一串问题里没有这个。对这个问题，我没做任何回答的准备。我真想朝她脸上狠揍一拳。

“您在哪儿认识我母亲的？”我问。

“我曾跟她做过一次采访。”她说。

“您肯定搞错了。”

“我肯定没有搞错。我喜欢您的握手方式。”她说。我这才发现，我始终握着她的手，紧得如同掘土机的钢牙。她瘦削的手指眼看就要被折断。我没有道别就转身出门，径直跨进吊匣式电梯，但是我在底层忘了下来，我不清楚这种电梯是怎么运转的，当我进入漆黑一片的机房时，我胆战心惊地抓住扶手，因为我以为木匣会翻一个个儿，我会从木匣里掉出去。我以为自己会和那摞恼人的书稿一起被齿轮绞得粉碎。

“天哪，你怎么了？”她问。

“我不想……”我说。

“他们没有退稿，对吧？”

“是我要回来的。”

“求求你，告诉我到底发生了什么？”

“我已经不想……”

“你不想什么？”

“这一切。”我说。我把脸贴在她的双乳之间，但始终不知道该怎样清楚地告诉她，在出版社里发生了什么。我只是讲，电梯把我带到了地下室，险些把我绞成肉酱，因为他们什么都知道，而且认识我母亲。后来，我感到她将手放到我的阴部，“镇静一点儿。”她说。“好的。”我说，并开始触摸她的胸脯。但她把我的胳膊搭到她的脖子上。“为什么？”我问。

“你别讲话。”她说。她用手合上我的眼睛，仿佛让一具尸首瞑目，然后将头埋向我的胸口。“别。”我说。这时候她的指甲在怒张的血管上滑行，但没有答话。她用手指紧紧攥住我，我知道她的眼睛是睁着的。我感觉到她在看我的下身，她的手腕几乎未动。“别。”我又说了一句。“放松一点。”她说。后来，她的手掌在湿漉漉的小腹上轻揉细抹，就像帮一位病人抹掉额头的汗珠。

“哎，现在好点儿了吗？”她问。

“但是缺少你的高潮。”我说。

“对我来说，现在这样更好些。”

“可是我想感受你的高潮。”我说。

“你还是好好告诉我，出版社里发生了什么？”

“我想把书稿收回来。”

“你做得对。否则我就不认识你了。”

“说心里话，只要你读，对我来说就足够了。以后有机会再出版。”

“你接着说。我喜欢听你这么说。虽然是蠢话，但我喜欢。”

“更何况，那个文化婊子把你打的稿子画得乱七八糟。”

“那你就好好奉承奉承她。”

“难道你不想知道，那是个什么样的文化婊子？”

“如果我没记错的话，是我把你的书稿送到出版社的。我根本没有觉得她是什么文化婊子，是一个非常机敏的犹太记者。”

“别跟我提犹太人。”

“我就想提。”

“为什么？”

“没有为什么。总之我亲眼见过她，给我留下的印象不错。回头我会让你吃饱了之后，再去赴工作晚餐。”

“她身上的味道也令我作呕，我根本不会去吃什么工作晚餐。”

“我回头用狗链牵着你去。”

“那我将会咬所有的人。”

“你最想咬哪个文化婊子？”

“见谁咬谁。”

“那我给你戴一个嚼子。不过，你说对了。”她说。

“我怎么又说对了？”我问。

“你看。”她说着从皮包里掏出一份报纸，在关于副总理的情人和滥用私有化的新闻之间，印着一个字母很大、安抚民心的醒目标题：《杀鸽子的人已经自杀！》。警方经过全力以赴的侦破工作，终于找到了六十九岁、曾以卖淫为生的V.莱贝卡的尸体，是她在八区用带毒的麦粒毒死鸽子的，后来由于身患致命的恶性肿瘤而吞服南斯拉夫生产的老鼠药自杀。让办案人员感到不解的是，根据邻居的证词和在住所找到的证据，当事人生前喜欢鸟类（详见第16版）。

“你去哪儿了儿子？”

“去出版社了，妈。”

“我没有同意你去那儿。”

“我去那儿用不着您同意，妈。”

“那个婊子把你变成了恶棍，一个卑鄙的恶棍！”

“这跟艾丝特没关系，另外我想安静地工作，妈。”

“你不是什么作家！你知道自己是什么东西吗？！屠夫！你是个屠夫！”

“也许是吧，妈。”

“你用别人的血写东西！”

“我只用黑墨水写作，妈。”

“那不是墨水，而是我的血！”

“即使是血，也只是我自己的血，妈。”

“你给我抹黑！”

“我从来没给任何人抹黑，妈。”

“你就是抹黑，你用我的血给我抹黑！”

“别嚷了，妈。”

“我就是要嚷！你这个杀人犯！弑母狂！你在给我的脸上抹黑！”

“闭嘴！闭上你的臭嘴，从我的屋里滚出去！”

“茶已经凉了。不过，我希望您喜欢加点伏特加喝。”

“加柠檬汁。”我说，并且注意到屋里的古董家具、东方地毯和当代美术作品。说老实话，跟我们家一样像地下墓室，只是堆的不是偷来的道具，我想。我在桌子上，在若尔纳伊[01]牌陶瓷烟缸和梅森[02]产的茶具之间腾出一块地方放书稿。

“我想，您不讨厌音乐吧？”她说。

“不讨厌音乐。”我说。

“巴赫呢？”

01　若尔纳伊是匈牙利著名的艺术陶瓷品牌。

02　梅森是德国著名的陶瓷产地，也是欧洲最古老的陶瓷厂。

“可以。”我说。

“您上次走的时候发了点脾气。”

“那天是我倒霉的日子。”

“很高兴不是我伤了您。”

“您千万别这么说。”

“茶热好了。真不用在茶里加点什么？”

“不用。”我说。

“话说回来，一位作家时不时地发点脾气，这再正常不过。”

“不只是作家才常发脾气。”我说，但我觉察到自己傲慢得有点过分。可是我也没有办法，因为连她的气味都让我恶心，我想。我也会让许多人讨厌，我想。要不，我再要一杯咖啡和一杯苏打水，我想。

“没关系。人们对天才要宽容得多。”

“我不认为天才能让任何人为所欲为。”我说。

“但愿您不是真这么想。”

“可这确实是我的真实想法。”我说。

“那是自欺欺人。”

“您说得很对。”我说。

“您是犹太人？”

“据我所知，不是。”我吃惊地说，因为尽管有人冲着我、指着我骂过，但还从来没有人直接问过。

“我知道。我只是想看看，您摆脱自己的角色后是什么样子。”她说。她取来一张餐巾纸，替我擦掉溅到我外套上的茶水。

“有的时候，我的反应还是挺有人情味的。”我说。事实上我真想起身就走，但我又感到，现在这么做会非常愚蠢，于是我在剩下的茶水里放了两块方糖。

“正因如此，您的小说才好看。”她说，随手拿起书稿，我们一起从头到尾看了一遍。开始的时候，她有点恼火，发现的错误越来越多，因为我不够心细，未多琢磨，没及时择除多余的部分，以至于后来显得很碍眼，就像一台在医生看来无可争议的常规手术。她想删掉两个句子，她的意见确实是对的。喝到第三杯茶时，我在剩下的茶水里加了一点伏特加，我看重的那些德意志精神保留了下来，因为有的东西离开德意志精神便狗屁不值，即使是关于格式标准的争辩，也会一下子失去句子的张力。后来，在我们讨论封面之前，她做了几个三明治，最后我把我的灌水钢笔忘在了那里。

“喏，你咬她了吗？”艾丝特问。

“是你把我派去的。现在你可以自己去猜。”我说。

“真的吗？”

“如果你还问，我就咬你。”

“那还是别。你不咬，我流的血就已经够多了。”

“你已经跟我保证了，说今天就会过去的。”

“我骗了你。我估计今天流的血最多。”

“我将废除格列高利历[01]。我想要一个月三百六十五天。”

“你只要等二十年，我就会度过更年期。”

“我觉得现在你在骗我。你把带血的卫生巾给我看看。”我说，但我马上就后悔了，我怎么能说出这种话？她的脸色变暗，好像被人当场捉奸，然后一声不吭地走进浴室，我听到她

01 格列高利历，即公历，是由意大利医生兼哲学家里利乌斯改革儒略历制定的历法，由教皇格列高利十三世于 1582 年颁行。

拧开水龙头。我点了支烟，吸了一口。她至少应该摔一下门，我想。

“我能进去吗？”我问。

“当然。”她说。她躺在冰凉的洗澡水里，浑身起了层鸡皮疙瘩。有少量泡沫挂在她大腿的寒毛上，她的乳头硬得发紫。她看着自己的身体，就像看一件陌生的物件，尽管人们不清楚拿它能做什么用，但还是不肯放弃它。

“过来吧。”我说。她顺从地让我把她从浴缸里抱出来，我为她擦干身子，领她到卧室，但是即使在被子底下，她仍然冷得瑟瑟发抖。

“给我支烟。”她说。我给她点燃一支，但烟在她手里断成了两截。

“你说，你是不是认为，我已经不……”她说。

“我没有。”我说。

“我爱你。”她说。

“我知道。”我说。

“那上帝为什么要这样惩罚我？”她说，然后勾住我的脖子，终于开始抽泣起来，“为什么不杀了我？！杀了我吧！真希望有谁能杀了我！”

在隔壁桌旁，坐着个五十岁左右的瘦弱男人，穿着运动鞋和格子外套，捧着一本战前小说已经读了半个小时，后来跟尤莉卡争吵起来，说啤酒里有一只苍蝇。但好几位客人都看到了，那是他从一只火柴盒里取出来的。

“他在自助餐厅里就玩这手，把一只苍蝇扔进笋瓜汤里。”

尤莉卡说，她坚持要让男人付钱，“一扎‘石矿[01]’。如果您有胃口的话，即使把所有的苍蝇吃了我也不管，但我向您保证，这扎啤酒的钱您肯定得付。”有人要去叫警察，但被尤莉卡按回到座位上，她说这里用不着惊动警察，她不用警棍就可以应付。她说着抓住一只酒扎的把手，然后朝左手掌心击了下杯底，像是在掂量杯子的重量，琢磨是否用它出手，还是去抄烟灰缸。

“十四福林五十菲林。”她说。男人已开始在口袋里摸索，嘴里还在骂骂咧咧，说他要去防疫站举报，封掉这个肮脏的猪窝。

“您去那儿之前，先洗一下手。”尤莉卡说，然后将九福林五十菲林放进钱夹，因为她知道，男人再摸也摸不出更多的钱。

根本用不着理他，我想，不过尤莉卡一点儿没错。九福林五十菲林，正好只够喝一杯啤酒，所以不该要一扎。

后来我还是被搞得很烦，想马上拔腿离开这里。我喝干最后一口，摁灭烟头，付了酒钱，然后搭 6 路有轨电车到奥克托宫路口，从那里再沿着安德拉什大街步行到歌剧院。当我看到窗口亮着灯时，差一点转身回家。我应该预先挂一个电话，我想，后来我又想，还是明天再来吧，但我感觉有什么人在盯着我，看到我在犹豫不决，我这个人实在可笑，最终还是爬上楼梯，稍稍犹豫了片刻，短短按了两下门铃。

“我还以为您会去买一支新钢笔呢。”她一边转动钥匙一边说，“来的正是时候。您会法语，对吧？”

“我不会。”我说。

01　石矿牌啤酒，1948 年开始生产，是匈牙利最著名的啤酒品牌。

“英语呢？”

“只会一点儿。”我说。

“那您应该学学，”她说，并将我介绍给她的客人，“他们来自巴黎一家出版社，我正在给他们介绍作品。我还提到了您。”我坐到铺着布鲁塞尔绒毯的沙发床上，因为有两位法国男人坐在沙发上。她去厨房的时候，我们都缄口不语，因为我们彼此没有什么好说的，幸好她很快就回来了，手里端着一壶冰茶。

“这是唯一的一位只喝冰茶的匈牙利作家，但是他的书还是很值得出。”她用英语说道，为了让我也能听懂。我觉得自己就像一头被关进笼子的野兽，谁都可以向它掷饼干。两位男人冲我微笑，后来他们换成了法语，我真想要回钢笔，然后立即告辞，但我又觉得，现在这么做不合适。后来，客人们站了起来，毫无疑问，我不能跟他们一起离开，于是我跟他们握手，用法语道别，后来我再次听到钥匙的转动。

“他们对您的印象很不错。这件事说不定能成。”她说。我坐回到沙发床上。

“现在说这个也许早了点。”我说。

“您相信我好了，”她说，“现在我能给您加点葡萄酒吗？”

“谢谢，不用。我只是来取我的钢笔。”

“否则您这辈子也不会来这儿。”她说，并往我的茶水里兑了点红酒，我心里却想，现在真应该将一火柴盒死苍蝇倒进茶杯，然后整个泼到她的脸上，我感觉到，有什么小虫子跟葡萄酒一起流进我的喉咙。

“您说得很对。”我说，随后站了起来，她却坐在原地不动，她的脸跟我正在变硬的阳具仅仅隔着一条裤子。一堆死苍蝇开始在我的胃里嗡嗡，在我的胸口和大脑里飞成一团，我感觉它们要把我咬碎，在我的体内饕餮饱餐，我的心脏只剩下一个烟蒂挂在大动脉上。

“你别想对我的生活指手画脚。不管是匈牙利语，还是法语。”我说，我简直听不出是自己的声音。

“怎么着？是不是终于想操我了？”她问，伸手抓住我的睾丸。在接下来的几秒钟内，我猛地拽下她的毛衣，就像扔一块抹布。然后我把她推到床上，当我用一只手撕下她的裙子时，她拉开了我的裤子拉链。我的皮带都没有解开，金属扣在她的肚子上磨出了血痕。她的皮肤很苦。苦中有股杏仁味，就像我母亲的床单一样。当我把两只手指插进她的后庭里时，她好像在被两个人操，身体痛苦地扭曲。

“你别想对我指手画脚，你知不知道？！休想！休想，你这个荡妇！”我冲着她的脸吼叫，一只手掐住她的喉咙。

“来啊！操吧！你把我操死啊！”她大声叫道，“我的阴蒂！把我的阴蒂撕碎了吧！”她大声嚷道，她的声音是那么尖利，如同坚冰爆裂，我只觉得穿越虚空，血脉迸裂。

我下床的时候像一块抹布。精液从她的阴道里流出来，滴到布鲁塞尔绒毯上，她的一条腿耷拉到地板上，一只脚上掉了只鞋。她的胯部还在扭动，但她已经停止了呻吟，我拉上裤子拉链，从烟盒里取出一支烟，关上了灯。后来，我拦了一辆出租车，我跟司机谈体制变革。他不满地说，真应该把那些家伙统统枪毙。我不同意他的观点，因为每个人都有权看到自己的错误，只要关上门反省，别再抛头露面就行。“让他们静悄悄地带着羞耻活着吧。”我对出租车司机说。他不屑地反驳我说，要我别做梦了，恶棍一分钟都不会感到羞耻的，因为这是上帝的安排。后来，我摸到两条防盗链，但没能把它们摘下来，最后我还是短短地按了两下门铃，因为只有这样，母亲才能知道是我回来，她才会出来给我开门。

第二天下午，我为一段没写好的文字绞尽了脑汁。看上去差不多完成了，我跟往常一样去找艾丝特，想来所发生的事情，并不是发生在我身上。

“你洗澡吗？”我问。

“那个你可以等着。”她说。

“我就在等呢。”我说。我在浴缸里放满了洗澡水，并且扔进几个绿色的方块，好让浴缸里堆满泡沫，浴室里弥散出松树的味道。

“真可恨，这样我什么都看不见。”她说，因为我全身铺盖着泡沫，脑袋沉到洗澡水里，她连我的脸都看不到，我已经数到了一百二十，但她还是没有动手拽我。

“看你的态度，我就是淹死了你也不在乎。”我说，这时我已经憋不住了。

“我不为你担心。即使在海底你也能活着，跟珍珠贝一样。”她说。

“谢谢，你还好没说我是水蛭。”我说，然后擦干身子，拔掉皮塞，这时泡沫从下水道的铁篦猛地冒出，泡了半个浴室。我用手把泡沫扔回浴缸，随后从冰箱里取出半瓶红酒，给她念了下午刚写好的故事。

“不错。只可惜把淫秽和诚实混为一谈。”她说。

在楼门口前，我既没有犹豫，也没有在乎有没有人盯着我，更没有按照她第一次在电话里叮嘱的那样按两下短短的门铃。我长长地按一声就足够了，跟我去任何地方一样，我想，反正我一样要等半天。

“两声短的。”她关门时说。

“这样更好。”我说。

“下次走时，请把门锁上。”她说着将一把钥匙塞到我手里，我顺手放到了煤气表上。

“我们还是用尊称更好。”我说。

“随您的便。喝茶吗？我是说，热茶。”

“热的也不喝。我只是来取我的书稿。”

“别这么蠢。”她说，一屁股坐进一张旧皮沙发里。

“我就这么蠢，”我说，“如果是在出版社，那就请您寄给我。”

“在排字工人那里，一周之后就可以校对。”

“我不会校对的。”

“很遗憾，不能还给您。再者说，我的工作跟我和谁睡觉毫无关系。我希望这点您能清楚。”

“我很清楚。可是这个跟我很有关系。”

“可以理解。只是时间长了结果很糟，如果一个人在镜子里看到的不是两只漂亮的眼睛，而是一条疯狗，肯定会吓得屁滚尿流。”

我想点烟，但一连划断了几根火柴，她颇为得意地看着我。

“还有，您的女朋友非常可爱。”她说。

“那不是我的女朋友。”我说。

“对不起，是恋人。我无意贬低您和她的关系。我只是想说，如果可怜的姑娘发现您在外面是一头上等的野兽，肯定会痛苦得无法忍受。”

“您要敢乱来，我就掐死您。别把艾丝特扯进来。”我说，并且腾地站了起来。

“您误会了，”她说，然后动手往杯里斟酒，“不是我别把她扯进来，而是您别。通常来讲，女人们一旦不能再假装不知，便不能再忍受与人共享。”

“没有分享。”我说完一把夺过酒杯，当白酒流经我的喉管，满腔的憎恨踪影皆无。我打量她的感觉，就像看一尊过度修复的木雕，可还是能听见蛀虫沙沙地响动。无论是赤褐色的头发、皮肤散发的苦杏仁味，还是五千岁手指尖上的红爪子，已经不再让我感到作呕。幻觉之中，我内心纯净地走出一家豪华妓院，如同刚刚降生到这个世界。

“每个女人都与人共享，”她看着我的眼睛说，“比方说您母亲，就曾和我共享过您父亲。”

我一拳击中她的下巴。她一头栽倒在沙发上，我抓住她的头发将她猛地拖到地上，冲着她的肚子又打了一拳。

“你跟你父亲一模一样。”她上气不接下气地说。

“永远不许你提我父亲！我连他的名字都不想听，你听懂了没有？！”我厉声叫道，并用膝盖分开她的两腿，在撕破的布片之间，我将手指戳进她的阴户。

“来啊！”她气喘吁吁。

“休想，你这个荡妇！连我母亲也不许你提！”

“你撕啊，撕啊！你把我撕烂了吧！”她尖声叫喊，癫狂失控。她用指甲掰开我的大腿，拽开拉链，抓住充满憎恨的睾丸。我紧接着感到，我的性腺连同所有的秽物都一下堵到了嗓子眼，我从她嘴里拔出来，因为我这辈子也没想过在这块喘息的肉团里达到高潮。

“我要！”

“休想！”

“操吧！你就操死我吧！”

“休想！没有人会跟你共享！”我喘着粗气，掐住她的腰，五根手指几乎刺进她的胃囊里。我像凿石头一样猛干她那稀烂的屁股，直到她失去呻吟的力气。一下，两下，三下，我在大脑皮层里数了一会儿。后来，她把地毯夹在两腿中间，我从烟盒里取出一支香烟，摔门而去。

母亲在厨房里削早餐的苹果。苹果皮像绦虫一样螺旋垂下。

“乔尔丹·伊娃是谁？”我问，水果刀定在她的手里。她目光僵直地盯着我扯皱的衬衫和裂开的裤子，我都以为她不会回应了。

“你这个杂种！滚回你的房间去，你这个野兽！”她冲我嚷道，削了一半的苹果在门框上炸裂，如同一瓶 TNP 炸药。

“好吧。”我说，然后走进房间。当我终于躺到床上时，我想，至少我该刷一下牙。我嘴里有一股生鱼味，手腕酸痛，干在我两手上的阴液，让我觉得像染上了皮肤病，但是一分钟后我便昏昏睡去。

醒来的时候，四下漆黑如墨。我摸到电灯开关，看了一眼表，因为我突然想起和艾丝特约好六点钟在图书馆门口见面。回头我就跟她说，我发烧了，我想，并开始在一个抽屉里焦躁地翻找，在一把铅笔中间找到了一支旧粉笔，但我只吃下半支。之后我还找出一盒血囊[01]，这时候一个念头闪过脑际，流点血更好。对，我被人骂作犹太人，并且遭到暴打——我咬破了所有胶囊，并将颜料涂在口周，但我很快就意识到，我这么做毫无意义。她跟我约好六点钟等我，可现在已经十点了，即使现在我挨了打，那么六点的时候我去哪儿了？于是，我还是连纸一起吃掉剩下的半支粉笔，但我呕出染红的石灰，身上已经大汗淋漓。

那是我最好的一条裤子，我想，现在说什么都已经晚了，我想，明天我穿一条厚一点的，我想，其实我还是应该知道一些父亲的事，我想，至少该知道他的模样，我想，明天我问问那个婊子，我想，反正事情已不会更糟，我想，但事先要剪掉她的爪子，我想，也许还是不剪更好，她有指甲也挺好的，我想，不如刮掉她的阴毛，我想，还需要一根假阴茎，我想，比如说牛鞭，我想，没有什么能比干牛鞭更好的了，我想，因为这样一来你不会再碰我的这根，我想，这比祈祷文还要保险，有足够多的作家回头可以好好操你，我想，我们最好只是这样，我想，不许你再提我父亲，否则我会扯断你的阴蒂，我想，我要用它当开关，比如控制彩色电视，我想，话说回来揍女人的感觉还挺不错的，我想，我父亲也不是那么愚蠢，我想，只是遗憾的是，他不该把什么都呕吐到孩子的大脑里，我想，因为作为父亲他不该那样，我想，而且不该那样殴打孕妇，我想，你别以为我什么都不记得，我想，我什么都记得，你这个

---

01 血囊是戏剧表演时用的、含有模拟血的道具胶囊。

混蛋，我想，我看见你操我妈的屁股，我想，人在半岁的时候已经不是傻瓜，我想，只是还不会使用厨房的餐刀，我想，但你不要认为我认不出你，我想，我对你熟悉得就像自己的手掌，你这个不要脸的混蛋，我想，你很可能来自下层阶级，我想，受不了门不当户不对的婚姻，我想，尽管那个孕妇也是一个淫荡的娼妓，我想，肯定同时跟五个人干过，我想，她即使被我干也不会嫌害臊，我想，或者至少三个人一起，我想，那个荡妇有时的确可以登门拜访一下我母亲，我想，艾丝特也来，我想，她们可以单独来，但一起来不行，我想，不，艾丝特还是不要来，我想，归根结底我还不是野兽，我想，艾丝特的内心极度敏感，我想，她跟我们不一样，我想，那么还是让尤迪特来，我想，反正她也是把自己的心脏藏在琴盒里，我想，是的，她每天练琴十个小时，我想，再加上演出，我想，这样她没工夫参加三个人的床上戏，我想，十几年来她连写信的时间都没有，我想，当然她有脸写信来说，要母亲回头别闭上眼睛，我想，她肯定想不到，我想，回头我会用锤子将它们合上，我想，然后将所有的道具都从这个墓室里扔出去，我想，扔出去后，把那间屋变成孩子的房间，我想，我不会往孩子的小脑袋里呕吐的，我想，也不会在喂奶的时候操孩子妈妈的屁股，我想，我不是野兽，我想，事实上我还没操过木乃伊，我想，我只是碰了她，我想，但没碰我妈，我想，说起来当时有点可惜，我想，下次用不着再让我的阴茎做思想斗争，我想，至少能有一个人享受高潮，比方说我，我想，不，我肯定不会，还是让她，我想，但愿结果会令人沮丧，因为我不能让我妈享受高潮，我想，但这样也会很闹心，我想，不管怎么说，她抚弄的技巧相当高，至少刮净了阴毛，我想，真的，这也够傻的，如果她现在也刮阴毛，我想，真得看看，我想，只是别再往乳头上抹盐了，我想，她完全可以咽气了，我想，把她的衣服给艾丝特穿正合适，我想，这不是淫秽，我亲爱的，我想，我从来没有把淫秽跟诚实混为一谈，我想，是你把水蛭和珍珠贝弄混了，我想，那些衣服确实很好，我想，可能只需要在胸部缩进一点，我想，至少有几件虫蛀的波斯裘皮大衣，我想，可以穿着它去打胎，我想，出于礼貌也应该告诉我一声："对不起，我去刮宫"，我想，不管怎么说，吸出来的是我的精子，我想，出于礼貌你也应该把我介绍给你父亲，我想，想来这才合乎惯例，我想，回头我和他一起抽雪茄，你坐在旁边，一声不要吭，我想，你父亲告诉我说，他女儿为什么从小一声不吭，我想，但你别继续跟我做戏，我想，别跟我再说"你别问了"，我想，因为我会一个嘴巴把你扇到南墙，我想，你别以为我不敢打你，我想，我要从你体内掏出所有不利的偏见，我想，我将用你的血写作，我想，之后你用打字机打出来，我想，再为它找出版社，我想，你想要我当作家，我想，没错，是你把我派到那儿的，我想，是你派我去找那个烂婊子的，我想，现在你可以报复我了，我想，但我不会再拿石灰当早餐，我想，只希望尤迪特不要发现，我想，那是她的粉笔，我想，我明天去给她另偷一支，我想，"以后不许你再翻我的抽屉"，她说，"我确实偷了，我还写了匈牙利语作业"，我说，"我不管你写什么"，她说，"对不起"，我说，"你总是一条寄生虫"，她说，"我不是"，我说，"你是个谁都不是的臭小子"，她说，"我不是谁都不是"，我说，"你把我的小提琴放哪儿去了？"她问，"我没有动"，我说，"赶快给我拿出来"，她说，"我就不拿"，我说，"火车马上就要开了"，她说，"我不想一个人留在这儿”，我说，“那你就学小提琴”，她说，“你哪儿也别去”，我说，“我得走了”，她说，“在垃圾桶里”，我说，“你这条可怜虫”，她说，“你没有本事爱”，我说，“喏，在这一点上咱俩很像”，“你说得没错”，我必须把它藏起来，我想，把它藏在垃圾桶中间，我想，在那里她这辈子都不会找到，我想，“我一开始就是去那里找的，在沾满你精液的卫生纸中间”，她说，“这跟你无关”，我说，“这话说得很对，每个人都靠自己的能力寻找幸福”，她说，“我的情人至少不会跟我妈一起骗我”，我说，“对你来说肯定相反”，她说，“胡说！”我说，“你会跟咱爸一样，从后头”，她说，“你给我闭嘴！”我说，“只是你爸至少能正常地勃起来”，她说，“住嘴，我宰了你！”我说，“你谁都会宰，你可真勇敢啊”，她说，“你给我滚！”我说，“别怕，我来给你合上眼睛”，她说，“放开我，你这条毒蛇！别碰我的眼睛！我永远不闭！”

当我打开窗户的遮阳板时，我也不知道自己在这间充满发烧和呕吐气味的房间里到底蜷缩了多少天。艾丝特站在楼下马路对过的人行道上。我很想重新掩上窗户，但她已经看到了我。我冲她招手，让她等我，然后手忙脚乱地换上衣服，正当我要出门时，我忽然动了一个念头：她要上来会怎么样？不，这不可能。她永远不能上来，我想。想来她已经上来过一回了。不，她一辈子有过那半分钟经历就足够了，我想，我边想边把撕破的衣服和呕满秽物的褥单塞到床下，这时候我突然想起自己的脸上还涂着道具血，不过她已经看到了。对，她看到了，她已经看到了我的模样，我走进浴室，想洗掉颜料——母亲像尊雕塑一样地坐在镜子前，肯定从吵架之后就坐在那儿，我想。现在的情况相当糟糕，我想。我真不该问她那个女人是谁，我想。家里已经几天没有面包了，我想——我从门厅对她说："我去艾丝特那儿，妈。"因为我想让她知道，我不是去找那个女人，之后我又想，我先去买点面包回来。

"你什么时候来的？"我问。

"两点。"她忍住眼泪说。

"现在几点了？"我问。

"五点半。"她说，但始终还是没有哭出声来。

"走，我得给我妈去买面包。"我说。我搂住她的肩膀，两人一声不语地朝小卖铺走去。她的头发盘成发髻，就像位寡妇，眼圈很黑，我想，其实我完全可以穿着那身沾满精液气味的破衣裳下楼来，因为反正我也会告诉她一切。买完东西，我送她回家，然后把一切都告诉她。对，我就当作一个噩梦讲给她听。所不同的是，那事发生在睡觉之前，我想，篮子里已经装满了难吃的罐头和根本用不着买的汤料，我忽然在我胳膊肘上看到被女人咬的青紫的牙印。我赶紧拽了一下外套袖子，这时候我已经知道，我有本事跟艾丝特说任何的谎，如果需要的话，我可以说一辈子。

"你怎么也不跟我说一声？"我们回到她家时，她问我。

"我发烧了。"我说。

"至少应该让我知道你出了什么事。站在窗户下，我真快要急死了。"

"我说了，我发烧了。我把我姐姐的粉笔吃了。"

"可是，为什么？"

"我想吃。我想发烧，但是没想到会这么成功。仅此而已。"

“我差一点就去出版社，想问问他们知不知道你的消息。”她说。我的胃突然痉挛起来。

“不许你再去那儿！你懂了没有？！我根本不需要监护！我能办好自己的事。”我说，她一脸惊愕地望着我。“够了！有我妈问我“**到哪儿去了、什么时候回来**”就够我受了，你懂不懂？！至少你别再烦我了！我发烧了！我就跟小时候逃学一样，吃了支粉笔发烧了！我想逃走！我没什么奢望，只想逃走。如果没有地方去，我就去公共厕所！你听清楚了没有？！别跟我问这问那，也别站在我的窗户底下！！我也没盘问过你！我说话算数，在你被送进疯人院之前，我没盘问过你每天都干什么了！我不会被送进疯人院的，你明不明白？！我心里没鬼，我的生活没什么秘密！你明不明白？！在我还不知道你爸是谁之前，在我还不知道你小时候被谁操疯过的之前，你别再站到我的窗户底下！”我歇斯底里地冲她吼叫。

“你永远不要再来找我。”她低声说。那一刻我真想扑过去掐住她的喉咙，真想一脚把她踹到写字台上，让她在空中打滚，然后摔到地板上。我将钥匙扔到她的身上，当打字机的木匣在我后脑勺上摔裂时，我已经走到了门厅。醒来的时候，我发现她骑在我身上，正抡着拳头砸我的脸。

“谁也别想把我给操疯了，你懂不懂？！是你把你妈操疯了的！我知道，你们肯定干过那事！我知道！不许你再碰我，你这个脏货！你再敢说我是疯子，马上从我家里滚出去！从我的生活里滚出去，你这个无赖作家！”她大声嚷着，并用指甲抓我，想把我的心脏掏出来，然后塞进我的嗓子眼。

“滚，快滚，你这个混蛋！”她嚷得声嘶力竭，我把她的手按在水泥墙上。

“我宰了你！”我吼了起来，动手撕掉她的衣裳。

“我也宰了你，我连你妈一起宰！不许你碰我！”她哭了，朝我的脸上啐吐沫，但我俩的腰已开始同时扭动。她把我的嘴唇咬出了血，两条腿像钢铁的镣铐般铐住我。

很可能已经在从布加勒斯特回来的路上，但也说不定是在川斯弗格拉什公路[01]上。很可能遇到了拦路检查，但有一点可以肯定，那位身穿制服者的官衔肯定没有拦车的人高。事情很可能发生在深夜，但也有可能发生在白天。

那位身穿制服的人要求对方出示逮捕令，但是两位便衣根本就不理会他。他们心想，无论检察官先生怎样言辞激烈地强调宪法权利也无济于事，总理同志在昨日的接见之后，对他感到不满意。当便衣把他塞回车里时，检察官先生很可能已经咽了气，但有一点可以肯定，那辆 1.5 升排气量的白色达契亚轿车[02]在马达停转的情况下坠入八十米深的山涧。

开始，菲海尔·阿黛尔非要开棺验尸，之后坚持要做尸检，最后又提到联合国宪法权利，做了许多保护措施，以防被关进疯人院。比方说，她给国内外的熟人写了许多封信，但那些信最后都寄到了同一个地方，她还打了许多电话，只是电话线上总是有三个人，而且其中有一个从不讲话。总之，当她真有被关进疯人院的危险时，在两名便衣警察的“帮助下”因难以忍受丧夫之痛而卧轨自杀，葬身在凌晨四点二十分发车

---

01 川斯弗格拉什公路是罗马尼亚境内跨越喀尔巴阡山脉最高峰、连接多个历史地区的高速公路，共九十公里长，原是奥塞斯库于 1970—1974 年修建的一条战略军事路线。

02 达契亚牌轿车是当时罗马尼亚最有名的国产汽车品牌。

的特快列车的车轮下。

后来，由于出现了机械故障，有关部门过了几天之后才来接孩子，实际上莫罗什维奇[01]孤儿院早就接到了通知：不久将新来一个六岁的女孩。

过了大半年后，女院长不知道怎么也豁了出去，居然违背上级的指令将菲海尔·艾丝特交给了那位每星期都穿着浆得笔挺的衬衫、拄着拐杖、从天而降的老先生。

老菲海尔·莫尔对自己已经四十年没有强调过的权利心知肚明。他出于各种各样的情感因素想要领回自己同样出于情感因素在小菲海尔·莫尔的葬礼上第一次看到的亲孙女。"尽管我们也只是半个匈牙利人[02]，我们的另一半早已化成了灰烟，但我们也不能娶有一半罗马尼亚血统的女人，她就是新教徒也不能娶，儿子。"

总之，半年之后，女院长普鲁布做出了一个这样的决定，只要值得，她在纸面上可以做一个小手脚，就能解决这个棘手的事情。想来在孤儿院里，谁叫什么都无所谓，秩序高于一切，因此一个新被送来的吉卜赛哑女变成了菲海尔·艾丝特，真正的菲海尔·艾丝特可以打铺盖走人。这个决定，换来了两只经过加固的银果盘、一套十三个人用的梅森陶瓷餐具、一块镀金的万国表[03]，还有三幅梅加斯基[04]的画作，她只是后来才反应过来，如果能再拖一阵子，自己得到的东西肯定会更多。

---

01 位于罗马尼亚的莫罗什州。

02 这里指在世界大战后，随着匈牙利被割让土地变成了罗马尼亚籍的匈牙利人，他们出于耻辱而敌视罗马尼亚人。

03 瑞士沙夫豪森生产的品牌表。

04 即梅加斯基·拉斯洛（1852—1919），匈牙利著名画家。

老先生带这孩子坐在后面，一个浑身散发着马臊味的男人驾驶着那辆老掉牙了的波贝塔轿车[01]。每走一公里都要往水箱里加一次水，后来从柏油路开到土路上，从莫罗什河开到山涧瀑布，当他们终于抵达了偏僻之地，天光已经破晓。“我要撒尿。”艾丝特站在一座湖滨的房前说，令人宽慰的是，女孩半年来第一次开口，在从那之后的十二年里，生活中没出现任何瑕疵，想来从一半匈牙利、一半贵族、一半哲学家变成的乡村摄影师，在地图上找不到的小村庄和被上帝遗忘了的松树林，本来都完美无瑕。

后来，在完美无瑕中终于还是出现了瑕疵，衰老的疾患开始在身体组织内扩散，当老先生叫艾丝特赶紧去请马兽医来时，情况已经明摆着，他即使活得到今晚也难活到明天。老先生平时常跟马兽医一起打牌、下棋，尽管水平并不怎么样。

马兽医先是想方设法让老先生奄奄一息地多熬了几日，之后帮助卖掉了房产，他自己什么也没要，只是从上万部藏书中挑走了几本，并到处打听该去移民局找谁。

跟费诺同志相比，乌勒图尔同志还有一点人性。他从一个抽屉里取出一本护照，同时将酬金放进另一个抽屉。“但是这些少了点。”他说，并用钥匙将钉有一层隔音海绵皮垫的房门反手锁上，显然，对那些肯花半个庄园的价钱换本护照的人，谁想怎样就可以怎样。他没问几句话，强奸是他一贯的慈悲，他喜欢在强奸过程中脸上挨拳头的感觉，所以故意任她捶打。总之，他口角垂涎、气喘吁吁地站在那儿。他猥亵地笑着

01　波贝塔轿车是苏联于 1946—1958 年间生产的汽车品牌。

说道:“别怕，我的小宝贝，万一出了什么事，霍尔蒂[01]派的医生们会好好刮干净你的犹太子宫。”

“后来，我带着一只皮箱和一千三百福林到达了布达佩斯西站，当我在五号站台的一条长椅上长坐到第二天时，有人先把我带进一间值班室，然后送进了拉斯洛医院，现在你该觉得好受多了吧。”

我们躺在郊区一个矿湖的岸边。天色已暗，榨油饼和卖啤酒的小铺早就打烊，只在低矮的槐树下还坐着几个人。一位父亲溅起最后一片水花，给全家人展示什么是标准式跳水，之后他们也开始收拾。男人们扑灭篝火，女人们折起马扎和小桌，孩子们为气垫子放气，随后将东西塞进两辆红旗牌汽车[02]，岸上只剩下我俩。我仰面躺着，在天上寻找人造卫星，但只看到一架飞机的夜航灯闪烁。飞机里的人很可能正在担心，我想，至少在飞到云层上之前，我想。人们在云层上就会感到安全，因为离上帝更近了。后来，我又想，现在飞在天上的那些人真的只剩下上帝了，因为在他们身下连一片云絮都没有。

“我想让你搬到我家来住。”她说。

“你很清楚，这不可能。”

“但是可能。我不是说让你现在就搬，也不是说让你丢下你妈不管。我只是希望，我们能够过人的日子。不仅是我们，

01　即霍尔蒂·米克洛什（1868—1957），一战后的匈牙利摄政王和军事独裁者。二战初期为了收复一战中失去的领土而与希特勒结盟，后因有意退出战争而被挟持到德国，战后流亡并死于葡萄牙。

02　塞尔维亚（前南斯拉夫）生产的汽车。

她也一样。”

“耶稣也只能让新死的人复活。”

“我说的不是死人，而是你妈。只要有人锁门，买东西，给她寄假信，她就永远不可能出门。再说，我觉得她知道那些信是你写的。”

“如果她知道，我也会知道。”

“也许吧。可是她知不知道并不重要。我想让你叫尤迪特回家。她是唯一有能力帮她的人。”

起风了，我拉过毯子盖在身上，没有作声。

“当时我到处打听过，但是没有人知道她。她肯定已经改了名字。”

“苏黎世银行肯定能告诉你，钱是从谁的账户寄出来的。”

“不可能。要是能从那里问出来，这场戏当时就收场了。”

“我认识在红十字会工作的人。无论她在哪儿，他们都能找到她。”

“也许他们能找到她，但是没有经过她同意，他们也不会泄露地址。”

“为什么你不想找到她？”她问。

“实际上我想。”我说。

“那你为什么总说不不不？”她说。

“但是。我想。”

“你怕什么？”

“我不知道。”

“其实我可以告诉你。”

“你当然可以。但是即使你告诉了我，我还是不会知道。”

“你看见没有？”

“看见什么？”

“流星。”

“没有。”

“你去找她，然后把她接回来。不要写信，要亲自去。”

“好吧。”我说。我站了起来，蹚进湖水，但我只敢走到脚底还能触到淤泥的地方。

有一天晚上，新闻里说，不久后将做损失补偿。但是还不知道什么时候具体落实，也不知道维斯·曼弗莱德[01]的孙子和里切特·盖顿[02]夫人各能索回几条生产线，不知道“西伯利亚[03]”和“五六年[04]”能加几分，不知道“达豪[05]”是不是也算在内，“不管怎样，亲爱的听众们请相信，肯定会补偿一些”。新闻里甚至还说，“这个话题我们将在黄金时段进行深度报道”。这么说吧，世界上不可能有比这更好的事了。有那么多的土地、森林、被改造成拖拉机站的城堡，都在等着自己过去的主人。请大家赶快从阁楼上或餐厨里找出土地证和买卖合同吧！当时的新闻里确实这么说，于是母亲让我找来《列瓦伊百科全书》《匈牙利城郡地图》和关于家族徽章的研究专著，然后开始动笔列出什么是她的。她根本不在乎那个庄

---

01 维斯·曼弗莱德男爵（1857—1922），匈牙利的大工业家，曼弗莱德钢厂的创建者。钢厂在一战后被苏维埃政权没收。

02 里切特·盖顿是匈牙利最大药厂的创建者，二战后药厂被收为国有。

03 这里指苏联设在西伯利亚的劳改营。

04 这里指 1956 年反对苏联统治的匈牙利人民革命。

05 这里指德国纳粹在巴伐利亚州修建的第一座杀人工厂——达豪集中营。

园窗外的风景是拉德纳雪山[01]还是波若尼[02]居民小区，也不管什么边境、什么和平协议。博物馆上锁，养老院关门，她把一切在她的想象中可能是维尔家族的地方全都写进了索赔单里，包括早就被改建的街道、早就被炸毁的工厂和早就已坍塌的矿井，全面至极，无一遗漏。

“你把计算器递给我，儿子。”

“给您，妈。您得对着灯光，否则不能用。”我说。她计算在五万公顷的土地上可以生产多少面粉，半座马特拉山[03]和四分之一的巴孔尼[04]意味着多少立方米的木料。我跟她说这毫无意义，“咱们家只有八十平方米房产，妈。我曾祖母的财产也没比咱们的多多少，我外祖母的财产比咱们的还少。一座城堡在境外，另一座变成了孤儿院”。我最终还是找来了一堆需要填写的表格，帮她一张张填写，尽管连她的身份证都早已过期。最后，她把写好的厚厚一沓索赔单塞进一只信袋，简直像是一部家族史，然后贴上一张很老的邮票，我把它们统统锁进了抽屉。

后来，我收到一个同样大小的信口袋，在寄信人的位置上只写了一句“茶热好了”，起初我想把它原封不动地寄回去，但我意识到，如果那么做我实在很蠢，于是我烧了一壶薄

01　拉德纳雪山位于罗马尼亚北部，是东喀尔巴阡山最高部分。

02　波若尼是今日斯洛伐克首都布拉迪斯拉发的匈牙利名，一战前曾属于匈牙利版图。

03　马特拉山是匈牙利北部的一座山脉，包括匈牙利最高峰凯凯什峰。

04　巴孔尼是位于多瑙河西部地区、方圆 4 000 平方米的断块山区。

荷茶，备好几袋饼干，开始校订我的书稿。如果艾丝特能帮我该有多好，但我不想让她再接近那个女人。我甚至没告诉她校样来了，我宁可像小学生一样用阅读尺读自己的书。我花了三天时间进行修改，因为排字女工什么都不懂，比方说，她不知道“你去哪儿了儿子”是一个词，不知道即使在骂人的时候，也该大写“我的上帝”的词首字母，即使不为别的，也该出于敬重。后来，我校订完毕，将稿子装进一只信袋从邮局寄出，但是几天后被退了回来，因为信封上我写的不是出版社地址，而是赔偿办公室地址，有关部门做出一个相当合理的决定：在没有填写规定表格的情况下，不给办理赔偿评估，于是我抄起纸包直奔安德拉什大街，想直接把信袋塞进信箱。

“哎呀。”她开门的时候故作惊讶。

“信箱里头装不下。”我说话的时候连眼睛都没眨，因为在按门铃之前，我先在门外等到那阵令人窒息的发作过去。

估计铃响第二声时，她刚刚拧上淋浴喷头。白色浴袍湿漉漉地沾在她用人工日光浴晒成的古铜色皮肤上，水珠从盘在头上的毛巾下滚到脖颈，但是即便在她洗完澡后，那股酸腐的杏仁味还是透过每个汗毛孔幽幽散发，就像丢在脏衣篓里的母亲的床单。她俩汗毛孔里分泌的好像都是氰化物。她们的汗腺犹如毒囊。然而，我就跟在自己家或在艾丝特那儿一样，从冰箱里取出一瓶葡萄酒，然后去厨房取来两只酒杯。

“七点我要去剧院。跟我一起去吗？”她问，随手摇了摇手里的酒杯。她把一条腿盘到沙发床上，故意露出她的阴部，然后开始往脚趾上涂护甲油。

“我即使一个人都不去剧院。”我说。

“噢，对不起。我忘了你的精神创伤。另外，如果你下次再失踪几日，至少该给那个可怜的女孩打一个电话。她肯定都快急疯了，否则不会找到出版社。这样下去，我早晚会说漏嘴的。”

“你要敢说漏嘴，我饶不了你。”我说。

“我有什么不敢的？对了，咱们怎么不用尊称了？我差不多能当你妈了。”

“你最好还是别拿我妈比。”

“我们最好别这么斗嘴。别的都行，只是我不喜欢这么讲话。”

“那下次你在别人面前叉开腿前，最好先做个自我介绍。”

“我真不明白，你为什么这样小题大做。你又不是第一个跟父亲的情人做爱的人。现在你也该学会应对这样的事了。这至少跟学英语一样重要。”

“看来，我还有一点人味儿。”我说。

“这话我好像在哪儿听过。另外，就你的人味儿而言，你打人确实够狠的。我突然想起件事：昨天我给巴黎寄了一段试译稿。估计他们会要。一本书里能有这么多感人的无辜，在今天算得上是古董了。”

“我不感兴趣。”我说。

“你不可能不感兴趣。”她说。

“看来聪明的话，我最好现在就走。”我说。

“那你到底为什么要来？”

“可能想要操你。”我说。

“你看，我的宝贝儿，这才是名副其实的人味儿。没有一条公狗能跟母狗说这样动听的话。”

“我猜，你还是喜欢我爸的。”我说。

“别逗我了。我喜欢我的猫。跟他什么都好，只是很难尽兴地做爱。在她没有把我的猫绞成肉馅之前，我连你妈也喜欢。而且，她用的就是给你们做婴儿饭的那个绞肉机。你爸削胡萝卜，我做饭，你妈绞肉。这是我们的分工。”

“看来我最好现在就走。”我站了起来。

“随你的便，我的宝贝儿。有的时候，一个人能够承受真相是很有用的。其实我并没有那么多忆旧的心情。”

“事实上我想知道更多。”我说。

“那你就好好地坐回去。尽管我给你洗过尿布，但我的想象力不如你丰富。”

“也许你是认识我妈，也许你跟我爸睡过觉，但我不相信你给我洗过尿布。”我说。

“我在你们家住了一年四个月十二天，我的心肝儿。虽然没有那么浪漫，但过得也还不错。”

“奇怪。可我连产房的样子都记得很清楚。”我说。

“那你肯定也会记得，当你妈在外地文化馆唱劳动歌曲，你爸在内务部打证词和听证记录时，有一个人照看你们。”

“我爸是个评论家。”我说。

“没错，我的宝贝儿，他负责评论：这份证词有用，那份证词没用。你用不着吃惊，这不是由他决定的。他只是一个老实巴交的秘密警察。平时待在家里。如果你想知道这个，我可以告诉你，乔尔丹同志之所以推荐他到内务部当档案员，完全是根据他女儿的意愿，好让我那位剥削阶级的女友能够比较容易地分到住房。”

“那么，我猜，也是你把我妈变成演员的。”

“不是，我的心肝儿。但是几年之后，你妈被剧院开除的原因，其实并没有多严重。我对戏剧理论从来都是一窍不通。其实这跟你毫无关系。我什么都可以否认，但有一点不能，我真没想到跟你做爱会这么舒服。”

“你真可笑。”我说。

“看来，我们这么快就超过了容忍的阈值。”

“你爱说什么就说什么，我肯定不走。”我说。

“比方说，在这一点上你很像你妈。”她说着又摇了摇酒杯。

“随你怎么说，我不感兴趣。”我说。

“现实对她来讲，也总是意味着巨大的烦恼。她很可能就是因为这个疯的。”她说，并将一条腿搭在小桌上。

“我这辈子没打过女人。”我说。

“你要能帮我吹吹，会干得更快。”她说。

“这个你去找别人干吧。”我说。

“刚才你好像就是为这个来的。”

“刚才是刚才。”我说。

“别不承认，我的宝贝儿。你的裤子马上就会沾上精渍。”

“那我回家去洗。”我说。

“能把我的皮包递给我吗？”她问。我把皮包递给她。她摸索了一阵，然后掏出两节巨人牌电池扔到我怀里。“一个男人的小活儿。请你把它装进硅胶棒里。它在卫生间里。”她说。我一时没有弄明白什么是硅胶棒，但她随后给我解释：“就是假阴茎，我的宝贝儿。”

我在凌晨走上狂风暴雨中的安德拉什大街，每当雷雨折断一根树枝，疾风卷起一团落叶，我都感到一种类似野兽的惊恐，但我很快就敢断定，她想要杀我。是的，她就是想要杀了我。她往我的茶里掺了毒药。有跟老鼠药似的迟效性毒药，即使在实验室里也检验不出来。那种毒药只在许多天后才会致死，好让其他的老鼠不会生疑，我想，下次我一定不再喝茶。之后我又想到疾病。对，梅毒。她故意不告诉我，因为这样可以传染给艾丝特。她对艾丝特的敌视，不亚于恨我母亲的程度，我想。她之所以没有直接去找她，是因为这样更卑鄙，我想。她想杀我，不是当场谋杀，我想，我在出于恐惧已经失眠了六十个小时之后，决定去医院做检查，事实上我最后一次允许医生碰我，还是在童年时代。

每次我都说最后一次跨出那套公寓，但我从来忍不过一个星期。吗啡成瘾者学会了用注射器治疗，我则学会了用剃须刀片修饰脖颈上的抓痕，让它们看上去像在刮胡子时不小心划破的伤疤。我学会了用杜撰出的熟人邂逅、交通事故和因炸弹警告被困在地铁隧道里等谎言搪塞。我在“巴尔干”厕所里的洗手池前将自己收拾利落，用半瓶肥皂液的氯化物味遮住酸腐的杏仁味。

“真恐怖，你又是一身的消毒水味。”艾丝特说。

“那我去冲个澡。”我说。在做爱的时候她发出尖叫，能让邻居以为有人把刀横在她的脖颈上，其实并没有。当我得知，我父亲并非由于超车而不幸身亡，“这事没什么好谈的，儿子”，而是由于身为新闻代表团成员却忘了从休斯敦回国，而他所担负的责任恰是确保所有的出访者回国，当我得知，他靠出卖从乔尔丹同志保险柜里偷出的资料，先是树立了一个收入可观的信仰，然后对唱片业产生了兴趣，而了解游戏规则的乔尔丹同志则用公务手枪饮弹自杀，就在这时，艾丝特问我：“天哪，你怎么了？怎么看上去又跟吃了粉笔一样？”

确实不能这样活着，这么活着连畜生都不如，我想。现在我要告诉她这所有的噩梦，我想，但是当我走出大门，看到艾丝特就坐在对面，坐在艺术家咖啡馆的露台上。她连瞅都没有瞅我一眼，只是站了起来，将钱放到桌子上，疾步而去，我没有勇气过去追她。我感到一阵眩晕，好像一个人起身过猛。后来，路灯和商店橱窗的灯光都熄灭了，往来的车辆喑哑无声，人行道也在脚下消失。我一头坠入伸手不见五指的旋涡里，准确地说：某种坠落，并非在伸手不见五指的旋涡里，因为毕竟还是可见的。就在这时，人们从剧院里散场出来。一个男人说："别管他，酒鬼。"但另一个人弯下腰，摸了摸我的颈动脉。

"要叫救护车。"一个人说。

"我没有硬币。"另一个人说。后来我听到一个女人的声音，她说她有硬币，当她开始在手提包里摸索时，我的视力已经恢复，当然，我眼前的一切都还是黄-黑色，就像镁光灯对着人的眼睛猛闪。

"别叫。"我说。我试着从地上爬起来。

"躺着别动，我们马上叫救护车来。"女人说。

"不用叫了。"我说。我抓住什么人的胳膊终于站了起来。

"你这样哪儿也不能去。"男人说。

"滚你的！"我说，猛地甩开攥着我手腕的那只手。

"真不可思议！"我又听到那个女人的声音，但我已经开始狂奔，当我确信没人在后面追我时，我在一个门洞下喘了会儿气。

我步行走到太阳大街，好像这半个小时也很紧迫，好像在这半个小时内会发生什么。我本该让他们叫救护车，我想。她肯定会来医院看我，我想。只要注射液灌进我的体内，那么什么都可以原谅，我想。后来有人从车里冲我吼叫："找死啊你，你的眼睛瞎了？！"假如，假如他们开始开枪，我想。假如俄国人真把布达佩斯轰的稀巴烂，我想。他们开枪的时候，已经无所谓谁跟谁躺在一起，我想。那时最重要的只是，我们把谁拖进地窖。

我躺在床垫上，好像在睡觉。

"我一见那个女人就想吐。"我说，但她还是一声不语。路灯照进房内，尽管我最好还是什么都看不见。"我恨她，你知不知道？只是我停不下来。"我说，这时她才睁开眼睛。

"你想停下来什么？"她慵倦地问，并把胳膊伸给我，好让我搂她。"我本来以为，你今天不会来了。"她说。我突然惊讶地发现，她根本就没有浅灰色衣服。

最后一次去乔尔丹那儿之前，我用三角尺和直尺在一张格子纸上计划好了一切。我用工程师的精准标画出所有的词句位置，预先想好并背好每一句话。在她门前我又温习了一遍，然后按响门铃，任凭这次造访就跟过去的每次造访一样进行。她正准备去参加某个使馆的招待酒会，我真的可以陪她一起去，那毕竟不会让我健康的恋爱关系受损。随后她又讲这讲那，从一个抽屉里找出一枚曾在穿透乔尔丹同志颅骨后嵌进墙内的手枪子弹壳。弹壳被镀成银色，因为她不喜欢金色。在她还多愁善感的时候，曾作为死亡纪念物佩戴了一段时间，想来，要搞到一枚用过的弹壳，并不是一件容易的事，比方说，肯定不像让两位舞台布置人员从仓库里偷几件好些的道具那么容易，对吧，我想。而且，她当然知道，这件东西对我来说其重要性至少不亚于对她，但是出于某种原因，她更愿意守住对这物品的记忆。她说也许有一天，我有资格得到我应得的东西。我说我敢肯定，我很快就会有资格得到，我将手伸进她散发着氰毒气味的乳房之间，同时扯下她身上所有的布片，我再次将所有的一切旧戏重演，然后站了起来。

“说老实话，我其实非常厌恶你。”我说。我擦了擦沾满她阴液的滑腻的手。“我想，当我们开始玩这出动物游戏时，你把我当成一只家养的宠物。可是你算计错了。你逮住的不是一条猎狐犬，而是一匹土狼。”我说。我拉上我的裤子拉链。“如果你觉得你没能独自达到高潮，那么我很乐意从街上找个人上来找你。也许你还能赶上招待酒会。”我说着穿上了外套。

“你试着厌恶你自己吧，我的宝贝儿，但没那么容易。不管怎么说，你还得努力努力。你都想象不出来，一个人为了阴茎能够原谅多少东西。”她说，就连在楼道里我都能听到她矫饰的大笑。

“你去哪儿了儿子？”

“其实我跟您在一起来着，妈。”

区里大概还没人看到，但是所有人都从这儿从那儿听说了她。到处都在交头接耳：这姑娘是一件新的致命武器，把她放置到哪儿，哪里的收款机就咔咔不停，内衣抢购，就像一九四四年的希特勒咸肉[01]。家庭主妇们已经从买菜的钱中节省，买鸡肉改成了买粉肠，星期日的猪肝酱也可以不吃，只是等待机会，用攒好的钱买一件连体内衣。胸部有绣花，下摆有花边，任何冷却了的婚姻都能用这样的连体内衣拯救，重新焕发出旧日激情。之后，在星期一清晨，它果真在金蜘蛛连锁店的橱窗里出现了，人们早等得迫不及待，在真人大小的娜奥米[02]前拼命拥挤，每个人都在寻找自己的特征。从臃肿的妓女到娇小的母鹿，娜奥米面无表情、连眼皮都不眨一下地倾听一切，但是收款机并没有弄出太多的响动，因为大家发现，至少还要少吃半年的猪肝酱，才能凑够买一件连体内衣的钱。里盖特大叔则在“金蜘蛛”有点门路，因为他的儿媳在新佩斯分店当收款员，所以他搞到一个真人大小的娜奥米，威尔泰什先生在地板上铺开一张铜版纸，四个角上各压了一只啤酒扎，以免让纸卷起来，这时候尤莉卡只说了一句“你们这么折腾没好下场”；但是五分钟后，已经有人站到桌子上，因为从那里看娜奥米可以看得更清楚一些。其他人叫尤莉卡去拿透明胶带，要她把母鹿摆到乌尼库酒广告的位置。尤莉卡拎起一桶脏水，从头到脚泼了娜奥米一身，然后一边用鞋跟踏烂，一边嚷道，谁要想看妓女就到广场上去看，她还说，她要关掉酒馆，再不想看到任何人的脸。

“别这么生气。”等她收拾完母鹿的泔脚，我劝她说。

01　1944年随着德军溃败，德国人的生活日益苦难，地方给平民提供配给。1945年4月20日是希特勒生日，柏林人得到了咸肉、大米、罐头等最后一次的救命配给，得以熬过柏林战役的最后十天。

02　娜奥米·坎贝尔是英国著名的黑人模特，这里指仿照娜奥米外形的模特道具。

“闭嘴，否则我也把你撵出去，”她说，并把一个烟灰缸重重地搁到我跟前，“他们以为自己是谁？”

“他们只是喜欢。”我说。

“肉虫一样的黑鬼。”

“品位就这样。”我说。

“难道您可以忍受？如果漂亮，那是另一回事。我也能够理解。您别以为我不能理解。但他们怎么敢这么不要脸？他们连前列腺都被摘除了，居然把这玩意儿弄到这里？为什么不抱回家去？！抱回家去用透明胶带粘到墙上给里盖特夫人看！”

“说得很对，尤莉卡。”我说。之后我又坐了一会儿，听了午间新闻，后来我才下决心打开早晨我从邮局取回的包裹。

实际上我并没有任何感觉。跟我想象的样子一模一样，不知道因为什么，还是不像一本真实的书。一件可以跟W字母列到一起的东西，或一样，比方说，当地板塌陷时，可以用来垫平一个摇晃不稳的橱柜的东西。我从钱包里掏出一片剃须刀片，割下倒数第二页，因为我不想让母亲知道这本书是谁编辑的。

“这是什么？”尤莉卡问。

“圣诞礼物。”我说。由于对这个问题我没做过准备，脑子里当时就想到这个。

“早了一点。”她说。

“我不喜欢在最后一刻手忙脚乱。”我说。我迅速把样书重新包回到牛皮纸里，然后付账。

“你去哪儿了儿子？”

“我的书出版了，妈。”

“这个我不想要，儿子。”她说，继续看星期五下午的肥皂剧，但我还是把用刀片审查过的那本书放到她桌上，拉上门，竖起耳朵从前厅里偷听。几分钟后，沙发的弹簧发出吱呀的响动，在阿根廷或巴西女奴的叹息中掺进了翻书的刺啦声。随后我听到一页一页的翻书声。我知道，她开始读第二十四页的第一行《**戏剧艺术的故事**》，因为那是她喜欢的话题。

我倒了一杯咖啡，直到下午我都在想该给艾丝特写句什么。我打了那么多底稿，足能串起一出肥皂剧，最后千言万语只留下一句，**送给我的妻子**，因为我觉得，这句话最能让她高兴。在去图书馆之前，我在卡尔文广场买了一枝玫瑰，但是她的一位同事告诉我说，她三点钟就跟一位红头发的年长女士出去了，我向她道谢。

我沿着安德拉什大街去找乔尔丹，但她们没在那里，于是我在艺术家咖啡馆喝了一杯咖啡，吃了一块甜点，因为我确实非常饿，我把鲜花送给了女招待，出于感激，因为我学会了不加奶油而就着三十毫升苏打水喝咖啡。女招待说，在此之前，她以为我是全城最冷漠的男人，我回答说，她给我的印象也是如此，随后我又修正说，当然我指的不是她的雄性气质，而是指她刚才将苏打水撂在我跟前的气势，我俩一起笑了起来。

我把书揣进口袋里，因为我还是想把它送给艾丝特，然后我步行到太阳大街，在那里等着，如果她们在那儿的话，给她们留些谈话的时间。很可能我这辈子都没有感觉到过如此轻松。在拉库茨广场，一个妓女问我，想不想花优惠的价格快活一次？我则告诉她，我妈不许我这样，然后给她点了支烟，聊了起来。那女孩不错，她骗我说，她只要赚够能在维凯尔莱[01]买一套别墅的钱就不再干了，我则骗她，我写戏剧批评，写一篇喜剧评论挣一千福林，写一篇悲剧评论挣一千五百福林，因为后者想写好更不容易，一般来讲非常荒谬。我很乐意跟她继续聊下去，可是来了一个嫖客，女孩跟我说，我要是不想跟她做爱，那就赶快让开。

艾丝特扑上来，勾住我的脖子使劲吻我。我脸上印满她的唇红，这么多年我从来没见她涂过这么多脂粉。

“快给我啊。”她说，并开始在我的口袋里摸索，然后，我看着她躺到床垫上逐页翻看，还像情书似的闻了闻，能够嗅到胶水和印油的味道。随后她发现了我的题字，**送给我的妻子**，那页我忘了割下来。

“这是真的求婚吗？”她问，眼泪留下时被染黑了。

“哦，我只是忘了在后面画一个问号。”我说。我已经感到墙皮中散发出酸腐的杏仁味。

“但我可以说我愿意吗？”

“首先我们先得找一位愿意为两个异教徒证婚的神父。”我说。

“我已经不是异教徒了。”她说。她搂住我的脖子哽咽着，就连她的皮肤都浸着那个女人的气味。

“你高兴吗？”我问。

“怎么，你没看出来？我还能怎么做，能让你看出来？”

“比方说，你站到浴缸里，把你化的浓妆洗下来。”

---

01 维凯尔莱是布达佩斯十九区的一个独具风格的居民小区。

“现在不行，我们得赶紧走了。”

“去哪儿？”我问。

“我们九点钟去赴晚宴。你也得稍微收拾一下。你知道吗，今天你的女编辑到图书馆找我，邀请我们吃晚饭。”她再次吻我，然后急匆匆地走进浴室，重新开始装扮。

我哦了一声。

“她刚走不到一个小时。我们整个下午都在谈你。”

“真的吗？”我说。我透过门框看她，她在染指甲，但是由于缺乏训练，刷子总滑到皮肤上。

“她其实是个很可爱的女人。我不知道你为什么不喜欢她。她根本不是你认为的那种傲慢自负的文化婊子。”

“也许。”我说。

“她也认为你是一个货真价实的天才。只是希望你至少再学一下英语。她要我拎着鞭子监督你，因为只有那样你才会学。”

“这个咱们回头再说。”我说。

“不能回头再说，她说的是对的。可以买到很不错的小鞭子。”她说，并吹了吹指甲，好让指甲油尽快晾干，“她说，法语版大概很快就能出版，有可能还出德语版。”

“我不相信。”我说。

“那好，你只是别信你自己。”她说。她想要吻我，但突然想起什么，再次擦掉化好的浓妆，一切重新开始。“我们穿什么去？”

“什么也不穿。”我说。

“我还是不能穿套装去。你把那件黑色绣花袖的外套拿给我，好吗？”

“我不拿。”我说。

“求你了，我们真得快点儿了。我的指甲油还很黏。”

“我哪儿也不去。”我说。我看到她的眼神僵住了。

“她九点钟会等我们。”她说。我们在镜子里四目相瞪。

“我不管她等到几点。你不能跟那个女人坐到一张桌子上。”

“但是我要。”她说。她将胭脂放到架子上，并且小心不发出磕碰的声响。

我俩都一动不动地定了足有几分钟。我真希望镜子会突然爆炸，将我俩全都炸成肉酱，但是什么也没有发生。连我们的心跳都听不见。

“没有必要。”我说，只是，我无法忍受那折磨人的寂静。

“半年了。”我说话的时候，我们仍在镜子里四目相瞪。

“我没问过你。”她说，然后抓起手巾，擦掉脸上的一切，看上去像一张死人的脸。

“我早就想跟你说，但这个没法说。”

“那你就别说。”她说。

“其实也没什么好说的！我恨那个女人！从我听到她的声音那天起，我就恨她！我想说的就这些。”

“你不要嚷。”她说。

“半年了，这一切都让我作呕。”

“我懂了。”

“是你叫我去找她的！是你要出这本烂书！我根本不想出它！我只需要你为你的作家高兴！”

“我懂了。”她说。

“你不懂！你为什么非要我去找我爸的婊子？！你应该知道！你肯定知道，这个你心里很清楚！”

“我不知道这个。”她说。

“不要说谎！你就是这么想的！你想往我脸上抹黑，好让我没脸挑剔你自己的肮脏事！我从来没为一本护照跟谁操过，我也没杀过任何人！”

“我懂了。”她说。

“当然，你当然懂，你这个凶手！你爷爷被药死你都不管，你才是凶手！”

“是的。”她说。

“你把你爷爷弄死，就像刮掉一个私生子！为了你不用再照看他！我至少还赡养我妈！你别这么瞪着我，你这个烂货！你别想往我的脸上抹黑！听见没有，你别这么瞪着我！”

“你现在就给我出去。”她说。这时我扇了她一个嘴巴，血从她的嘴角流出来，但她始终站在那里瞪着我。她看上去就像一个金属物，一只痰盂或一把手术钳，这时我从屋里冲了出去。

半夜传来咚咚的踹门声，我从屋里出来，看到母亲像石头一样僵立在门厅，手里攥着一把拴着线绳、平时挂在衣架上的锤子。

“我不许你开门。”她说。

“您进屋去，妈。”我说。我以为艾丝特是冲我来的，但她却扑向我母亲。

“你赶紧死了吧，你这个垃圾！把你的儿子还给我！”她嘶声叫嚷，把我母亲拽倒在地。“我要你死，我要你死！”她边骂边哭，我费了好大气力才把锤子从母亲手里夺下来，然后使劲把她俩分开。

“你把她带走！马上把她给我踢出去！”母亲嚷道。
“您回屋去吧！”我说。
“你把她带走！我要你把她扔到街上去！”
“把你儿子还给我！还给我！我不想让他因为你操那些婊子！我也不想被这么折磨死！”她泣不成声，母亲想抠出她的眼睛。
“您给我进去！”我喊起来，把母亲推进她的房间，并且用脚卡住门。艾丝特用两只手打我的脸，打了一会儿，我有气无力地瘫倒在地。
“你想让我怎么样？”我问。
“把她给我拖出去！”母亲吼道，发疯地拽门。
“你要还不闭嘴，我就把你扔到街上去！”
“你们都不正常！”艾丝特哭道。
“别闹了，回家去吧。”我说。
“你要知道，你妈不是个正常人！”她哭着抱住我的腿。
“住嘴。”
“她不是婊子，而是个残疾！”
“你给我闭嘴！”我说。母亲又开始拽门，命令我把艾丝特扔出去。
“你去找你爸的婊子也没有用！你侮辱的不是你妈，而是我！你能够侮辱的只有我。”
“我唯一能够侮辱的是我自己。”
“你怎么能这样？上帝啊，你是不是想要杀了我？”
“不杀你杀谁！”
“你不明白吗，我爱你？只有我爱你！”
“听见没有，你给我闭嘴！”

“所有人都恨你！他们怕你，或者恨你！你妈也恨你！就连你姐姐都不要你，只有我，你怎么不懂啊?！”

“你别爱我！别，你明不明白?！赶快滚！”我大声吼叫，把她拖到悬廊上，她在门外哭了一阵，骂我们畜生，这些畜生。

第二天，我过去找她，在门口想要转身离开，但是最终还是没走。我书里的纸页贴满墙壁，我的故事被贴到家具上、瓷砖上、浴缸上和镜子上。故事里包着杯子和门把手，阳光透过那些故事投进窗内，只有粘墙纸的胶水桶和一堆信封躺在房间中央。她睡在厨房的地砖上，穿一身黑色的丝绸套装，头发染成我母亲的金色。

“只有我。”她说。我使劲地摇她，但她的嘴唇几乎不动。后来，我打电话时，她跪了下来，用面包刀割自己剩下的发绺。

“您对她做了些什么？”

“我什么也没做。”我说。

“您最好试着回忆一下。”他说。

“我想进去看看她。”我说。

“只要我是这里的主任医师，您就别想进病房去。”

“您要多少钱？”我问。

“现在我最想把您像狗屎一样地扔出去。”他说。

“那很容易。”我说，并站了起来。

“请坐回去。”他说。我重又坐下。

“您想知道什么？”我问。

“所能知道的一切。”

“那太多了，”我说，“对像您这样在正经家庭里长大的人来说，会承受不了的。”

“少来这套无聊的幽默。”

“我先得进去看看她。”

“毫无意义。她不能讲话。所以我才被迫问您。”

“你们对她做了些什么？”

“我们没做什么。您对她做的要比我们多得多。但是非常遗憾，我只能在她住院期间让她免受您的伤害。”

“看来，您还没问我什么有意义的问题，就已经知道不少了。她不吸毒，如果您想知道这个。”

“我想知道的是，你们怎么生活的。”他问。

“跟畜生一样，”我说，“实际上她是我的恋人。”

“您最好别用这个词。恐怕您根本不懂什么是爱。”

“也许，”我说，“等会儿我试着换一个词。”

“你们从什么时候开始同居的？”

“我们没有同居。我和我母亲住在一起。她也是个疯子。”

“您母亲有什么病？”

“也没什么，”我说，“只是活埋了自己的女儿，放弃了一次跟儿子开始得不错、很有可能成功的乱伦，就是这些。从那之后她不再出门。”

“够了。”

“我说过，对像您这样在正经家庭里长大的人来说，会承受不了的。”

“别用这种语调跟我说话。”

“放我进去看她！马上放我进去，你这个道貌岸然的刽子手！”我吼了起来，跃过桌子扑向他。我揪住他的白大褂，把他从扶手椅中拽起来，将他的头按到病例纸上。我感到他的颅骨马上就在我的手指下迸裂，我马上就能掏出他的大脑，像狗屎一样地扔到墙上。三名男护士冲进办公室，将我的手拧到背后，其中一个抱住我的腿，他们把我举了起来，我还是不停地叫喊："我要看她，不准给她做休克治疗，否则我会把医院炸掉，如果谁敢碰她一个指头，我就杀掉所有的助手，如果谁敢用直流电把我从她的大脑里烧掉，我就宰了所有的心理医生！"护士们把我像水泥板一样举在头顶，站在办公室中央，只等主任医师一声令下：是把我扔进橡胶室，还是给我打针？这时候，我气喘吁吁地央求说，让他们放开我，让他们放心地出去，现在我们大概可以像正常人一样地交谈了。

我要了杯水，然后向他讲述了一切，讲了一切可能讲出来的东西。他偶尔插问：我写那些假信的具体目的是什么？母亲想要出门时，我害怕什么？我到底因为什么能够忍受艾丝特几年来向我隐瞒她的生活？总之，他问的都是一些人自己也问自己的问题，这些问题根本就无法回答，因为只有像"尤莉卡为什么要把娜奥米·坎贝尔变成泔脚"之类的问题可以给出一个能让人准确理解的答案，但是至于"人为什么要把自己的生活变成泔脚"这个问题，任何答案都离题太远。后来，他给我开了两种药，我答应他会吃，但我能做的只有这些："我敬重您的学识，但是不会有什么结果。"

"您怎么知道？"他问。

"即使别的不知道，我对自己还是知道一点的。"我说。

"不管怎样，那些盲点有必要去除。"他说。

"回头我自己处理。"我说。

“您肯定吗？”他问。

“肯定。”我说。

“如果不成功怎么办？”他问。

“那就听天由命。”

“您别再把这位女士拖进去了。”他说。

“好吧。”我说。

“结束你们的性关系。”他说。

“好吧。”我说。

“最好你们不再见面。”他说。

“那我们两个都受不了。”我说。

“您能肯定吗？”他问。

“肯定。”我说。

“可是这并不是爱情，而是偏执。”他说。

“爱情的本质就是偏执。”我说。

“诗人们常犯许多错误。”他说。

“我是作家。诗人们比作家更准确。”我说。

“您从您母亲那里搬出去吧。”他说。

“回头我试试。”我说。

“我想，您不肯把她送进医院。”他说。

“永远不会。”我说。

“我明白了。”他说，之后要我第二天再去看艾丝特。

“你去哪儿了儿子？”

“刷房子去了，妈。”

病友们鼓励她：“不要泄气，你肯定能行！”后来她果真站了起来。躺在她对面的女人只是每夜尿床，靠窗户的那位已经八年不敢碰自己的孩子了，因为她担心毁灭性接触会要孩子的命。她其实是一位称职的母亲，装点圣诞树，参加家长会，如果丈夫没有时间，她会送小女儿去学校。母女俩并排走在街上，差一点就会手拉手，现在是她鼓励艾丝特最起劲儿："试着站起来吧，姑娘，你的病已经好了，别吓唬这可怜的小伙子了，嘿，勇敢地抓住他的手。"后来，我将我的外套披在她的睡袍上，我们离开病房去花园散步，因为只有那里可以吸烟。实际上，她比刮宫后要结实得多，现在医生没碰她的子宫。

"你好吗？"她问。

"挺好。"我说。

"你妈呢？"她问。

"第二天就什么都忘了。"我说。

"那是好事。"她说。秋叶在我们脚下沙沙作响，我们坐到一条长椅上。在鹅卵石铺成的小路上，探视的人们行色匆匆地朝病房楼赶去，都想尽快将自己的病人领出来晒晒太阳。

"我并不想说你爷爷的坏话……其实，我并没有想说那些话。"

"我知道。"她说，"你给我带干净内衣了吗？"

"当然带了。"我说，随后我们看到一对夫妇吃力地往坡上推一辆轮椅，但推不上去。最后，男人将老人抱在怀里，女人推着空轮椅，他们朝着电梯走去。

"我把房子刷了。"我说。

"谢谢。"她说。

"贴在家具和窗户上的纸还没有全刮干净。"我说。

"那个以后我自己收拾。"她说。我以为她想用拖鞋的前掌踩一只瓢虫，但她只是将腐叶拨拉开，免得让瓢虫磕磕绊绊。但是不知怎么，我更喜欢她用手掌捋光树枝上嫩芽的样子。

“咱们进去吧，你别着凉。”我这么说，只是为了能逃离这里。

“好吧。”她说。她把抽了半截的烟卷扔到地上，我们一起回到病房。

“明天我争取早点过来。”我说。

“你看你怎么方便吧。”她说，然后我为她盖好被子。

又过了几个星期，她开始能说个只言片语。起初，我三四天会去看她一次，后来不知不觉地形成了习惯，每星期一下午我去她家。我们坐在沙发上喝茶，我给她朗读我写的文字和关于我作品的评论文章，有时我会拎一瓶葡萄酒去，但只有我喝，因为她还在服药。

“你妈怎么样？”她问。

“总的来说挺好的。”我说，“最近开始害怕我会把她送进焚尸炉。她看到一部什么纪录片，说死人会在焚尸炉里坐起来。”

她哦了一声，往茶水里放了块糖，我没有吱声，现在她已经加了三次糖。

“你见那个女人了吗？”她问。

“没有。”我说。

“当然。”她说。

“咱们不提这个不成吗？”我问。

“可以。”她说。她取来一袋饼干或巧克力酥，因为我的胃饿得咕咕作响。

“红十字会没来信吗？”她问。

“还没有。”我说，然后起身告辞。我本想吻她，但我突然想起，接吻也算性接触，于是打消了这个念头。后来我在回家之前，去巴尔干珍珠喝了杯酒。

“这是您吗？”尤莉卡问，并将一张报纸摊在我眼前。她用指尖指着一张印刷质量很差的照片问，像是按在一只甲壳虫上，仿佛马上会把几丁质的甲胄捻得粉碎。

“对。”我说。

“您从什么时候当的作家？”她问。

“我也说不出准确的时间。”我说。

“有地方教这个吗？”她问。

“没有。我想，没有。也许美国会有。”我说，然后付账，步行回家。法国出版社来了一封信，我本来想跟广告报一起扔掉，但转而一想，那么做很蠢。最终我还是翻着大字典读了信里罗列的条件，并写了封回信，说我没有任何条件，感谢他们提供的出版机会。之后，我给母亲写了封信，从玛尔摩[01]寄，因为第二天我有个熟人要去玛尔摩。“尊敬的母亲，如果您想看到我，回头就别把眼睛闭上。”我这样写道，然后将纸揉成一团，因为我忽然想起，我该用左手写字，我写道：“我将在玛尔摩演出三场。”

去年过得相当平静。有过一个叫娜艾米的女孩，我有时去找她，没有什么特别的。我们是在一次颁奖会上认识的，她

01　玛尔摩，瑞典第三大城市，位于斯科讷省的最南部。

端着盘子在会场上转，请客人们喝香槟。母亲并不知道她。

我跟乔尔丹在斯卡拉百货大楼下的地铁站遇到过一次，我想给艾丝特买一件圣诞礼物。她说：“晚饭已经凉了。”我说：“没关系。”

我一收到红十字会的来信，就揣着它去找艾丝特，但忽然想起，今天是星期三，我们一般只在星期一见面。后来我又想，为了这封信，我可以破例去找她一次，但是，当我伸手按门铃之前，我听到她屋里有客人。我竖起耳朵听了一会儿：他们只是在聊天。男人在讲南门二[01]，他讲的东西听不大懂。我几乎听不到艾丝特的声音。悬廊上，有个老妇人冲我叫嚷，问我找谁，因此，我不得不离开。最后我坐进了电影院，看了一部动作片，《终结者》，或者类似的片子，非常恐怖。

散场之后，我回去找她，但他们已经出去了。

我有点害怕，害怕尤迪特就在欧洲的哪个地方。的确，她就是在维也纳定居也有可能，我想，我更害怕的是：我明天就可以坐上火车。事实上，我希望他们找不到她，可是，我又不是真的不想见她。只是，要我在过了半辈子之后，作为一个陌生人叩门去见一个连我母亲都不能将我的字迹与她的字迹区分开的人，那确实不是件容易事。我还是想等到星期一，免得自己一个人读信。后来，晚上我还是拆开信封，当我读到她十年前就被葬在了尼斯时，我松了口气。

第二天，我在塞切尼图书馆找出法国旧报纸，我在一位女

---

01 南门二，位于天空南方的半人马座，是已知距离太阳最近的恒星系。

图书管理员翻译的帮助下得知：在昨晚举行的帕格尼尼作品音乐会结束后，刚满二十五周岁的著名女艺术家丽贝卡·维尔克哈德[01]用一根小提琴弦割脉自杀，这个噩耗足以让整个世界困惑和震惊。警方正在调查，她的纽约唱片商将负责筹办葬礼。

“大概就是这些。还有份讣告，但是很长。”她说。

“这就够了。”我说。

“要不要给您复印一份？”她问。

“不要。”我说。

“那我可以把它放回去吗？”她问。

“等一下。”我说。我看着那张发黄了的、印刷质量很差的照片，我还是没有任何感觉。听上去像是：维尔·莱贝卡二十五岁自杀。我清楚地知道，她为什么要取母亲的名字。

星期一我去找艾丝特。她说，昨天晚上我完全可以按门铃，她只是在跟一个熟人喝茶。那人是位天文学家，最近几周经常去图书馆，他们是在那里认识的。我解释说，当然，我也并不是因为他才没有按铃，而是因为已经习惯了星期一。

“你该去一趟尼斯。”她说。

“想看墓碑，用不着跑那么远。”我说。

“你也知道，你该去看看。”她说。

“你也从不回老家。实际上你也早就想去。”我说。

“那完全是另一回事。也许以后我会回去一趟。”她说。

01　丽贝卡·维尔克哈德（Rebecca Werkhard）是尤迪特给自己取的一个跟母亲的匈牙利名——维尔·莱贝卡（Weér Rebeka）读音相似的英文名。匈牙利名姓在先、名在后，与英文名相反。

“你要是愿意，我乐意陪你回去。”我说。

“这对我俩都没什么好处。”她说，“再说，你也不可能把你妈丢在这里那么长时间。”

“当然。”我说。我在心里计算了一下，喀尔巴阡山东部与里维埃拉南部的距离，至少比现在从南门二星系到鲍耶环形山的距离要稍近一些。

“我没有去那儿的理由。我现在没有任何感觉。”我说。

“我知道。”她说。

“还是她活着的时候比较好。”我说。

“真实的总会比不真实的好。”她说。

“当然，”我说，“我唯一感到心痛的是，用小提琴弦自杀是我出的主意。”

“这个恐怕她想都没想。”她说。

“当然，”我说，“这事想起来也让人窝心，她是我爸爸带出去的。可她从来没跟我提过。”

“这是你瞎想。她最后一次看到你们父亲的时间跟你一样。别因为她敢上货轮而忌妒她。”

“我不是忌妒，而是知道，是我爸把她带出去的。另外，也是他每个月给我们寄钱，而且寄了十年。”

“这个你无从知道。”她说。

“不对，我有地方知道。”我说。

“当然。”她说，随后问我母亲怎么样，我说，总的来说挺好的，只是对火化的憎恨有增无减，而且开始相信上帝。后来，我喝完茶，离开时在门口问她，假如我还是决定去尼斯，她愿不愿意跟我一起去。她说，这大概对我俩都没什么好处，但是她吻了我的额头。

“这是什么噪声，儿子？”

“这是音乐，妈。”

“马上把它关掉。我要睡觉。”

“您有的是时间，反正您明天哪儿也不去，妈。”

“我要把你的留声机扔掉。”

“您现在说这个有什么用？反正您明天也记不住，妈。”

“我忍受不了你这样跟我讲话！”

“我们这样讲话已讲了十五年，您为什么偏偏现在忍受不了？您去泡杯茶来，咱们听听音乐，如果您朝窗外探一下身子，还能够看到月亮呢。”

“你没心没肺！跟你妹妹一样可恨！”

“她是我姐姐。您就是为我，也早该记住这个了。另外，您怎么从来就没有想过自杀呢，妈？”

“滚蛋。你们当初怎么就没有死在我的肚子里！但是上帝会跟你们算账的，你最好记住我说的话！你将受到上帝的惩罚，儿子！”

“也许吧。但您至少可以试一下。真的，说心里话，您为什么不结束了自己呢，妈？”

“你从我家里滚出去！”

“我很想滚，但那样您会饿死的。离开我，您连水龙头都拧不开，妈。”

“哎哟，我的心脏！……我的心口疼！”

“您就别闹了，您根本就没有心脏。我也没有。咱们心脏的位置都是团稀泥。稀泥，懂不懂？我们会死掉烂掉，因为我们什么都感觉不到。”我说，随后我将留声机从她的房间里搬出来，调小音量，刚才的声音确实很响，这样我根本无法工作。凌晨，我被唱片的刺啦声惊醒，因为唱臂没有回到原位。这个特斯拉[01]也是个破烂货，我想，然后穿衣起床，又看了一遍那篇描写一位精神病神父用毒液泡过的圣饼谋杀信众的小说。去乡下挺好，我想，我做好早饭，把午饭放进冰箱里。

“你什么时候回来儿子？”

“明天晚上才能回来。我去外地参加朗读会，妈。”

“最近你每星期都去外地。”

“靠尤迪特寄的那点钱，咱们活不下去，妈。您回头把汤热一下喝，夜里别忘了关电视机。”我说。我听到她挂上两条防盗链，然后步行去了东火车站，到那儿之后才发现，必须中途转车，我在售票处都想掉头回家。

中午时分，我从朗读会回来。艾丝特在星期一工作到五点，我在火车站附近的街区里漫无目的地溜达了一会儿，实际上我憎恨东火车站。确切地说：我一向反感商贩成群的地方。反感那些打着求助的幌子围着旅客背包转悠的人，那些手里捏着过期了三年的处方声称只缺二十福林就可以买药的人，那些口口声声要为你祈祷并求上帝保佑你和你全家的人，但是一旦你身上没带零钱，他们就会冲你的背影啐吐沫，似乎一无所有的贫穷能够赋予人为所欲为的特权。

布达佩斯东站变成游手好闲者的据点已经有好长时间了，那里聚满了无证摊贩、传教士、倒汇者和假装残疾的乞丐。只要瞥上一眼，就可以将那些为自己乞讨的残疾人跟那些被派

01　特斯拉，留声机品牌。

去工作的家伙区分开。根据伤疤的形状，就可以断定哪条胳膊或腿是被机器切掉的，哪些是在窝棚里被人用斧头砍掉的。有一段时间，在罗马尼亚的小村庄里曾经疯传过一个令人振奋的消息，残疾人可以去布达佩斯乞讨。于是乎，许多新被截肢的残疾者成帮结伙地被运到这里，有的时候，拉他们过来的就是往艾尔代伊地区[01]或布加勒斯特运输救济物资的大货车。后来，不少倒霉鬼被安排住在布达佩斯八区的地下室里，雇主给他们各发一块牌子挂在脖子上，上面写着“我是齐奥塞斯库的受害者”，晚上则要上交收入的百分之八十，外加房租。

这些进口的残疾人与国产的残病退人员、卖烂橘子的小贩和兜售廉价内衣的摊主一起共享地下通道已有好长时间了，同在这里，可以半价买到没贴印花的走私香烟，可以用四分之一的价格买到用《致爱丽丝》代替刺耳铃声的香港制造的马蹄表。在这里开了第一家中国快餐店，在这里第一次能跟刚出狱不久的犯人下棋赌钱。他们将涂了层蜡的帆布棋盘摊在一只垃圾桶上，叼着烟卷守株待兔。在那些毫无戒心的客人中，有的仍然相信古印度防御[02]，有的曾经当过一次候补大师，结果意外失手，有的曾在州级比赛中败给八岁的波尔加·朱迪[03]。那些人虽然通晓棋艺，但唯独不知对手们应用的是在瓦茨监狱中通过立竿见影的教育方法学来的绝技。简而言之：

---

01 艾尔代伊地区，位于罗马尼亚中西部，即中世纪的特兰西瓦尼亚公国所在地。一战前为匈牙利领土，1920 年签订的《特里亚农条约》将其割让，成为罗马尼亚的领土。

02 也称“王翼印度防御”，是国际象棋的一种开局方式。

03 波尔加·朱迪，1976 年出生的匈牙利国际象棋大师，历史上最有实力的女棋手之一。

他们要在被鸡奸和对弈之间进行抉择，不过一旦选择了对弈，就等于踏上了不归路，可能还不如选择被鸡奸。输棋的人要喝一公升水，所以下过第三盘后，就得好好琢磨兵卒应该怎么走，因为下一升水将通过卷成圆筒的棋盘被灌进喉咙。如果被灌六七升水，人就可能一命呜呼，因为人的胃变成了一个被套在水龙头上的气球。

“请吧，先生。不，五百福林肯定不行。一千。请您先把钱放在这儿。您看，就这样，把钱夹在垃圾桶盖底下，咱们就可以开局了。”刚一开局，那个人就心中暗喜，古印度防御怎么能走这一步臭棋？只要跟这个笨蛋下三盘，就可以挣够电话费。这枚棋子为什么放在这儿？刚走到第八步，黑骑兵就在 G3 处吃掉了兵卒，这盘棋实际已经输定了。曾经的候补大师绞尽脑汁也想不明白：这怎么可能？其实非常简单，只需要喝上几缸子水，再加三个被判无期徒刑的狱友。

“瞧啊，垃圾桶里怎么有两张一千福林的钞票。”一名警察说，边说边抽出一张揣进兜里，因为他之所以来这儿，就是为了收地皮费。之后，他挑了几只没有太烂的橘子，点了一下残疾人的人数：“十三个，总共一千三百福林。咱们不收匈牙利人的钱，想来世上还有良心，但是这些臭烘烘的罗马尼亚人实在让人无法忍受。”随后，他用夹杂着罗马尼亚词的匈牙利语说：“要么回家，要么交钱。”想来他在游客不断的快餐店里学过几句基本用语：比如“回家”“一百福林”之类的。“我已经说了，一百福林，要么回家。”他用警棍戳了戳那块早就过期了的“我是革命的受害者”的牌子，因为他心里正烦，因为他又没逮住那几个玩“红的在这儿[01]”的吉卜赛人。当他追到台阶前时，海面球已经不见了，当作游戏桌用的香蕉盒子也已被踢翻。无证摊贩们只将装满运动袜的旅行包的拉链一拉，厚着脸皮声称那五十双袜子都是他的，因为他每天要换三次袜子，而且每次都要穿新的。

“我们喜欢这样，警察先生。干净的袜子，干净的床单，还有许多马蹄表，免得起晚了赶不上火车。您说什么，给您一副皮手套我们就能留在这儿？警察先生，您知道这样一副手套值多少钱吗？您在卡尔文百货大楼里，少于三千福林肯定买不下来。顶多送您一个中国造的手电筒，不然我们就去莫斯科广场。”

总之，一千福林加一千三百福林等于两千三百福林，橘子大概值两百福林，这就已经两千五百福林，闪光的手电筒约合五百福林，总共三千福林，回头再去抓小偷。

我来到下头，来到地下通道才突然想起，我把拉扎尔神父送我的实用手册忘在火车上了。尽管那个本子相当漂亮，但对我来说没什么用。我反正以后还是要与海鸥牌稿纸为伍，我想。另外，也说不定它落到了一个更好的主人之手，我想。也许，列车乘务员以后用它写回忆录，我想。估计那是一个曾被火车头蒸汽熏倒过的人，或是类似的什么人，我想。恐怕，即使一本错字连篇的乘务员日志，也要比我写到纸上的东西更讨上帝欢心，我想。恐怕，在天上狗屁不值的东西，在地上同样狗屁不值，我想。即使得到了一些赞扬性评论也无济于

01　一种街头流行的赌博游戏。

事，我想。尽管正直的父亲们一般将这类小本子藏在抽屉里，我想。他们尤其习惯往这样黑皮的本子里记东西，昨天他们刚参加完家长会，今天就跟女跑堂说，她不小心多找了他五百福林。果真，在晚餐期间没发生什么特别的事情，那是一次再正常不过的工作餐，只是后来在存衣处帮女同事穿上了人造毛皮大衣，后来也不知道是怎么回事，总之让人莫名其妙，因为十年来他总是对星期六晚上播出的电视连续剧里演的、在床上结束工作晚餐的剧情表示不满，“这怎么可能，生活中不可能这样，亲爱的”，“很抱歉，这本来就是编出来的，我真不明白，这些小说里的情节怎么会惹你这么生气”。

然而现在，从人造毛皮大衣到瓶颈颀长的香槟酒，他还是将一切记录下来，好像这几页将是他生活的黄金篇章。是的，他把它记下，不计后果，不计代价，因为在过去的十年里，至少这仅有的星期三不要钙化，“很抱歉，亲爱的，生活本来就是这样。”如果女跑堂多找了我五百福林，那么我就会告诉她，尽管我从头到尾参加了无聊至极的家长会，但在现实生活中，我听到的则是，操吧，操吧，操烂了我吧！我想要这样，想在每个星期三晚上都能听到这样喘吁的呻吟。没错，从现在开始，每个星期三我都会撒谎，说我跟同事们喝醉了，不好意思酩酊大醉地回家；说有人撞在我的车前，我在医院陪到天亮；说我犯了心绞痛，或在字纸篓里发现了一枚塑胶炸弹[01]，但是没有人能够干预我的星期三。可以换一块新地毯，可以给孩子买一套滑雪用具作为圣诞礼物，如果需要的话，可以从现在

---

01 塑胶炸弹是一种可塑形的黏土状炸药，可以根据需要捏成各种形状。

开始每年都在旅游旺季时住上两周高档酒店，只是别问我每个星期三我到底在哪儿。只有这个问题你永远别问，这样我们还可以跟以前差不多地生活下去，亲爱的。

当他一五一十地记下从晚上十点直到黎明所发生的一切，甚至连她甲床的弧度都记了两遍，但毫无疑问，在下星期三到来之前他没有什么好记的。他试图将抽屉钥匙藏在某个安全的地方，可是他发现，在墙角地板的嵌条后塞不进去，吊灯有时也会被打扫，琢磨来琢磨去，最后决定把钥匙挂在脖子上，因为他忽然意识到，在脖子上即使挂几年也不会被察觉。他同时暗想，即便用钥匙锁上了抽屉，但仍可以拥有自己所爱的人们。

当然，后来他在早餐桌上惊讶地发现，自己的神经竟是如此脆弱。虽然生活中他听到的还是那个声音，但他不得不将日记本连同香槟酒杯和人造毛皮大衣一起扔掉，因为他的妻子还能够忍受，她至少一声不响地吃该死的燕麦，仿佛她被迫要吃一辈子，但是挂在脖子上的钥匙让他没脸责备孩子，要他们别吃得满桌都是。“塑胶炸弹是什么，爸爸？”“就跟正常的炸弹一样，只是它是用塑胶做的，女儿。”“明天在办公室里还会有塑胶炸弹吗？”“不会，永远不会再有了，女儿。”

我买了一份三明治，并从头到尾看了两盘棋，但时间才过一点半，于是我坐进了“巴尔干珍珠”。毫无疑问，街道的样子发生了一些可喜的改变，不过，要在原来废品收购站的地方开意大利餐馆可能还为时过早，我想。拎着报纸步行四公里到最近的一家废品收购站，确实还是挺远的，我想。的确，至今为止只能靠重量区分《人民自由报》和《匈牙利民族报》，另外，如果不夹铁板的话，一捆要比另一捆轻，但是拉着一小车《新匈牙利报》走四公里，毕竟很煞街道的风景，我想。其实，这跟我没有一点儿关系，我想。我完全可以心安理得地抛开敏感的社会问题，我想。文字其实也不会给人太多激情，我想。

“您看上去气色很糟糕。为什么不去避暑呢？”女掌柜问。

“现在是秋天，尤莉卡。”我说。

“那也可以去透透风。新鲜的空气，至少能给您的脑袋增添点灵感。去亚诺什山坐坐空中缆车吧。”

“我已经透过风了。现在我刚从乡下回来。”

“是去继承遗产吗？”

“不是继承遗产，是去朗读作品。”

“他们为这个付给您钱，对吗？”

“是的。”

“瞧，那还有什么不开心的？”她问。我回答说，我其实没什么不开心的，只是稍微有点累了。我起身去了后面的厕所，洗了把脸，然后站在裂成两半的镜子前发呆。从头顶到剑突，裂缝里落满了棉絮般的浮尘。

要不是我的物理那么差，我也能当天文学家，我想。我还会知道包括仙女座和南门二在内的星系每立方厘米的分子云密度，我想。我也会在区图书馆里随意进出，我想。我不会坦白，我在那里根本无事可做，我想。我每天都装模作样，好像只是看报纸，我想。因为在整座萨布·埃尔文图书馆里，根本没有一本天文学的专业书，这个天杀的，我想。星相书那里会有，还有名为“潜水员”的科普系列手册，我的小说也能在字母 W 的编目下找到，我想。你要是再敢去那里，我会让耗子咬烂你的卵蛋，我想。实际上，这个想法非常愚蠢，我想。他们只不过是聊天而已，我想。是啊，聊天确实很重要，我想。一辈子不可能只跟一个人聊天，我想。事实上，我们很少到人群中去，我想。有的时候，我去找那个女人也不是因为她的屁股，我想。而是为了不让自己知道下一句将说什么，我想。因为在几年之后，这个不管怎么样还是基本可以知道的，我想。这就对了，我想。是的，我最好还是去参加极端无聊的熟人办的极端无聊的舞会吧，我想。偶尔出去旅游一趟，我想。我最后一次出国是五岁那年，我想。而且是去莫斯科电影节，我想。尽管由于母亲，我不能走动得过于频繁，我想。也许我本该强迫她回国，我想。不管怎么讲，这对她来说是真实的生活，我想。当时在转播处决那两个该死的畜生时，她真是不该关上电视，我想。的确，她应该知道现在一切都已经结束，她已经可以安心回家，我想。我本该搭乘第一班列车，穿行在该死的群山之间，我想。她也该跟我一样学会面对事实，我想。我也不高兴自己的父亲是秘密警察，但是即便如此，我也不会开枪自杀。尤迪特也不是因为这个割脉的，我想。另外，我父亲也没怎么跟她讲过，自己拿着哲学文凭写窃听记录，我想。他因此而毁灭，因为无法忍受现实，我想。说老实话，她跟她母亲真是一个模子里刻出来的，我想。维尔克哈德，这名字不赖，我想。只是那个疲惫的心脏不可能坚持太久，我想。这时候有人开始砸门，并大声叫喊："你是便秘，还是怎么了？"我回答说，马上就好，并迅速洗了一把脸。

"谢天谢地。"我从厕所出来时，一个汉子满脸厌恶地责备说。

"对不起。"我说，其实我没有任何理由向他道歉。这种地方只有一个厕所，有时需要等一会儿，我从来没有砸门催过谁。我向尤莉卡付了账，去找艾丝特之前，我在吧台前听完了五点的新闻。

他们在聊天，而且可能有一天会去天文馆，我想。一个天文学家的脑袋里想不出什么别的主意，我想。他们想不起来不用望远镜眺望夜空，我想。他们不喜欢云彩，因为云彩挡住了他们的视线，我想。他们只会坐在那儿，计算每立方厘米的分子云密度，我想。如果从这个角度说，我对这整个该死的宇宙，要比所有的天文学家知道的更多，我想。不管怎么说，天文馆还是值得一去，我想。还应该去植物园，我想。我在这里生活了三十五年，对这座城市所知甚少。也许，我好几年没走布鲁迪大街单号的一侧了，我想。这个好像并不重要，一个人就这样养成了习惯，仅此而已，我想。本来可以跟尤迪特一起散步的，当然，有段时间还可以跟艾丝特一起，我想。只是，后来她习惯走双号的一侧，我想。还有，她总在最后一个车门上有轨电车，我想。好像那列该死的有轨电车，根本没有至少四十个门一样，我想。但是，当你看到天文学家们也总是在同一个车门上 6 路有轨电车时，肯定会惊得目瞪口呆，我想。还有，他会拿着同一篇蹩脚的学术论文跟所有的女图书管理员吹同样的牛，我想。至少，我不跟任何人一起去天文馆，我想。而且，我闻到自己的气味就感到恶心，我想。我至少自己吞下一把粉笔，因为觉得没脸见她，我想。尽管很可能我应该向她坦白一切，而不是吞食粉笔，我想。只是这种事说起来容易做起来难，我想。另外，现在说什么都已经晚了，我想。过去的事从来都不存在选择，我想。好像未来的选择也不是太多，我想。大概可以在小提琴和小提琴弦之间选择，我想。实际上，这个想法非常愚蠢，我想。即使没有太多的选择，但一两件事情我还是可以决定，我想。比方说，我随时可以沿着单号那侧走，我想。或者我们不再喝茶，不再朗读我写的东西，而是买一瓶葡萄酒，或去岛上散步，我想。还可以去哪个地方吃晚饭，我想。无论是天文学家，还是心理医生，都无权干涉我跟谁去吃晚饭，我想。既然习惯了星期一，也完全可以改成其他的日子，我想。比方说，我可以在闭馆时正好散步到图书馆门前，就好像跟她偶尔相遇，我想。开始时只是两三天一次，之后我就可以每天都去，我想。其实我也可以这样，今天找一个借口睡在那里，我想。比方说，我可以骗她，就说我不得不把母亲送进医院，我忍受不了独自待在空寂的家中，我想。另外，即使她知道我说的是假话也没有关系，我想。这跟用刀片修指甲一样算不上欺骗，我想。我完全可以在她的那间小屋里偶尔住上一晚，我想。她早晚有一天会过来的，我想。今天她还不会，但是明天肯定会，我想。上次她也拥抱了我，不久前还吻了我，虽然吻的不是我的嘴，我想。然而，医生禁止这类的举动，我想。没错，那是因为尤迪特，我想。但是，既然她可以因为尤迪特吻我，那么也可以因为别的吻我，我想。话说回来，并不能因为医生的建议而剔除欲望，我想。不能用阿普唑仑[01]替代爱情，我想。对，我就这样骗她，我把我母亲送进了医院，我想——后来，我在门上看到一张用透明胶带粘着的字条，她回老家了。

---

01 阿普唑仑，即甲基三唑安定，一种经常用来抗焦虑和失眠的精神药物。

她大致这样写道：她大约两三周后才能回来，还有，她之所以没有告诉我，是因为我们最后一次见面时她也没想到自己会突然下决心，她要我不要怪她，大概就是这些。我在门前站了一会儿，后来，悬廊上有个老妇人问我找谁，好像真不知道我来找谁似的，好像几年前不是她举报我是非法房客似的，我说："我谁都不找，库鲁迪大婶，您尽管继续吹您的风。"我说完之后转身回家。我试着去想，这实际并不意味着什么。甚至，这是一个好征兆，她终于回家了，当时医生也曾跟她提过许多次。另外，我敢肯定她是一个人走的。假如对我来说，需要通过一次人流和一次吵架才能够了解她的过去，那么她现在绝对不可能带一个陌生人去。过了半辈子之后回家看看，这跟和谁一起去天文馆是截然不同的两回事。实际上，她一个人回去挺好，我想。这种时候，根本不需要同伴，我想。再说，我也不可能把母亲丢在家里这么长时间，我想。尽管有许多事情可以解决，我想。至于她一个人会不会无法承受，那是另一个问题，我想。这不一定就意味着危险，我想。跟尤迪特相比，她已经拖了够长的时间，我想。然而，现在是我们遇到太多棘手的事，我想。其实这都是胡思乱想，我想。我根本不知道现在她的情况，我想。不管怎么说，唱片商先生至少也该寄一张明信片，我想。不再为她付月租，也该写行字告诉我们，女孩疲惫的心脏停止了跳动，我想。事实上，我也不该告诉母亲，她女儿十年前就已经死了，我想。上帝啊，她一直跟我通信，这也挺好，我想。还有，我用父亲寄来的钱给她买祛皱霜，我想。不过也有可能，她挺快乐，我想。没准她并没有发疯，只是隐退，我想。并且出于快乐，她总给观众带来某种惊喜，我想。比方说，我下楼去小卖铺买东西，我想。即便售货员没有感觉，但我总会经常感到惊讶，我想。归根结底，十五年来我就是观众，我想。只是问题是，我厌烦了，我想。其实，这是一出精彩绝伦的大众戏剧[01]，但是不知道因为什么，我已经厌烦得无以复加，我想。假如今天那位列车员能有一丁点儿人性，他应该在我的车票上挑出些毛病，然后把我赶下车，我想。把我丢在匈牙利大平原上，我想。那样的话，您真得好好计划一下那半公斤面包分几顿吃，妈，我想。因为上帝不会下楼到小卖部给她买东西的，我想。那样的话，您要么穿上那身被虫蛀了的套装去小卖部，要么就饿死，我想。但是您别想继续那么对待我，我想。不许再问“你去哪儿了儿子”，我想。因为我会一个嘴巴把你扇到墙上去，我想。不要以为我不敢打你，我想。我会揪住颜色杂乱的头发把你扔到街上去，我想。我会拽着你的套装把你拖到喀尔巴阡山东部，让你好好吻吻它的山脚，我想。你会连滚带爬地感谢艾丝特，因为她不同意我把你送进疯人院，我想。我敢保证，如果我开始用你的血写作的话，那么我会得到比现在更好的评论，我想。你别想再说，“跟别的婊子一样，你把她带到小旅馆去操吧”。如果我问“乔尔丹·伊娃是谁”，你别想再拿虫蛀的苹果砸我。永远，永远，你这辈子永远别想再这样问我，“这是什么噪声”！你别想再假装不知道，因为我会把你脑袋撞到音箱上，妈！我才不在乎你的心脏疼不疼！没错，我就要你听那张唱片，直到把你听聋了！

01　大众戏剧是19世纪下半叶形成的一种戏剧形式，风格生动细腻，揭露社会矛盾，讽刺统治阶层，反映城乡大众生活。

“您好。”贝列尼夫人跟我打招呼。

“您好。”我说。

“进来吗？”她问，并且用手撑着门。

“不进。”我说。我突然感到，我用一把剪刀把自己跟周围一切的一切剪断。

就在我跟贝列尼夫人告辞并朝卡尔文广场走去时，我才知道了什么是自由。此时此刻，就事论事，自由不能理解为飞行员进入侦察区时的狂喜、选举权或我们可以根据道德准则做出的判决或决断，而这种决断极其难得地与我们最隐秘的欲望和情感直接相关。自由并不是浸着黑色墨汁的稿纸，不是四根绷紧的琴弦或一万根风琴管，不是隐居的洞穴，也不是当上帝道具库里的马蹄表停走或什么东西撬开胸廓的瞬间。这么说吧，现在我们最好把自由想象成一种这样的状态，在这种状态下，没有任何东西将我们与外部世界相连。我们没有欲望，没有情绪，没有恐惧。可以这么说：我们既没有目标，也非盲目，而且对于我们来说，即使真空也无所谓。很怪，自由更像是一种毫无意义的状态。它跟冷漠无情毫无关系，因为那不可避免会愤世嫉俗，它也完全不同于万念俱灰，因为在它的背后毕竟隐伏着羞耻或希望。如果真是万念俱灰，那还是很有人性的。我也可以这么讲：自由不是一种适合于人的状态。

天开始下雨，我躲进书报亭的棚檐下。卖报人问我想买什么，我说什么都不想买。在对面的人行道上，有一位母亲正在揪搡自己的孩子，因为男孩不想戴上连衣的帽子，后来，有轨电车到了。几位行人撒腿奔跑，想赶上电车，有位老妇人将一只小手提袋顶在头上步履蹒跚地闯过红灯，汽车鸣笛，“老东西，你找死啊？”防火墙上，悬吊着几名高空作业的工人，他们正在张贴新的巨幅广告。他们中有一位纵身一跃，如同钟摆在空中画了一个巨大的半圆，他将工具递给一位同事，然后又以同样的跳跃回到原地。我想不起来原来挂的是什么广告，足球彩票或法布隆？实际上我每天都会看到两次。这让我的心绪变得焦躁起来，我不喜欢猜测。最后我问卖报人，对方说是法布隆。

在地下通道里有一台自动投币咖啡机，我喝了杯咖啡，并且琢磨了一下自己可以跟谁搭话。跟其中一个要谈文学报，跟另一个得聊画廊恐怖，“只是，假如你不在那个小圈子里，你就死了那份心吧，老哥儿，《2000》连个小广告都不会给你登，你想去艺术博物馆当保安都没门儿。”跟第三个人则应该聊，我们以后该怎么办。“这么下去对你们两人都很可怕，你们最好要么分手，要么就生一个孩子。”后来，我忽然想起我还有把人民大街公寓的钥匙，现在我可以去那儿多待一会儿。

我想，过几天我最好啃一本大部头的书，《魔山》或《没有个性的人》，因为我跟这些书已经搏斗了多年，就像是做数学作业，但是从来就没有读过第五十页。字母在我的眼前纵横交错，头疼，总是这样，好像是读五线谱。乐谱确实可以这样吓人，许多蚂蚁在五条线上乱爬。我曾让尤迪特教过我，但是白费气力，我们确实试过几回，都是毫无长进。她甚至说，大概对我来说一袋散在阁楼上的滨豆，看上去要比按照正常规则排列的东西更一目了然。我辩解道，她说的不对，如果让我分开来看，我准确地知道每条线上写的是什么，也知道 B 和井字符号是什么意思，只是不能一下子注意到所有的符号。她则回答，她说的就是这个。

我很难说清，这些书到底跟我有什么过节。当然问题并不是在厚度上，想来，从这个角度看，《卡拉马佐夫兄弟》也不是一分钟就可以读完的，可我还是冲着碗柜念了一遍，当时我决定学习朗诵。世界上不会再有第二个碗柜，听过那么多约翰·塞巴斯蒂安[01]和费奥多尔·米哈伊洛维奇[02]的作品。母亲学习《苔丝狄蒙娜》，女儿拉小提琴，小儿子朗诵——后来，我捧着《危险关系》坐进了母亲晾凉了的洗澡水里。那段时光其实很美。总之，我上面提到的那两本书，坦白地说，我根本就不感兴趣。可怜的作者还没有来得及讲完他关于植物学、天气或肺结核的想法，甚至连一半都没有，我就已经厌烦了。谁也别想用五十页的篇幅跟一位女护士聊体温曲线，并不是因为这种人并不存在，而是因为如果我是那位女护士，我肯定会让他立即滚蛋。事实上，这也是扯淡，因为莫霍什·阿尔伯特神父先生在变疯之前，也用了十六页的篇幅倾听关于"今天我也抽了妇人的耳光"、"我在斋期吃了肉"和"我偷了母鸡"的故事。不过这是我写的。的确，他们果真让他滚蛋。一个女人跨出教堂，仿佛从传染病病房出来一样。实际上她是对的。

最终，我还是试着阅读《魔山》，至少因为，春天的时候曾有一位女记者问我，我是不是刻意采用平行对应的写作手法，她指《重症病房的故事》与《魔山》之间，并要我别误

---

01 约翰·塞巴斯蒂安，德国作曲家巴赫。

02 费奥多尔·米哈伊洛维奇，俄国小说家陀思妥耶夫斯基。

会她的意思。我说，当然是刻意的，想来一个人知道自己在写什么，在做什么，在一个特定的文化环境中应该置身于什么样的位置，这就是文化环境。我回答得不错，因为女记者没有再问更多的聪明问题。就这样，我再次开始读第一卷，让我高兴的是，艾丝特买的跟我的这本是同一个版本，纸色泛黄，至少我已经习惯了这个，但我逐行细读，并没有找到什么平行性描述。在重症病房里，死的完全是另一类人，死因也完全不一样，根本没有情绪跟任何人聊天，算了，不说这个了。

事实上，我在达沃斯-多尔夫[01]踏踏实实地待了四五天，只是没能弄清楚，究竟有没有叫这个名字的地方，因为在艾丝特家没有地图册。尽管这位作家是一位相当严谨的人，但好像并不太在意让他的读者徒劳无获地翻地图册。我认为，汉斯·卡斯托普[02]这个名字是从专家名单或讣告栏里挑出来的，这个我敢肯定，因为假如并不存在这样的名字，那该怎么办？这个其实也可以理解，想来我也非常留意，我总是让尤迪特只从能在世界地图上查到的地方写信。许多年来，我的脑子里并非从来没有想到过“忘川河畔温泉”之类的地名，只是怕母亲在地图上找不到。如果尤迪特从南极洲写信，也肯定没事，因为地图的下边有这个地方，没错，白得刺眼，但只要在那儿就行。关于讣告栏，天哪，我确实忘了看了。

总之，达沃斯-多尔夫是个不错的地方，尽管到现在为止我最喜欢的一个情节，是当患有肺结核的女士们在房顶的露台上请求患有肺结核的阿尔宾先生放下手枪，别再逼迫温泉

01　达沃斯-多尔夫，瑞士阿尔卑斯山上的一个小镇，托马斯·曼的小说《魔山》中的疗养院所在地。

02　汉斯·卡斯托普，《魔山》中的主人公。

管理员了，他只是想用酒精为他擦洗。说老实话，我对小阿多尼斯最终是否把子弹搁进脑袋里颇感兴趣。不知道为什么，汉斯·卡斯托普对于时间自然性的惊叹让我更感兴趣。假如细想，弗泽西先生也经常惊叹延长期的时间过得是多么古怪，更不要说十一号了。另外还有一个穿运动服的女人，伊丽莎白，她每周都向尤莉卡发誓，说她要上吊自杀，也没准会用煤气，因为那样不仅她自己能死，幸运的话还可以炸死整个三楼的人。事实上是，与弗泽西先生对令人蒙羞的时间自然性的推理相比，伊丽莎白总是更加务实。

我也偶尔下棋，在艾丝特有一次作为圣诞礼物送给我的棋盘上下。我还真可以下几盘好棋。人们觉得，这样下棋没有意思，但是他们错了。如果我们将棋盘转过来，片刻间就能看出我们此前的意图，当然我想，只有当某人的棋艺跟我差不多时。一位棋坛老手或一个游刃有余的囚犯，根本就不在乎从对手那边看到同样的意图，但在最近几年，我只跟艾丝特下过棋，后来跟她也不下了。小时候，我喜欢跟尤迪特下棋，并不只是为了游戏，而是因为跟看一袋撒在地上了的滨豆相比，我能看清棋盘的时间更长一些。特别有趣的是，这恰好在第二性征增强的阶段开始发生改变。那种改变竟是如此之大，以至于从尤迪特做完扁桃体手术回家后，我们就失去了下棋的意义。艾丝特我也只赢过几次，是的，后来我才知道，她曾一连几年都在每周日的晚上跟那位后来帮她爷爷安息的马兽医下棋。

然而，现在我头一次尝试跟自己下棋，实际上并不困难。一点儿不比一个人做爱或独自喝早餐咖啡更荒谬。我说过，我还真成功地下了几盘好棋。有一次我强迫白方调换了王后，黑方确实也别无选择，但在几步棋后情况明了，刚才最好还是牺牲骑士，于是我又通过换棋的手段让白方将绞索套在自己的脖子上。我实验性地在右侧边缘留了个缺口，但黑方开始施展起撒旦式阴谋，国王亲自出马，小心谨慎、险象环生地潜入到防线背后，之后在 A8 的位置用城堡吃掉了兵卒，并用它踢翻了象牙同事脚下的板凳。

我跟娘娘腔的卡斯托普和三十二枚棋子一起过得平安无事。或许，汉斯·卡斯托普其实更倾心于克劳迪娅·舒夏特，这个情况不能不谈，尽管也没什么好谈的。或许，当她不下百遍地随手撞上饭店的玻璃门，然后穿着白毛衣、整理着发髻坐到“上好的”俄罗斯餐桌旁，总之，当这位长着一副东方面孔的吉尔吉斯女人一次又一次粉墨登场时，塞登布里尼先生关于正确思考的价值的宏论开始越来越让我烦躁，以至于当舒夏特夫人偶然出现在透视室前的候诊厅里，双腿交叉、稍微前倾地开始翻阅一本画报时，真让人忍不住向她躬下身去，那样生活很可能会是另一幅样子。是啊，如果在十五年前遇到这个女人，如果遇到的不是在马路上跌跌撞撞、拎着一只鞋和一只奄奄一息的小鸟的半醉妓女，而是克劳迪娅的话，不是别人，正好是她，不过现在说什么都已经晚了，我想，我该收回关于专家名单所写的话。总之，我以自己的方式过得挺好。我只去大环路边的昼夜小店，而且只在深夜，因为我不想被邻居们看见。

我回到家时，房门半开。两个身穿西服的男人坐在厨房里，看上去已待了有一段时间。他们各自搅拌着麦氏咖啡，抽着香烟。我进门的时候，他们也没有站起来。

“您是家属吧？”矮壮男人问，然后要我出示证件。他们在这儿的原因显而易见，想尽快办完例行的手续。瘦高个儿用脚拖过一张方凳，打了个手势让我坐下。

“我能抽支烟吗？”我问，好像不是在自己家里。

“当然可以。”他说，并伸手递给我一盒烟。

“谢谢，我自己有。”我说。

“没事，抽我的吧。”他说，语调里没有一点威胁的色彩，我想了一下，还是从他的烟盒里抽出一支。反正我们抽的是同一个牌子，我想。看起来，这人的军衔高一些，尽管他们忘了做自我介绍，在这些人来说是十分正常的。我也希望这一切能够尽快结束，反正我也没有什么要隐瞒的。

“这套房子很漂亮。”矮壮男人说，但在开口之前他瞅了另一个男人一眼，等对方做出同意的眼色，好像将要说的是一句至关重要的意见，必须征得上司的准许。我更愿意听另一个人说话。跟这个猪头猪脑的家伙比，另一个显得更通情达理，尽管从那副涂了蜡似的眼神看，十有八九是个虐待狂。

“是。”我说，其实我根本没有情绪扯这类闲篇。

“而且布置得也很别致。”

“大多是道具。”我说。

“看来每月五百法郎，还是够花的。”他说。我听了这话有点烦躁，因为我们靠什么活着，这跟他们毫无关系。

“对。”我简短地说。起初，我本想补充一句，告诉他我从什么时候开始发表作品，什么时候开始参加朗读会，我还主持展览开幕式，所以我有正经的收入，但我最终还是决定，不将谈话变得复杂。

“而且够两个人的。”他说。

“对，够两个人的。”我说。这种令人作呕的暗示让我感到胃肠痉挛，真想赶他们出去，但还是忍住了。

“我们休息一下吧。”瘦高个儿插话说。他又递给我一支烟。等我抽完，房间里只能听到闹钟的嘀嗒声。我试图回忆，这只马蹄表究竟参加过哪场演出，总在脑际闪现的是《无事生非》，可那根本就不可能。

“这套房子很漂亮。”矮壮男人说。他摁灭了烟蒂。

“是。”我说。

“而且布置得也很别致。”

“大多是道具。”我说。我这才发觉是在重复刚才的对话，我想我们之所以坐在这儿，就是为了谈论被我母亲谎称为“维尔家族遗产”的道具。

“看来每月五百法郎，还是够花的。”

“对，我已经说过了，是够花的。”

“而且够两个人的。”

“够两个人的。这个我也说过了。”

“我们休息一下吧……”瘦高个儿再次插话，但我没再伸手接烟。在我们沉默的时候，我始终焦虑不安，因为我还是想不起来那只马蹄表曾在哪出戏里出现过。另外，这些该死的手续怎么还没有办完。审讯完毕，我将被判处无期徒刑，或者有期徒刑十五年，但即便如此，我也不会隐瞒什么。

“这套房子很漂亮。”矮壮男人又开始了，我真想站起来就走，但我知道，这不可能。另外，我忽然想起，艾丝特曾在自由大桥上跟我说过这个，但我不会告诉这两个虐待狂。

“再漂亮也毫无意义。”我想了想说。

“而且布置得也很别致。”

“我已经讲过好几次，全都是道具。”

“看来每月五百法郎，还是够花的。”

“你们究竟想干什么？”我问另一个人，但他面无表情。他正在用我母亲的茶杯喝咖啡，眼睛里闪着涂了蜡的光，一声不吭。

“两个人也够。”矮壮男人说。

“当然，两个人也够。您只要细算一下就会发现，这约合一位医生的工资。”我说。

“我们休息一下吧。”瘦高个儿说，他放下了茶杯。

“不要休息！你们说吧，你们到底想要怎么样，然后我们一起走。”我说。我激动得想要站起来，但那位警官用头朝我示意了一下，要我最好还是坐在原地别动。又过了一会儿，他们只是坐在那儿，四下环顾，听马蹄表走动。

“这套房子很漂亮。”那人又开始了。

“布置得也很别致，而且，每月五百法郎够我们花的。这套蠢话还要重复多少遍？！”

“而且布置得也很别致。”他说。

“这还有完没完？不知道是你们蠢，还是你们觉得我蠢？！”

“看来每月五百法郎，还是够花的。”

“没错！五百法郎足够支付我们的开销！而且还够买那些毫无用处的化妆品和消防栓！确实够花！正好够花！”

“两个人也够。”

“闭嘴，你这个蠢货！”

“我们休息一下吧。”瘦高个儿说，照样又跟刚才一样递来香烟，但是这次我抽出一支，因为我紧张得开始发抖，这支烟吸的正是时候。我努力定下心神，我想，决不能丧失自控能力。不管他们想干什么，我都必须冷静下来。我犯了个错误，没有回答提问。是的，那是个错误。我步入了圈套。我接受了这个游戏规则。

“这套房子很漂亮。”矮壮男人再次问。

“是。”我说。

“而且布置得也很别致。”

“我也很喜欢，尽管都是些道具。”

“看来每月五百法郎还是挺够花的。”

“对，是够花的。”我说。

“两个人也够。”

“当然，两个人也够。”我说。

“我们休息一下吧。”瘦高个儿说。我从他递来的烟盒里抽出一支烟，一声不响地听马蹄表的嘀嗒，我觉得自己表现得挺好。我大概只犯了一个错误，就是这次的回答跟第一次回答的不是每个字都一样。之后我又想，也许他们并没有注意到，不过，我最好坚持后一次的脚本。

“这套房子很漂亮。”他说。

“我也很喜欢，尽管全都是些道具。”我说，但我立刻意识到，我犯了个错误，因为这句话本该回应关于房间布置的那一句。

“而且布置得也很别致。”他说。

“我也很喜欢，尽管都是些道具。”

“看来每月五百法郎，还是够花的。”

“对，是够花的。”我说。

“两个人也够。”

“两个人也够。我们休息一下吧。”我说，但我立刻意识到，这次的回答更糟糕。我的全部努力都付诸东流，因为这句话本该由瘦高个儿说。这句话只有他能说。我没有权利决定我们什么时候休息。

“我们休息一下吧。”瘦高个儿说，好像什么都没有发生，但我更希望他能有所表示。比方说，他不再给我递烟。随后我又想，肯定马上就会结束，想来这些家伙也都是人，这样的游戏他们也不会忍受太久的。另外，休息一下也确实不错，至少能让人定一下神，但是就在这时候，一切又从头开始了。

“这套房子很漂亮。”

“是。”

“而且布置得也很别致。”

“对，但都是道具。基本上都是。”

“看来每月五百法郎，还是够花的。”

“对。”

“两个人也够？”他问。我刚要说“对”，但突然犹豫起来，因为这句话他总是用陈述句，而不是用疑问的语调。在此之前，他从来没有问过什么，我觉得他们在诱我上套，想让我疲惫，让我屈服，让我变成一头耕牛，我没有好好回答他，而是开始大声叫嚷：“不！不够！远远不够！多少钱都不够我们花！我从来就没有工作过！滚吧，你们这些畜生！”我大概吼的就是这些。

“我们休息一下吧。”瘦高个儿说，当我冷静下来后，我向他们道歉。我得到一支烟，我本想问他们能不能喝杯水，但我最终还是没敢。

“这套房子很漂亮。”

“是。”我说。

“而且布置得也很别致。”

“你们问吧，”我说，“这么折腾实在没意义。你们问什么都行，只要我能回答，我肯定回答。”

“看来每月五百法郎，还是够花的。”

“我真的会回答。你们为什么非要这样？你们为什么觉得我会隐瞒什么？看在上帝的分上，你们问吧！问啊，你们听懂了没有？！”

“两个人也够？”

“是的，但这跟你毫无关系。这套房子也跟你无关。你们问点儿有意义的问题吧。你们问问为什么，好不好？我们休息会儿吧，然后你们问问为什么。”

“我们休息会儿吧。”瘦高个儿说。我想，反正现在他们已经知道该问什么，现在我可以要一杯水了，不管怎样，这里不是监狱，这里现在也是我家的厨房。但是随后我又想，现在马上就会结束，我得忍完这个过程，我回答他们就已经够了，我不能在我自己的家里央求他们给我杯水喝。我开始嚼烟卷儿的过滤嘴，因为咀嚼可以分泌唾液，也能够解渴。

“这套房子很漂亮。”矮壮男人说。显而易见，他只是想要吓唬我。他装作现在也不想问为什么的架势，我说：“是。”

“而且布置得也很别致。”

我沉默不语。不是出于抵抗，而是由于疲惫。我朝另一个家伙瞥了一眼，想看看自己能否再沉默一会儿。那人始终跟我进门时一样精神，目光仍涂着一层蜡。

“看来每月五百法郎，还是够花的。”

事实上，他要比矮壮的家伙更可恨。尽管他总是说，我们休息会儿吧，并且递给我香烟。

“两个人也够。”

只是他身上没有一丁点人味。他看我就像看一件物品，一台机器，一台在四句话后抽烟的机器。我恨得咬牙切齿，但不敢发作，也许正因如此我才憎恨。他比我强势，而且比我更清楚想干什么。另一个家伙不算什么，只是这个，这个蜡眼睛的畜生。你为什么不说：我们休息会儿吧？那句“两个人也够”已经说过了。那我们为什么还不休息，你这个混蛋？你盯着我干吗？你没见过杀人犯吗？！

“我们休息会儿吧。”他说，然后走到洗碗池前，涮了一下我母亲的茶杯，倒了一杯水递给我，他也没问我要不要喝。我希望他能开口说话，哪怕只是示意一下，他到底满意还是不满意。我根据马蹄表嘀嗒的节奏一小口一小口地吞咽，因为我知道现在不会有烟抽，现在休息时间只会持续到我喝完水，当我放下空茶杯时，我感到喉咙口跟喝水前一样干燥，我忽然想起，我本该留下几口，因为我肯定不会再得到喝水的机会。后来我又想，没有关系，甚至这杯水我都多余喝，因为显而易见，只要我还没有丧失理智，这一切就不会结束的。那还不如让他们的目的达到得越早越好。想来，他们反正对我的口供不感兴趣。是的，情况显然就是这样。他们永远不会问为什么。我刚才不该让他们问我。

“这套房子很漂亮。”

这比“你去哪儿了儿子”更要命，我想。

“而且布置得也很别致。”

他们没有权利这样提问，我想。

“看来每月五百法郎，还是够花的。”

事实上，是够花的，我想。

“两个人也够。”

反正艾丝特也该回来了，我想。

“两个人也够？”

“漂亮而且别致，看来每月够两个人花的。”

艾丝特，我想。

“小伙子有点累了，上尉同志。”

“怎么可能。”蜡眼睛的家伙说，就在这时我开始抽泣着破口大骂，你这个畜生，你这个该死的秘密警察，我要宰了你，你这个混蛋！但是他们根本无动于衷。他们站了起来，扬长而去，方凳像一根木桩似的留在原地。随后我听到钉门的声响，当钉子尖已经穿透了木板，我猛然惊醒，嘶声叫喊，大汗淋漓。有人在咚咚捶门，一时我搞不清自己在哪儿，随后惊慌失措，以为是艾丝特回来了，由于我忘了拔钥匙，她才捶门，因为她想进来，我一下子想不好该说什么谎，就说我母亲在医院，随后，我透过浴室的通风小窗朝外张望，原来只是收电费的。

等到男人将催款单从门缝里塞进屋后，我洗脸漱口，将自己收拾利索，并将棋、《魔山》、被褥等所有的东西摆放到原处。我把所有的空饼干袋和烟盒收到一起，将咖啡壶里的残渣倒掉，牙刷也按照艾丝特的习惯插在水杯里，因为我不希望让她知道，我在她这儿住过几天。

看起来没事儿，我进门的时候心里暗想，因为我听到留声机的刺啦声。这毛病已经有好几年了，唱臂不能回到原位。地毯上铺满了尤迪特的来信，尊敬的母亲，昨天我在阿姆斯特丹演出，尊敬的母亲，今天我在里斯本有一场演出，尊敬的母亲，明天我将在蒙特利尔演出——按照时间顺序排列摆放，如同玩某种纸牌游戏，这时候，我看到我写字台的抽屉被撬开了，从收信地址处写着子虚乌有饭店的信封到毫无意义的赔偿申请，所有的东西都被掏了出来，母亲穿着一身虫蛀的正装躺在我床上，手里攥着一沓撕碎的纸片——许多年前尤迪特从加拉加斯寄来的一张画面为吉卜赛女郎的明信片，还有那封告知尤迪特十年前就已葬身在尼斯的红十字会通知。就在那一刹那，我以为她还活着，因为她的眼睛睁着，仿佛透过一块毛玻璃看着我。

“她已经过世一天半了。”医生说。这是一位保养良好、临近退休的男人，穿着一身银灰色西装，指甲修剪得十分整齐，“大概死于心脏问题，这个通过尸检可以查清”。

“必须要做尸检吗？”我问。

“按理说应该做。”他说，并将重音放在了“按理说”上。

“我想知道她的死因，但是不要尸检。”我说，并将五千福林塞到他手里。

“心力衰竭。凭着三十年的工作经验，这个一看就可以断定。”他说，并且掏出钱夹，小心翼翼的将钞票折好，放进钱夹。

“您能肯定吗？”我问。

“我能肯定。但是您如果怀疑的话，当然最好还是尸解。其实没那么恐怖，现在可以缝合得很好。”

“您怎么知道，比方说，她不是饿死的呢？”我问。

“您从来没见过饿死的人，对吧？”他问。我回答说，只有那个没有见过。

直到抬进庭院，我才允许将她的脸遮上，因为我想，既然她的眼睛睁着，至少让她看到一点外面的风景。当殡葬工吃力地将黑铁皮的殓尸盒扛到一层时，邻居们感到惊讶不已，想来他们在十五年中早就忘记了我的母亲，就像忘记了楼里的公共厕所或阁楼木梯下的洗衣房。后来，我在办公室里跟女接待员说，希望葬礼能晚几天举行，因为我希望等艾丝特回来，但是女接待员说现在有新的规定，即使这样我也已经超时两天了，他们不能继续为尸体冷藏提供半价优惠。

“为什么不火化呢？”她问，“那样不仅便宜一些，而且很实际，您可以选一个对全家人都合适的日子举办葬礼。”我只应了一句，我不能把我母亲烧掉，随后在登记簿上，在她指点的地方签了字。

我高兴的是，至少我不用为选择墓地花费精力，因为当初母亲在凯莱佩什公墓买了一块二十五年使用期的墓地，现在只过了十五年。石匠说，墓碑上“**维尔·尤迪特**”的名字不可以凿下来，那样会很难看的。我想了一下，这样也好，于是我跟石匠说好，就在那个名字下刻上“**丽贝卡·维尔克哈德**”，然后在那之下再刻上“**维尔·莱贝卡**”，即使这样，碑上还空着不少地方。

“您不想刻上什么墓志铭吗？”他问。

“不想。”我说。

“可这是习惯，”他说，“一句简短的祈祷词或诗歌名句。我可以给您看看样本。”

“我用不着看，”我说，“图案也能刻吗？”

“当然能。”他说。

“那就刻上一只鹈鹕。”我说。

“这个样本里没有。有的只是十字架、花环之类的。”他说。

“我这儿有一个样子。这就送给您了，笔尖是金的。”我说。

星期六上午，我又去了艾丝特家，想看看她回来了没有，因为我希望她能参加葬礼，准确地说，我想让她看到那副萎缩的躯体、咬秃的指甲和戴在手指上的七枚纪念戒指，从“朱丽叶戏剧表演奖纪念戒”、“诗歌之友纪念戒”到“莫斯科艺术节纪念戒”，戒指上的镀金早已磨掉，由于铜制或铝制的质地不同，把她的手指根染成绿色或黑色；我想让她看到那因喷了太多摩丝而变得黏腻的焦黄枯发，由于染发膏涂得一年比一年更不均匀，隐约露出头皮的烟灰色；我想让她看到因尸体僵硬而绷得很紧的胸脯，想当初她刚刚喂奶一个半月，就开始在自己的乳房上抹盐，生怕乳头会被叼长；至少，我想让她看到那副死人的眼神，居然跟活着的时候没什么两样，那种永不瞑目的碧蓝色目光，将从现在开始照亮墓穴深处。

催款单仍夹在门把手旁边，还在我走时塞回到的地方。我在一张小纸条上写道：“我妈死了”，然后拦了一辆出租车，径直赶往凯莱佩什公墓，因为我已经迟到了。

掘墓工没有任何理由可以抱怨，因为既没有杂草，也没有野鸡窝，更不需要砍什么树根。石匠在雕刻纹章时犯了个错，他在鸟巢里刻了三只小鸟，把我弄得烦躁不安，但是随后我意识到，这是我的失误，我应该跟他说一声，只刻两只就够了，别跟钢笔上的图案一模一样，因为这不是广告牌，而是墓碑。然而这个不能怪他，他习惯了按照图样工作，我想，随后我叫出租车司机等我一会儿。

“可以，但是要开着计程表。”他说。

“当然，只是请您把车稍微往后倒一点。”我说，因为不想让出租车计程表的嘀嗒声打搅下葬时的祈祷。之后，棺材被放入墓穴，我扔了几枝鲜花，这时候我看到，土堆里到处可见沤烂的碎纸，有些可以隐约辨别出是乐谱或家庭照片的残片，看来即使十五年光阴加上各种肉虫，也不足以使它们彻底消踪灭迹。四个汉子开始刨土，锄头偶尔将一条蚯蚓斩为两段，后来，我还是让出租车先走了，因为我想散一会儿步。

“巴尔干珍珠”正在粉刷，暂停营业。小酒馆的门敞着，为了能让地下室通风，不过门框上横着一把扫帚，台阶上铺了层塑料布，尤莉卡正叉着腿站在台阶下跟工人们争吵，因为墙的颜色比她想象的颜色暗。

“等晾干以后，颜色肯定跟色样一模一样，尊敬的女士。”一个头顶纸帽子的男人跟她解释。

“你把我当成傻瓜了？”尤莉卡嚷了起来，“我昨天就跟你说过了，这个地下室再过几辈子也不会干。我跟你说了，对不对？别以为我连这个都不知道！你们把墙重刷一遍，要刷成我要的那个样子。现在马上动手！”

“那您得自己去买墙漆，对吧？因为这桶涂料已经调好了，颜色已经固定。我肯定不会再去买新的涂料，这个请您听明白，尊敬的女士。”男人说。随着他手里刷子的舞动，一道奶油色的墙漆溅到塑料布上。

“你必须去买，彼袭卡，这个我敢对天发誓。你跟住在布达山的人可以耍花样，但跟我别想，否则你后悔都来不及。”

“您要是这么不讲理，那今天的话咱们就说到这儿，尊敬的女士。”

“不是今天的话咱们就说到这儿，彼裘卡，而是这里的活儿也到此为止。我已经说了要重刷一遍，你要不重刷，那就收起梯子立即走人。”

“等明天吧，尊敬的女士。只要您买二十公斤涂料，那么明天就是让我们把墙刷成孔雀蓝都可以，但在重刷之前，必须等上一层涂料晾干了。而如果上一层涂料晾干了，会跟您要求的颜色一模一样。回头请您对比一下色样。如果您的酒里需要兑水，我也不会干涉您的，尊敬的女士，如果墙漆干了，还是跟色样不一样，那么您可以随便说我们的坏话。”彼裘卡说。我掉头回家，清理房间。

我心里又想，艾丝特没有回来也好，葬礼上也没她什么事，话说回来，她们两个这辈子总共就见过两面，但那已经足够了。是的，至少在她过来之前，我有时间收拾一下房间。到时候我只需告诉她，母亲死于心肌梗死，这就足矣。另外我不会盘问她。我从来都不刨根问底。她用拳头把我的脸打花，她将打字机木匣砸到我的后脑勺上，我都忍了，好几年我都对她一无所知，当然，我也犯了一些错，而且不是一般的错，但是至少我自己承认。是的，世界上没有什么能比了解自己的弱点更重要。我们只有了解之后，才能够掌控。为能达到这个目的，很需要乔尔丹·伊娃这样的人。能让人在镜子中看到一头野兽而不再是一双漂亮的蓝眼睛时，也不会吓得屁滚尿流，而是考虑应该如何应对。永远拿母亲为借口，恐怕要比在乔尔丹·伊娃问题上犯的错误更加严重。用别人的龌龊掩盖自己的龌龊。让我们细想一下，没有比这更卑鄙、更荒唐的逃亡之路。没有比这懦弱、更严厉的上帝惩罚。即使被关在黑暗的囚室，也不会比撒谎更孤独。每瓶氯化物味的肥皂液都将我们隔开，如同圣安德烈亚斯断层[01]，但这已经不再重要。甚至可以说是件好事。所有情侣关系都要超越于它。我们彼此折磨，但我们至少熬了过来，我想。

如果我没有照顾母亲这么多年，情况也许是另一个样子。但她毕竟是我母亲，我不能把她送到艺术家养老院或疯人院去。她从我这里得到的，要比她给予两个孩子的总和还要多。人们不会给他们疯了的母亲每天做热餐，也不可能忍受她在家中囚室里的所作所为。她把公寓变成了墓室，只是，由于她这样活着，连党委书记最终都朝她脸上啐吐沫。也许会有几个人为他们疯了的母亲做热餐，或在大食堂为母亲订餐，但是没有人会心甘情愿地蹲十五年牢。事实上，我能坚持到现在简直是奇迹。在她的那个年龄段，心脏猝死十分常见，死于心梗的人跟西班牙流感[02]时一样多，我想。后来，我在博物馆花园里看到一位遛狗的老妇人，她在鹅卵石小径上走路的姿势，特别像当年的女演员维尔，当然我心里很清楚，只是很像而已，我还知道，这样的情况我至少还会遇到几次。再怎么说，我总不会拿斧头跟人头相比，我想。医生也说过，是心肌梗死，我想。我觉得更可能是脑血管痉挛，因为她的心脏什么毛病

---

01 圣安德烈亚斯断层是一段长约 1 050 千米、横跨美国加州西部和南部及墨西哥下加州北部和东部的断层，位于太平洋板块和北美洲板块交界处。断层附近常发生地震，包括 1906 年 7.8 级的旧金山大地震。

02 西班牙流感是人类历史上最致命的传染病，在 1918—1919 年间全世界 10 亿人感染，4 000 万人死亡；全球平均致死率 2.5%—5%。此次流感最早出现在美国堪萨斯州的芬斯顿军营，后来传到西班牙并大规模暴发。

都没有，我想。

“您好。”贝列尼夫人跟我打招呼。

“您好。”我说。

“请您节哀。”她说。

“谢谢。”我说。

“进来吗？”她问，并且用手撑着大门。我说，谢谢，然后站在大门洞里，在信箱里胡乱摸索了几下，以免跟她一起上楼。我在门外按了两下短短的门铃，我习惯这样，好让母亲知道我回来了，但是按完之后我意识到，这不过是一个条件反射，就像关灯一样，其实灯根本就没有开着。

正好是秋季的“扔垃圾日[01]”，我想，该把积攒多年的《医药通讯》和《广播电视报》扔掉。我在楼门外已经摞了好几堆垃圾，只等明天公共清洁公司把它们连同其他平时不可乱扔的破烂一起拉走。在这种时候，街上可以看到被砸坏的钢琴、二战前的青豆罐头、墙上的水槽、破烂的鸟笼、自行车轮圈、渍满水碱的浴盆、早就过时了的闺房读物、彩色杂志、黑白电视、散发着祖母体味的沙发睡椅和未经检审、带有新婚之夜激情场景的家庭相簿。遗产继承人们抬出来难以计数的歌唱家牌缝纫机和链子桥牌棉线、虫蛀的罗登呢外套、波将金牌童车和已经磨掉镀金的铝制餐具。扔在人行道边的饭盒里散发出发霉青豆粥的臭味，尿盆里的尿臊气弥漫在整个街区，在每个楼门前都堆积着祖上三辈积攒多年的破烂物，等待第二

01　布达佩斯每年都在春季或秋季组织居民在指定时间内将家中积存的废品、旧物扔到街上，由区政府派车统一清走。

天清洁公司的垃圾车绞碎拉走，我纳闷了很长时间，那一大街破烂怎么可能装进那个铁柜？后来有一名清洁工告诉我说：“那是一个特殊装置，您要知道，它连金属都可以绞碎，能把浴盆变成尿壶。您要知道，如果把这座房子塞进去，可以变得比车库还小，因为它不仅有绞碎功能，还能通过液压把它们压缩成片，就跟煎饼一样。您要知道，它是德国人发明的，那里有收集处理垃圾的传统技术。”他递给我一支烟，那是美国大兵当年忘在某个阁楼上的，至今还能抽出烟味。

“比科舒特烟好抽。”他说。

“确实不赖。”我说。就在这时，司机冲他大声喊道，车装好了，赶快站到车斗上去，他们要去垃圾场。清洁工踩灭了四十年的切斯特菲尔德牌香烟，爬上一架窄小的扶梯，抓住把手。驾驶室里坐着三个人，他和同事则站在车后，站在液压车的垃圾柜旁，如同一尊披着橘黄色斗篷的卫兵雕塑，他身上挂着一只塑料袋，里面装着他搜集的各种还可能派上用途的杂物。葬礼之后我就盘算，要把报纸全部扔掉，将仆人的小房间腾出来，以后当作孩子的卧室。之后，我还拎下去几件虫蛀的衣服、薄荷茶和杏仁味的寝具，并且掏空了抽屉，用床单扎成一只布袋，连同浴室用具一起将所有的脂粉盒、香水瓶、维生素、祛皱霜统统塞进袋子里。事实上，那些价值昂贵、足够环游一圈世界的化妆品狗屁不值，她脸上依然布满细密的皱纹，如同蜘蛛捕捉七星瓢虫。我把冰箱里的东西全掏出来，跟瓶瓶罐罐一起扔掉，最后我把家中所有地毯也卷了起来。

“把这么漂亮的地毯扔掉太可惜了。”住在对面的邻居说。她正跟儿子一起往楼下抬旧冰箱，因为他们刚从维也纳弄回一台扎努西牌的。

“您扔自己的破烂，少管别人的闲事。”我说。当我下到楼梯的拐角时，听见邻居在跟儿子做精神分析，说我们家人从来就没有正常过，鬼知道我已经把我母亲的尸体在家里藏了多久，但她对这个不感兴趣。

我想把墓室里的所有道具都清除一空。我已经扔掉了从麦克白夫人那儿偷来的扶手椅和劳拉·兰巴赫的大床，但我仍旧感到窒息。最后，我抡起一把小板斧——当我们还过圣诞节时，我曾经用它削圣诞树根，好让它能插进金属基座——朝厨房里的碗柜拼命砍去，感觉像在砍她的头颅。

“天哪，您在干什么？”贝列尼夫人问。她面色惊恐地站在门口，而我继续想把碗柜劈成两半，我边劈边喊，你去死吧，你这个婊子！

“滚出去！”我吼了起来，但我双腿灌铅似的站在那儿，盯着她，就像睁着用钉子封门的家伙。“您干吗这么看着我？是不是想要举报我？！”

“当然不是。我为什么要举报你呢？”她面无血色地说。

“别骗我了！您在大门口看见了我！您清楚地知道，我根本就没在家。”

“什么时候？”她问。

“您别装了！但是您该知道，她不是我杀的！要不要我给您看死亡鉴定书？！她是死于心肌梗死！听明白了没有？！她死的时候我并不在家！她不是我杀的，我根本就没有在家！”

“当然不是您杀的。”她说。这时她丈夫也过来了，她想跟他离婚已经二十年了。

“我看你再敢碰她一下，你这个恶棍？”贝列尼朝我冲来，我感到我的锁骨马上就要被他拧断，妇人使劲地想拽开他。

“放开他。你没看出他在说胡话吗？”她说。

“那我也要抽他的嘴巴！他居然敢跟你动手？！”

“赶快放开他，他只是攥了一下我的胳膊。”她说，并把丈夫拖到悬廊。

我痛哭了一场，然后昏然睡去。当我从门边爬起来时，天已经黑了。我想去找贝列尼夫妇，向他们道歉，后来还是开始收拾屋里的残局。哭完之后，我的感觉好多了，体内不再有毁灭的念头，我只是希望摆脱一切，摆脱所有没有的东西。直到夜深，我一直都在清理剩下的旧物，但我对还能用的东西十分小心，至少不要弄坏了。就这样，大概十一点时，母亲的房间里只剩下发黄的墙壁上留下的家具轮廓，厨房里还有几样小东西、一只搪瓷杯、餐具和平底锅。这些东西没被砸坏。还有一些该扔的东西，但是我的手上已经磨起了血泡，于是我坐到窗台上，看楼下那些拿手电筒照着捡垃圾的人，这种时候，他们会扛着背包、推着小车走遍城里的各个街区，分门别类地搜集旧物。

有的人专门拆卸洗衣机的开关，有的人搜寻古董，第二天可以拿到跳蚤市场上去卖。在这种时候，我也曾捡到过被水泡过的《马克思全集》和摇柄式磨咖啡机。尤迪特的黄铜谱架也是从一个这样的垃圾堆里淘出来的。我们也曾一夜一夜地在街区里转悠，就像这些拿手电筒的人。

“把那个尿壶放下吧。”她说。

“是陶的。”我说。

“没错，只是上面都是尿碱。”她说。

“在《吝啬鬼》里用的就是这个。”我说。

“那你可以等到那出剧下线，至少没人往里面撒过尿。”她说。我把尿壶放回到垃圾堆上，但是五分钟后她已经不再挑剔那只有些变形了的谱架，因为那东西至少有些使用意义。尽管这种意义不是总能成为我们捡垃圾的视角，事实上我们从来不能像那些只搜集儿童玩具、衣服或金属垃圾的人那样专于某项。我还看到有的人，开着车在街上转悠，车顶上挂满了双面人面具。

如果压缩得好的话，这所有的道具可以装进一只皮箱，我想，我看到，楼下有一个男人开始动手拆电视。

“用不着拆它，那台电视什么毛病也没有。”我坐在窗户上朝下喊，但他难以置信地盯着我。

“确实是好的，那是我搬下去的。你还能找到遥控器。”

“你少拿我开心。”说罢，他挥起一根煤气管砸碎了荧光屏，然后走向另一堆垃圾。

我在茶壶里找到母亲喝剩下的薄荷茶，之后，我饶有兴味地看着三个吉卜赛妇人为几件好点的衣服争吵。有人要被褥，有人要地毯，也有人只要碗柜的隔板，但是每个人都能找到自己想要的东西。贝列尼夫妇凌晨才回家，我从窗户上缩回来，竖着耳朵听他们的对话，男人说，他不想把有死人味的家具往屋里搬，妇人则说，你要是去过剧院，就会知道这些东西是谁的了。不管怎么说，他们最终还是把伊丽娜或玛莎的大理石柱式床头柜当成鞋柜搬上楼。这个大理石柱权当我的道歉吧，我想，随后我又坐回到窗台上，继续窥视其他的人。有的时候我开始打盹，但我并不想等到天亮，我想从头到尾地看那辆鹈鹏嘴的机器如何把这些残骸吞进肚肠。

苏醒中的无人区，看上去如同一片流错方向的流沙，或者更像一片沼泽，一片缓慢升高的湿地，越来越让人置身于边缘，不怀任何感激之心。家里变得比营房还要空旷，不过，这个我并不在乎。床垫沾在我的身上，就像海藻一样温热，我先是以为那不过是我身上的汗水，但是没过多久我就感觉到强烈的鸡舍气味。这样不行。我不能等着自己在三十五岁重新尿炕，我想。屋外也是潮湿一片，雨水将博物馆花园里的悬铃树冲洗得晦暗灰蒙，不过这是秋季的常景。可能快到中午了，这么算来，我大概睡了二十八个小时，的确，我有暴睡一觉的理由。现在我必须立即出去，我想。我把被子抱出小屋，放进浴盆，之后踌躇了好久，不知道该拿那张床垫怎么办。后来，我用水把床垫浇湿，从床上拖下，把它靠在壁炉上。没错，现在我要立即去那儿，我想。就我所处的情形而言，我还是能清楚地看到一切。我也可以这么说：很长时间以来，我第一次能清楚地看到一切，看到那些我早就应该看清楚的一切。在我的体内，跟对所有陌生之物感到的恐惧没有什么两样，而我对自己的确信程度，也跟当年我以孩子的思维赶走母亲的情人时大致相仿。如果只是五年，甚至八年，估计别人也能够忍受，我想。他们很有可能会要我提供证词，我想。他们应该意识到，我有可能逃避嫌疑。但我不会再尿炕了，我想，当我刚换上一身干净衣服，门铃响了。我在门厅里犹豫了一会儿，门铃又响了一声，这时候做出决定，艾丝特也应该知道这事。装疯卖傻已没有任何意义，想来我不说她也知道。对一个情人，你不可能欺骗她五年，我想。我终于打开房门，看到那位神父站在门口。

“我正好来佩斯办事。顺便过来看看你。”他说。乍一下我没有认出他来。或者说，我认出来了，但感觉像是好久以前在某个火车站候车室见到过似的，其实只有一个半星期。

“您怎么知道我的住址？”我紧张地问。

“是您告诉我的。我是不是打搅您了？”

“没有。哦，对。您来的真不是时候。我在打扫卫生。”我说。我们始终站在门口。

“我在城里待到晚上。如果可以的话，我晚一点儿再来。”

“那还是现在吧。不过只能聊一会儿，因为现在我已经晚了。”我说完之后闪到一旁，好让他进屋。

“可是，您在打扫卫生。”

“当然。我是时间很紧。不过您还是可以进来坐一会儿。”我说着把他引进我的房间，因为只有那间屋子还像一点样。他拎起教袍跨过一堆垃圾、家具的残骸和盘子的碎片，与此同时，我从扶手椅上拿掉我的衣服，我注意到他的视线落到了靠在壁炉上的床垫上。

“不小心把脏水泼到了上面。”我说。我已经后悔让他进来。

“这样的事我也干过。”他说。我本想问他，他是因为什么尿床的。

“很抱歉，我没有东西招待您。现在连汤料也没有。”

“没关系。我只是顺便上来坐一下，想问问您过得怎么样。”

“还行。”

“如果我实在打搅您了，请尽管直说。上火车前，反正我还有一两件事要做。”

“好的。您的吉普车坏了吗？”

“没有，只是我大概有一段时间将不再开车。星期五我去送救济物资，一个可怜的孩子在泥地上滑倒，正好摔到我的车轮下。您也看到了，他们总是围着车乱跑。”

“死了吗？”我问。

“谢天谢地，虽然骨折，但没出人命。在这里的亚诺什医院动手术。我就为这事来的布达佩斯。”

“但还是差一点儿就杀了他。”我说。自从他走进这间营房，我第一次看到他脸上的惊愕。

“对，我差一点儿就杀了他。”他说。

“对不起。我的意思是说，这种事情让人很难承受。”

“确实很难。”

“我想，在这种时候，即使您正送救济物资也无济于事。另外，我也看到，那些孩子围着车乱跑。”

“对，那也不能让这种事情变得容易。”

“但不管怎么说，人们是靠那些东西活着。”我说。

“这是很自然的事。”他说。

“您知道，有一次我提起一位病退的火车司机。他之所以改行种平菇，是因为一个女人带着两个孩子卧轨自杀。”

“您是不是觉得，现在我该去种平菇？”

“当然不是。我只是想说，对于和上帝关系不错的人来讲，这样的事情应该能够比较容易地承受。”

“我认为，您这个想法不对。”他说，“西伯利亚更容易被承受。但是据我所知，上帝从来不曾让任何人摆脱良知的困惑。”

“当然，您说得很对。”我说，“以后我该尽量避免把忏悔和生意混为一谈。”

“您早晚都会意识到，忏悔与写作之间，并不存在那么大的区别。”

“那也是生意。好啦，不说这个了。”我说。但愿这个谈话能尽快结束。后来，庆幸的是，我看到放在窗台的茶壶里，还有些母亲没喝完的薄荷茶，简直就像一只生财聚宝的丰饶角[01]。“您喝茶吗？有一点陈了，但还是能喝。”我说。随后我又补充了一句，不过没糖，没等他答话，我已将剩茶倒进一只红色的铝制茶缸里。

“谢谢。”他说。他从教袍下的口袋里掏出一小袋白糖。“这是在火车上配给咖啡的，但我喜欢喝苦咖啡。我平时习惯把它带走，留给孩子们。也许，您觉得这不过是圣弗朗西斯[02]式的姿态，但请您相信，这能让他们比见到浮雕圣像更高兴。”

“我并不认为这是圣弗朗西斯式的姿态。您稍等一下，我去找把小勺来。估计家里还有。”我说。我去了厨房，从扔在墙角的一堆餐具里拣出一把小勺，同时努力说服自己，这个人来这儿绝非偶然。谁也不会像从架子上偶然取物般地供述自己。是的，假如这整个的噩梦可以跟什么人倾诉的话，那么拉扎尔神父就是那个站在被上帝遗忘的角落中的人。他将一小袋白糖代替圣像带给被他撞伤的孩子。我这样想着，始终站在镍银的餐叉和没洗干净的平底锅中间，我编造出一条因果链条，从在荷兰成衣制造业中有一台机器出了毛病而生产出五百

---

01 在希腊神话中，丰饶角是山羊阿玛尔特亚的一只犄角。宙斯年幼时，阿玛尔特亚曾用自己的乳汁将他喂大，作为回报，宙斯赐予阿玛尔特亚富有魔力的山羊角，无论想要什么，都能从这只角中得到。

02 圣弗朗西斯是中世纪的一位罗马天主教修士，创立了圣方济教派，主张以乞讨、贫寒的生活方式接近穷人，向他们传教。

件图案出错的毛衣开始，想到拉扎尔神父从工人民工手中接管昔日的维尔家族宅院，后来小巴布里尔滑到他的车轮下，但死里逃生，为他来布达佩斯提供了因由，直到他按响我家的门铃，我认为是艾丝特，当打开门时，我已然知道，我的想法非常愚蠢，并不是因为迟迟不出这张牌的上帝并不存在，而是因为上帝存在，只是已经对这一切不感兴趣五千年了。

“要我帮忙吗？”他问。我这才意识到，他就手端茶缸站在我背后。

“不用，我已经找到了。只是需要冲洗一下。”我说，“我们还是回屋去吧，这里没有地方可坐。”

“我没有想到，您居然生活在这样清教徒似的环境里。说老实话，这跟我的想象完全不同。”

“这是命运的安排。”我说。

“您刚离婚？”他问。

“不是。哦，也可以说是。昨天我刚把她的东西扔掉。所以屋里才这么乱。”

“原来是这样，或许我还是不打搅您为好。”

“无所谓，”我说，“实际上我很高兴您来看我。我很想说，我等您来着，可那又不是真的。我从来就没有想到过，什么时候还会见到您。”

“我理解。”他说。

“当然，也存在着另一种可能，有一天我会去看您。没有人预先知道自己什么时候去找神父。或者说，我们什么时候去种平菇。”

“我理解。”他说。

“我们跟神父的关系，就像跟医生的关系一样。假如一个人需要他们，那么就会不遗余力地去找他们。”

“看得出来，您跟以前一样自负。只要人还自负，就不会有什么大问题。”

“您说得不对，这跟自负无关。事实上，卡莫菲林要比向神忏悔更好，可以让人无须信仰就能退烧。”

“那您就不要做忏悔。”他说。

“当然，”我说，“您有烟吗？您知道，我现在分手，而且……”

“抱歉，我没有烟。”

“其实真无所谓。实际上我想让她走。之后我把什么都扔了，从祛皱霜到消防栓。”

“我理解。”他说。

“我们只是相互憎恨。我知道，教会对此另有看法，但在这种时候没有意义。我们都让彼此感到窒息。”

“我理解。”他说。

“如果您跟上帝一起待得太久，肯定也会有时感到窒息。”

“我们没在一起待过那么久。”他说。

“那无所谓，但您理解我在说什么，不是吗？”

“当然，我理解。”他说，“你们互相憎恨。”

“让人不憎恨一个寄生虫是很难的。”

“我理解。”他说。

“她在撒完尿后也会问，你去哪儿了儿子。”

“我理解。”他说。

“其实真无所谓。我没有妻子。或者说有，只是没有写在纸上。我们已经有段时间没生活在一起了。我找了一个赋闲的婊子，她找了一个天文爱好者。当然也有可能，他是专业的。”

“我理解。”他说。

“是我开始的。”

“我理解。”他说。

“但实际上我一直跟我妈住。”

“我理解。”他说。

“现在她刚死。”

“我很难过。”他说。

“没有什么好难过的，”我说，“我们相互憎恨。”

“有时候，这是很结实的绳索。”

“是的。”我说。

“我理解。”他说。

“其实对她来讲，不管怎样这样都更好一些。或许对我来讲也是。昨天，我至少可以扔掉一堆没用的垃圾。”

“我理解。”他说。

“别总是重复一句，我理解！您是什么东西？松鸦吗？！您为什么来这儿？！想从我嘴里掏出什么？！”

“我没想从你嘴里掏什么。直到现在，我都不知道有没有什么可以掏的。”他说，然后身子朝后一靠，好像永远不想走了一样，“另外，要是我打搅您了，请您一定告诉我。”

“打搅？这里不是告解室！这是我的房间！”

“我知道。”他说。

“我们互相厌恶，就是这样。我们有理由厌恶！我们在这方面怎么这么特别呢？！”

“不过，您写母亲的文字非常美。”他说。

“别胡扯了，您不要再说这种蠢话！我写的没有一行是真的！那是能获国家级大奖的谎言！难道您什么胡话全都相信?！”

“我相信了。您别生气，但我认为您现在在说谎，如果我没记错的话，我什么都没有问过您。我只是说了几次‘我理解’。跟松鸦一样。您是对的，我其实并不理解。也许，您是恨她，也许，您有理由恨她，也许，您连她的毛巾都扔掉了，但没有人会因为这个尿床的。”

我感到自己喘不上气来。不是出于愤怒，而是出于羞惭。或者是，出于恐惧。

“您别生气。”我说。

“怎么会生气呢。您怎么知道，我就没跟马车夫那样说过话呢？”

“最好，您还是走吧。”我说。

“我去透透风。”他说。他打开窗户，然后拿起雨伞，说道：“我去买包烟来，要不要什么吃的？我想，您肯定很久没吃东西了。这种时候，哪怕喝口啤酒也是好的。”

“最好还是葡萄酒吧。”我说。

当我独自留在这个散发着臊味的房间里，慢慢感到某种恐惧，就跟很久以前我认定那个女人想要毒死我时一样。这个没什么意义。不要跟神父讨论，我想。我不该放他进来。这跟上帝毫无关系。有民事法。我将要求把她挖出来鉴定死因，但我丝毫不需要精神安慰。给五年的时间，然后了结一切。即使是别人也能够忍受。他们应该考虑到，我已经做了口供。毕竟我并没有用斧头砍过她的脑袋。毕竟我可以洗清嫌疑。医生也说，她死于心力衰竭。如果我不去那儿，永远都不会发现。但我还是要去那儿。尽管可能已毫无必要。是的，也很有可能，昨天邻居们就已经举报了。我真不该跟贝列尼夫妇发火。我也不能丧失自控力。他们可以派任何人来摸底打探。就连这个神父也有可能。为什么不会呢？我必须小心应付这个密探，因为这家伙很聪明。他太聪明了。一个受到心理学培训后被安插到教会的卑鄙政客。尽管这种情况不太可能，因为那个年代已经结束。但是不管怎样，他还是下楼去买葡萄酒了，为了能跟我再聊一会儿。怎么，这个你没发现吗？不管怎么说，我放他进屋放对了。至少我知道自己在跟谁打交道。他一眼就看穿了床垫的秘密。警察不但一眼看穿这个秘密，而且居然有脸说出来。一个成年男人到底因为什么尿床？他没有直说缘由。其实，我根本没想过要否认什么。情况很简单，我没有回家。仅此而已。我是一个成年人，可能有家庭，可能有工作。所以我有可能不能回家。有的工作，一连几周都不能回家。说老实话，我早就应该这么做。早在认识艾丝特之前。早在尤迪特出走之后。五年或八年，还值得忍。那么长的时间完全能忍，但是之后就得结束。如果还没有结束，那也值得。因为当一个人被关到铁窗后，从那之后就不会再有结束。这个连傻瓜都知道，用不着深奥的心理学。但我不会跟神父谈。无论医生，还是神父，他们都别想再窥视我的生活。要是没有医生的插手，也就不会有那个讨厌的天文学家。那个狗屁医生也很理解，我为什么不把母亲送进疯人院，不过我要求我跟这个女人结束性关系。谁都不会说这种话，更不用说一位主治医师。她之所以决定回家，也是那个混蛋出的主意。当然，她也可能是一个人去的，因为这样更好一些。但该死的是，这样一点儿都没有更好。我清楚地知道，我该做什么，不管神父，还是医生，我都不想再看到他们。我反对掘墓。谁也别想碰我的母亲，即使是上帝的手，我也会把它折断，我想，最后我终于找到了我的外套。

我从博物馆花园内被雨水淋透的灌木丛后窥望，看到神父拎着一个购物袋回来。他在楼上大概按了十分钟门铃，跨出大门时，与其说失望，不如说恼火。他在人行道上转悠了一会儿，看了下手表，抬头望了望开着的窗户，最后终于走了。大雨瓢泼，如同冷水浴，但我还是觉得这样更好。没有什么比跟神父抱怨更可悲了，就像一个怨艾的雏妓。其实他也是出于好心。这是我的错，我一点也不需要神父。也许他来的不是时候，我想。后来，我回到家，因为这种时候我不知道自己还能去哪儿。

塑料袋挂在门把手上，里面装着葡萄酒和香烟，四两香肠和两袋玛吉牌汤料，门缝里还插了一张字条，说他傍晚再来，但是如果我出于某种原因现在不想跟他谈，那么我随时可以去找他。

实际上，他应该救济的是我们，我想，我为奶油芹菜汤烧了锅开水。尽管我们不一定需要管风琴乐。圣坛不是快餐店的桌子，我想。站到圣坛前的人，是那些站在那里就能够知足的人，我想。他们不会为所赐之物抱怨，而是得到什么，便需要什么，我想，随后，我把香肠切碎放进汤里，并且倒了一点葡萄酒。

吃了午饭，觉得舒服了一些。我抽了一支烟，然后将旮旯旯又清扫一遍，下楼倒了几趟垃圾，并把剩下的旧物堆到用人房间。床垫也晾干了，整套房子变得可以忍受，再说我也喜欢打扫卫生。

神父守诺，傍晚又来按了次门铃，但我没有开门，因为一旦开门，我就不得不向他解释。确切地说：我本想从窗口里告诉他，我还是决定不和他谈，如果他抬头看到我的话，但他没有抬头。

我打算回头给他写一张明信片，谢谢他买的吃的。事实上除了他之外，我没见过哪个神父能在没呷一口圣酒后不从《圣经》里打一个嗝儿，能不按照某段经文谈论爱。是的，您确实是一位好神父。您的奶油芹菜汤要比您同事的圣酒更有意义。一点也不奇怪，您被从一座加冕教堂贬到被上帝遗忘的角落。请您相信，神父，如果是主教先生的吉普车，很可能会轧死那个可怜的孩子。即便没把孩子轧死，主教先生也会开着崭新的吉普车去探视的。因为他去探视，心里不会有任何惶惑。他会站在静脉点滴架旁信口说出那样的祷文，能让摄影师的眼里噙满泪水。也许您并不赞同我，神父，也许粗陋的体验让我陷入了误区，但您还是能原谅我被这种体验所欺骗。当然，我关于上帝的二流想象，并不是从二流神父那里得到的，我想。那完全是私密的、可怜的，我想。但是随着时间的流逝可以发生变化，我想。即便如此，我们已经知道房间的洁净也不是永久的，我想。您是对的，神父，也许我的自负还跟以前一样，但我更愿意在自己感觉到不需要什么特殊关照的时候才低头。就是这样。但愿能用艾丝特流到我怀里的汗水替代尿床。

我试着想象，自己走进区警察局，但被值班人员拦住。后来我忽然想起，最好先跟那位出具死亡证明的医生谈一下。

我记得，我把证明信塞到哪个抽屉里了，跟其他殡葬文件放在一起。庆幸的是，我没有扔掉文具类的东西。后来，我找到了母亲在信封上写着并不存在的饭店地址的那些信件，就在灵车到来之前，我把它们胡乱塞到抽屉里。我从钱包里掏出刀片，逐个拆开所有的一百二十四个信封。结果发现，每个信封里装的都是白纸，十五年里，她既没给尤迪特也没给我写过一个词。也就是说，她从一开始直到现在，欺骗了她可悲的游戏伙伴。艾丝特是对的，我想，母亲清楚地知道她在跟谁通信，这并没有让我感到特别意外，事实上，她以自己的方式知道一切，记得一切。后来我想，如果回头我还想写作的话，那么这些白纸正好可以派上用场，反正稿纸也快用完了。

门房问我找谁，但我一时想不起名字，不得不又掏出死亡证明查了一下。我步行爬到三层，一来由于等电梯的人多，二来没有人因为希望“早渡难关”而着急的。我在一个拐角处站下，在玻璃的反光中打量了一下自己，看看身上的外套有没有穿好，衬衫的扣子有没有扣好，然后舔了下手指，抹了下眼睛，因为我不想让自己看上去邋里邋遢。我必须保持镇静，我想，另外，我应该多吃一点东西，因为人在饿的时候很难集中注意力。之后，我继续爬到第三层，在三点十二分之前我终于注意到，这里的门把手也是铝制的。

“请进。”一位女士听到敲门声应了一句。我做了自我介绍，并说我找弗雷格尔医生。她则回答，医生先生现在不在，假如我有急事的话，就在走廊里等一下，不过最好还是中午再来。

“那我还是明天来吧。”我说。

“要不要给他留个口信？”她问。

“不用，是个私事。”我说，并且松了口气。今天我还见不到他，或者只会在下午见到，好吧，过了中午我再回来。我快步走向楼梯，当时真想撒腿奔跑。就在这时，电梯门开了，我险些跟验尸官撞了个满怀。

“您是来找我吗？”他问。看得出来，他有些不快，但我准确地知道，如果我现在跑掉，这辈子肯定不会再回来。

“对。”我说。就在这一刻，我同样清楚自己要做的事，就像昨天早晨感到被子像温热的海藻贴在身上。我走进他的办公室，就像去邮局付支票一样，我用尽可能最清楚的语句告诉他，是我杀了我的母亲。

“您想让我做什么？”他问。

“我不明白。怎么是我想？您要修改一下死亡通知。在这种时候，您应该知道怎么写。”

“您会在警察局讲同样的话吗？”

“当然。”我说。

“我给您开个药方，尽管这本该是专科医生的事。您有些疲劳过度。”

“我不需要吃药。您不明白我在说什么吗？”

“我当然明白。您指控自己杀了您母亲。而且肯定不是没有原因的。”

“我不是指控自己！我说的还不清楚吗？！您是不是怕得到警告处分，因为您收了小费而没做解剖？！我希望她死！我清楚地知道，她会因此丧命！这就叫杀人！”

“请不要冲动。没有法律认为您是杀人犯。也许您是个流氓，但是不管您想怎么样，从形式上来说您没做任何杀人的事。如果做了，那您做得太巧妙了。您会连滚带爬地被从全国所有的警察局里撵出去的，您懂不懂？如果您的歇斯底里犯得不能再厉害一些，就连好一点的精神病院都住不进去。”说完，他随手拿起一沓处方，给我开了种镇静药。我为自己丧失理智而感到羞惭，但我万万没想到，居然不存在这样的法律。在人们的想象中，如果杀死自己的母亲，肯定会有相应的条款。

“我不需要吃药。”我说。我浑身发抖，但尽量克制住自己。

“我还是给您开好。您如果不想吃，可以不去买。”

“这么说，您认为我有病。”

“没有，只是疲劳过度。实际上我是相信您的。所以我不希望您再来这里。也许，我愿意往兜里揣五千福林，但我不能容忍耍无赖。哪怕只是一时的精神错乱。您还是吃点药吧，很快就会过去的。这样的情况不光在您一个人身上发生。”

“我明白。”我说。

“如果我没记错的话，您是作家？”

“是的。”我说。

“那么您就写本好看的小书。稍微升华一下。那样不仅您能镇静下来，而且别人还会花钱去买。”

“是的。”我说。

“好，那就扬起头吧。这点小小的精神因素，完全不影响您的创作计划。我给您开的药是可以喝的。”

“是的。”我说，然后站了起来，把两张处方收好。

开始的几天过得很糟糕。当然，我脑子里动过这样的念头，待在家里不再出门。我不仅买了一大堆东西，还跟楼下小卖铺的女售货员吵了一架。她说，这里不是批发部，让我立即把所有的饼干放回到货架上去，我则回敬说，让她好好接待顾客，因为在有秘密警察的年代才有每人只能买一公斤的限令，现在那已经结束了。只要我愿意，我可以连同冰柜、霓虹广告牌一起把整个小卖铺买下来。她之所以用那种腔调激怒我，只是因为她莫名其妙地反感我。

“如果你不敲进打款机，那我不交钱就把这些东西拿走。”我说。

“你要敢试试，我就叫人跟抓苍蝇似的把你抓起来。”她说。

“很遗憾，没那么容易。请再给我六十包香烟。”我说。排队的顾客们不耐烦了，但是所有人都认为我是对的，毕竟我是花钱来买薄荷茶和饼干的，我想买多少就买多少。后来，一位年长的妇人对女孩说，赶快干活儿吧，否则会被从店里开除的。另外，像她这种态度，只能去莱海尔集市上买东西。最后我终于付了钱，女孩把我买的饼干、茶和汤料一样一样地敲进打款机，至少让大家多等会儿，然后找了我一大堆钢镚儿。

“您好好数数。”她说。

“谢谢，但至少再给我盒火柴和十个塑料袋。”我说。随后我把一大堆东西装进塑料袋。我走在街上仍气得发抖，她没有权利跟我这样说话。她在对我毫无了解之前，不能这样跟我说话，她就像对待一个白痴。

总之，我脑子里动过这样的念头，待在家里不再出门，这其实是件挺自然的事，但我待到第三天或第四天就发现，我忍受不了。即使在我眼瞎的时候，尤迪特也要领我去悬廊上散步。另外，不难理解，现在我看一切不能像本应看到的那么清楚，但这并不等于说我疯了。即使我看东西有时还能比其他不少人更清楚，但我也不能因此成为修士。因此对我来说，自愿囚禁不是别的，只是一出滑稽剧。

开始的几天过得很糟糕。在跟弗雷格尔医生谈话之后，我已经可以清楚地知道，真正的宁静海基地要比宁静海远一些，但是也许可以比较容易地抵达。另外，如果人们在工作，时间显然会陷入泥沼，就像是在延时赛中。当然，我也可以这么讲，在写作的时候，格林尼治时间被达沃斯-多尔夫所替代；有趣的是，这跟我们将来在完工之后是否下山没有任何关系。

我总是很脆弱，既没有毅力，也没有宗教信仰。在很长时间里，我总以为自己至少有一个虚妄迷离、纷乱纠结、关于美与秩序的梦，而且从长远来看也不是很少，但是实际并不是这样。我在哪本书里读过，有的人修建迷宫，有的人迷失其中。所以，也许我拥有唯一与众不同的能力：我一个人能肩负这两种任务。判断我的建筑物是否能通过粉笔实现，是否只是那类修剪精心的园林作品，那并不属于我的事情。然而，要想对我为什么、怎样建造起这座幽暗阴郁的建筑物进行调查，那则是一项除我之外没有任何人可以完成的任务。

本来我只想给艾丝特写一封长信，主要想告诉她我母亲出了什么事。的确，她俩总共只见过两次面，但那就已经足够了，可我还是觉得，即便这样她也应该知道。所以，我开始动笔写了几次，但刚写到称呼就被迫中断了，其实这对我来说并不奇怪。在过去的十五年里，我只写了两种信：前几封是这么开头的，**亲爱的尤迪特**，其他的信则是，**尊敬的母亲**。总之：我有各种理由坦言，就洞察力而言，我的故事总要比我写的那些信更成功一些。但遗憾的是，拉扎尔神父认为在写作与第四件圣礼[01]之间存在着某种相似之处，可他完全错了。我敢说，他差不多犯了一个跟我母亲一样的巨大错误，她曾这样跟我说过："你根本想象不出，儿子，人在需要的时候能在那么多的事情上原谅自己。"

我想的东西并不复杂，我不需要别的，只要一面受潮的镜子，就像一座新建写字楼的窗户。或许拿这个做比喻最恰当不过，假如里面全无教堂圣礼的寂静。

坐在里面的人，能够一清二楚地看到街上。他看见雨水将浮尘打到人行道上，尽管他看到的总是同样的场景，但他并不生厌。他看见公车司机再次在谁的鼻尖前关上车门，不明白他这样做有什么好的。他还看到 W 先生，今天也在路上收住脚步，调慢手表，因为 W 先生总是迟到，现在他又突然想起这个再好不过的主意，让手表指针刚好指到八点，其实已经八点十分了。当然他也可能知道，假如 W 先生当公车司机，永远不会在任何人的鼻尖前关上车门，但是这从我们故事的角度来说毫无意义。我们关心的只是，坐在楼内的人是否能够清楚地看到一切。

如果我们一直坐在里面，那么现在让我们变成 W 先生，他在拨针时有意无意地抬头朝这面镜子望了一眼。他大概能够看到的是，他站在人行道上，手里拿着一块多克萨牌手表，就跟十五年里的每个早晨一模一样。领带歪斜，因为他又发疯似的匆忙赶路；又是大雨倾盆，7 路公共汽车又将泥水溅得

01　圣礼是基督教传达神圣恩典的仪式，包括洗礼、坚信礼、圣餐、按立、忏悔礼、涂油礼、婚礼七件。其中第四件按立，即使人从事神职工作的神职授任礼。

很高，他可能根本就没有意识到；但他至少看到，在自己的眼神里流露出恐惧，因为戏剧又开演了：八点，还是八点十分？他又做出决定，宁可不躺下睡觉，也不能再迟到了，因为没有什么会比这个更糟糕。

后来，他突然惊愕地发现，自己实际上站在一扇窗户前，许多年来窗户内一直有人在观察他，看他如何自欺欺人。如果我们对人的天性多少有所了解的话，那么我们就不难发现，在我们中的某个人身上正发生着什么。坐在玻璃窗后的人，感到某种怪异的尴尬，但他深深地理解，恐惧正在另一个人的眼中变成憎恨。这种理解可能离原谅不远。然而就在这一瞬间，他们彼此对视，确实无以应答。从里面看可能颇为复杂，但从外面看则更加复杂。

现在，让我们想象一下我们自己站在玻璃窗两侧，乍看上去，似乎并没有多么复杂，但是一旦彼此对视，情况便发生巨大的变化。写作大概就是这类事情。忏悔与解脱，只能通过告解室的木格窗。

我在信托行里买了一台索科尔牌手提式收音机。本来我买它是为了能在夜里听音乐，因为我已经习惯了，母亲房间的电视总响到天亮，这样我可以睡得好些。后来，我开始收听法语台、俄语台和葡语台，但是过了一段时间，这些台开始让我变得烦躁。人们根据几个零星的单词或仅通过语调就能猜出广播里在讲什么，实际上都不知道播的是新闻，还是广播剧。因此，偶然听懂了半个单词，便忍不住开始聚精会神，结果越来越觉得自己漏掉了什么。后来我改听阿拉伯台，那里没有日耳曼词、拉丁词，也没有斯拉夫词，只有完全不可能不懂的语言的单调乏味。夜里我将音量调小，要比听音乐台或欧洲台好得多。仿佛上帝用时男时女的嗓音讲话。

有一个故事我无论如何都想写下来。母亲和同事在马尔库大街演出，我央求他们带我去，因为我想看看监狱的样子。不是四月四日，就是八月二十日，前一个的可能性更大。是的，因为当时我穿着长棉绒外套。尤迪特要我别那么兴奋，那地方跟动物园一样又脏又臭，她要留在家里练琴，我则把那里想象成一座剧院，那里的观众也穿着戏服，除了这一天外，他们每天晚上都看着空旷的舞台，而且要看一辈子。演出在一个类似礼堂或文化厅的地方举行。诗朗诵，劳动歌曲，具有教育意义的话剧片段，《 蟋蟀与蚂蚁 》。男演员迪欧斯扮演蟋蟀，因为他会拉小提琴，虽然只有业余水平，但在监狱里演足够了。他们去那里虽不情愿，但也不是必须要去，人在必须的情况下做事是最糟糕的，因为如果对必须做的事情说“ 不 ”，结局可想而知，但是若做了不必须的事，则不知道能否获得表扬，还是做了跟没做都一样？总之，他们演的都是保证不会出差错的节目，因为谁都不想在下一个季度演高尔基的东西。

毫无疑问，我想象的情景要比实际的更戏剧化些。日光灯在五米多的高处亮得刺眼，出于安全考虑不能关灯，大厅有一股学校食堂的气味。徽章下写着一行大标语，我想，大概是与正义有关。犯人们坐在没有靠背的木凳上，都很守纪律，看守则在两侧沿墙站立。总之，这跟下乡演出截然不同，乡下的观众直到开演都钻来挤去，嗑着瓜子，演出时如果哪个反角的戏演过了火，他们会吹口哨起哄。至少不会有看守把门，只有负责收票的大妈，台下的人也少得多。

我坐在第一排的边上。当时还挺凉，我没脱大衣，我忽然想起来了，是四月四日。我之所以没脱，是因为我西服的颜色跟囚犯的一样，而我想跟他们保持某种距离。我旁边坐着一个运动员身材的男人，但我说的只是身材，制服就像一个介于“某个人与什么人都不是”之间的平等符号。三百名神父坐在一座教堂里，跟三百名囚徒坐在一个文化厅或三百名放假的士兵坐在东火车站一样恐怖。总之，这个男人即便有着运动员的身材也无济于事，哪怕他的眼神比站在旁边的看守更有人味儿，我都不会说他像一个钢铁工人、体育老师或魁梧的诗人。

在他的小臂上有一个蓝色的刺青，一个长了鱼尾巴的巨乳女人。我仔细端详，但感觉别扭，因为图案倒着，女人的头朝下，而且看不到脸，因为男人屈着臂肘，夹克的袖口正好落在美人鱼的脖颈。我跟他打招呼，请他给我看看女人的脸，但是他整了一下衣袖说：“这个不适合给小孩子看，小弟。”

“我叫维尔·安多尔。”我说，随后补充了一句，“刚才我妈朗诵了尤若夫·阿蒂拉的诗。”

“1024号。”他说，并且微笑了一下，告诉了我他的正经名字，但我已经记不住了。

我问他为什么蹲监狱。

“这个也不适合跟小孩子讲。”他说。但是他让我放心，他从来没有平白无故地伤害过谁。

我问他要蹲多少年监狱，他回答说，是我所能想象出的最大数字。

我说，无限。

他说，没有人能想象无限是多少。

我说，我能。

他说，那是吹牛，随后问我几岁了。

我说，六岁半。

他说，那我最好不要想象什么无限，而是把我已经活过的年龄翻四倍。他出狱的时候，我已经长成了男人，而且可能娶了一位跟我妈妈一样漂亮的女人做妻子。

“到那时我妈还会这么漂亮。”我说。

“那当然，小弟。”他说，并且摸了摸我的头。

我试着想象，我已经长大到现在年龄的四倍，但我怎么也想象不出来。我只能想象，我先后这样活了四次，但是两者并不一样。

“真够多的。”我遗憾地说。

“我一条腿也能熬过来。”他说，然后继续看节目，因为有一位看守朝我们这边嘘了一声，示意我们不要讲话。

没有舞台，只用密封胶条在地板上粘了一条线，演员们就在线后演出，两侧各有一块黑布挂在线绳上，稍加遮挡。在接下来的一幕里，我母亲饰演青年女工，勃依塔尔先生饰演拖拉机手，两个人商量将怎么对付一个从工厂里偷滚珠轴承的车间主任。对白大概讲的是，母亲看到车间主任将一个轴承包在手帕里，她不想举报，想来那个轴承不是从她那里偷的；拖拉机手则向她解释，说她错了，因为，假如适逢丰收季节，正好是他的拖拉机需要换上这个轴承该怎么办？这时去年的小麦已经吃完，收割又被迫中断几日，结果会导致面包不够，于是，母亲意识到了这种偷窃行为损害到的不仅是她，而且是整个的匈牙利社会。

“新鲜的小麦不能磨面，因为不到一天就会发霉。这个不会造成损失，知道吗，小弟。”男人小声说，他格外小心，尽量不让别人听见。

“这些台词不是演员写的。”我说，因为我为母亲在舞台上说出这样的蠢话而感到羞愧。

“当然不是。”他说，随后问我有没有兄弟姐妹。

“有，只是她不喜欢监狱。她更愿意留在家里练琴。她是小提琴手。”我说。

“那你是什么艺术家？”他问。

“我还不知道，我学了不少东西。最有可能当画家。”我说，接着我问他有没有孩子。他说，他有一个儿子，差不多跟我一样大，而且游泳很棒。

“你们经常一起游泳吗？”我问。

他说，是啊，他教儿子游泳，他们每年夏天都去蒂萨河游。

那说明他儿子还可以看到美人鱼，我说。

“你可真危险，简直像一位检察官。”他说，然后问我，想不想坐到他的腿上。我说，想。

后来的事情非常可怕。他刚刚把我抱到腿上，两位看守就冲了过来，他们把男人的双手拧到背后，推出大厅，我则开始大声叫嚷，马上放开他，他什么也没干，把我爸放开，犯人们哄笑起来。后来，母亲把我拖到幕帘后抽了我一记耳光，并不是因为我大喊大叫，而是因为我管那人叫了爸爸。

当然，故事的另一个结局更加可怕。当看守将男人的双手拧到背后，推出大厅时，我吓得一声都没敢吭。过了许多年后我都在心里计算，1024 号犯人什么时候出狱，因为害怕有一天会撞见他。

有一天晚上，我在我的抽屉里找墨水，最后还是用了圆珠笔，我其实特讨厌用圆珠笔，算了，不说这个了。总之，我手里拿着一本练习本。看第一眼时，我以为那是尤迪特的，因为我是用左手写的。有很长一段时间，我都用左手写字，至少写我的做梦日记、诗歌什么的。我在想，为什么我会在十四五岁时把本来健康的羞耻心放大。也许，一个人可以很享受女演员彼鲁·伊薇特在喀尔巴阡饭店存衣处假装的高潮，但是如果听到女演员维尔写的、词尾押韵的十四行诗，那么就会不由自主地想要躲开，当然，这是在跟现实人生捉迷藏。随后，又逐渐地发现，现实人生的平均年龄为四十五岁，其中有一部分是鼓掌，一部分是站起来，并步出大厅，而最多的时候只是坐在家里，在入睡之前读一点什么。甚至随着时间的流逝还能够猜测，现实人生涉及几个人：以我自己为例，目前在匈牙利大约五千人，这个实际相当不错，而且我还没提可能会出版的法语版。总之，当我们伸手去捕捉时，现实人生突然开始分崩离析。崩解为尤莉卡，她认为这个我可以写，因为很美；崩解为收杂费的，他认为我必须写，因为我掌握那么多的资料。崩解为母亲的问题，“这是什么垃圾儿子”；崩解为艾丝特借来的打字机上持续到凌晨的敲击声——就像钢琴，只是钢琴的琴键是木制的。言归正传，我在那本笔记本里找到一个半页长的、关于庞贝人的故事。准确地说，内容关于考古发掘：记载了那些深埋已久的人体躯壳是何时发现的，后来，人们往躯壳里灌石膏，结果惊诧地发现，因为他们在火山灰深处找到了自己的印模。当然，维苏威火山爆发了，所有的一切从头开始，因为人在十五岁时无法逃避这种感觉。

两周之后，艾丝特来了。不，大概过了三周。三个星期。她就在那天回到布达佩斯。她问我母亲出了什么事，我尽可能清楚地告诉她。我只撒了一句谎，没有说那几天我住在她家，因为无论如何我都不想让她搅进来。我编造了一个名叫巴尔多什·奥黛尔的女孩，我跟她是在火车上认识的，出事的时候我住在她家。但是艾丝特说，我完全没必要编这个谎，至少现在我该讲实话；她一跨进自己的房间，就知道我在那里睡过。

我问她凭什么这么想，她回答说，这么多年她没有跟我提过，我从来分不清被子的正反面。随后她还补充说，奥黛尔是我幼儿园的恋人，当我母亲决定把我们转到部里的精英幼儿园时，她一边哭一边吃沙子。

我说，肯定是她记错了，别人也可能有她家的钥匙，那人也分不清被子的正反面。她回答说，要我放心，除了我没人有她家的钥匙。

我们沉默了一会儿，后来我意识到，她始终穿着棉大衣，我问她，要不要脱下。

“我去沏茶。”我说。她说：“好吧。”我们靠着壁炉等水烧开。

我问她对我有什么想法。

她说，她对我的想法，现在跟她感觉到的没什么关系。

我垫着手帕端起茶壶，她取来茶杯和糖。我心里在想，经过了一次刮宫，两次精神病院，当然还有别的什么，现在是她第一次来我房间。她一时不知道应该坐哪儿。最后，她坐回扶手椅里，我跟刚才一样坐到床上。

“你回家感觉怎么样？”我问。本来我是想问，她是一个人回去的，还是带着那个天文学家。

“现在我们最好别说这个。”她说。

“当然。”我说，又是一阵沉默。我试着像第一次那样看她的脸，心里在想，假如她是今天上午在自由大桥上挽住我胳膊的话，我会毫不犹豫地将一切都告诉这个女人，另外，那样的话我至少不知道她的头发为什么只垂到肩膀，还有她的眼角为什么长了皱纹。

“我要回家。”她说。

“再待一会儿。”我说。

“我是想说，我要回老家去住。”

“什么时候？”我问。

“我还不知道。这种事至少需要半年。也许更久。”

“那就好。”我说。随后她告诉我，那个以前买下她家房子的男人，三年前就去世了，还有，她已经跟继承人说好了，她将用卖掉太阳大街公寓的钱把老宅买回来。

“我懂了。”我说。当时心里在想，还不如卖掉这套房子，这样太阳大街的公寓可以留下来，以后我们回布达佩斯可以住，但我随后意识到，这个想法毫无意义。

“六百公里不是太远。一个晚上你就能到那儿。”

“当然。”我说。

“另外，我也很可能经常过来。”

“我知道。”我说。

“但这座城市对我来说是一座地狱。”

“我知道。”我说。

“也许那里也是地狱，但至少我是在自己家。”

“我知道。”我说。

“现在，我们真的最好还是别说这个。”

“为什么不说？直到现在，我们总是事后才说。”我说。

“那你别哭啊。”

“我没哭，只是被烟熏了眼睛。”我说。她走到我跟前，吻我的额头，恐惧的手松开了我的喉咙。事实上，我甚至感到高兴，因为她以为我的眼睛之所以湿润，是因为她说她要回家。

“我能睡在这儿吗？”她问。

“当然能。”我说。就在这时，她的舌头钻进我的唇隙，并在我的上颚舔来舔去。我开始害怕，害怕她的快感等一会儿动摇，害怕一声尖叫和几下肌肉的痉挛，会一下子将那块我已经习惯了与之共处的水泥墩炸得粉碎，而在过去几周里，无论是恐惧、推理，还是弗雷格尔医生开的药，都不知道拿它怎么办。

“别。”我说。

“闭嘴。”她边说边动手解开我的衬衫，在我与她拥抱之前，我试图去想那辆绞碎机式的垃圾车，但无济于事。一方面我已经一年没有做爱，另一方面可能是出于恐惧。总之，在我扑到她怀里之前，我不管想什么都没有用。的确，上帝道具库里的马蹄表也没有停，只是床垫染上了精渍，不过她说没有关系。

我把脸贴在她的肚子上，想尽量远远地避开她想的东西。我默数架子上的书，数到散文类的第一千两百本，刚刚数到M字母打头的作家。屋里的书实在有点多。至少应该扔掉那些作者带着胶皮手套写的书，我想。随后我关上小灯，把被子盖在我们身上。

“你跟我来吗？”她问。

“不。”我说，之后又是沉默，只是已经置身于黑暗中。

“那我也留在布达佩斯。”

“你没有任何害怕的理由。你说过，即使在海底我也能活。”

“我错了。”她说。

“怎么可能。”我说，并且拥抱她，她满脸泪水，但没有哭。

“你打算骗我到什么时候？”她问。

“三个星期。也许一个月。我现在刚走到自由大桥。”

“你没有权利这样做。”她说。

“这是我唯一有权做的。”我说。

“你妈不是你杀的。是你妈杀了你。可能也杀了尤迪特。”

“有可能。”我说。从那之后直到天亮，我们都没有再说话。

我醒来时，她已经煮好了咖啡。她身体赤裸，肩上披着我的外套站在窗前，望着漫天的雨水和博物馆花园的悬铃树。我让她别为昨夜的事生气，想来即便我有权利，我也会被懦弱主宰，我早就了解这一点。只是过去的几个星期，我确实就是这么过的，而且相当自然，更何况她想迁回老家，所以，这也像麻绳的最后调整。但是我既不想生活在冰山，也不喜欢生活在海底。至少我想要一个孩子，当然，无论如何不会在这里，不会在这个曾经的墓室里，所以我想，最好还是卖掉这套房子，这笔钱不仅能让我们买回她祖父的老宅，还能应付我们的日常开销，现在的福林汇率还挺高的，这样的话，太阳大街的公寓可以留给我们回布达佩斯时住，想来，就是为了联系出版社，我也必须经常回来。只是现在我还需要三周的时间，最多一个月，我就能写完一本新书，庆幸的是，这本书写得相当顺利，我自己都觉得惊讶不已，别的时候会为一个定语折腾几个月，现在顺畅得如同流水，的确，很可能之后要做更多的修改，但如果我能够成功地保持这个节奏，那么十月底就可以开始打字。只是现在最好不再由她找出版社，因为她找的结果不见得走运，我知道这是一个蹩脚的玩笑，算了，不说这个了。总之，为了写完这本书，我需要几周的时间独处。最后，我终于慢慢说清楚了这些我早就应该看清楚的东西，因此，这几个星期她别来找我，星期一我也不会去找她。之后我会在《广告报》上登卖房启事，因为房地产中介都是骗子，不过她最好现在就给那位遗产继承人写信，等我父亲的钱一到，我们就可以付定金……

“你说完了没有？”她问。

“完了。”我说。

她把我的外套搭回到椅子的靠背上，我坐回到桌边，看着她穿衣服。她的乳头硬得发紫，她的身体跟以前泡在一缸冰凉的洗澡水里时一样瑟瑟发抖。她的眼神里没有怜悯，没有憎恨，没有冷漠。实际上什么也没有。就像一个现在刚刚降生的人，只是她受到上帝的惩罚，一生下来就三十三岁，而且至少已经降生过五次。她先穿上丝袜和鞋，然后穿上衬衫。

“你想让我留下来吗？”她问。

“不。你永远不会为自己原谅我。”

“无论我为自己原谅咱俩之间的哪一个，其实都是一回事。”她说，随后穿上罩衣，“在这里总会比坐在家中猜疑更能够忍受。”

“你用不着猜疑。”

“你觉得怎么好，就怎么着吧。”

“这样更好。”我说。

“我知道。”她说。我帮她穿上大衣，她吻了我的额头，然后跨出屋门，好像只是去小卖铺里买面包。

几天之后，雨终于停了，我下楼到博物馆花园内转了半个小时。在饮水泉旁，我看到一只血肉模糊的死鸽子，肯定是被狗撕咬的。我试图拼凑一条因果链，在艺术家乌伊海依先生的葬礼上，我生气地对尤迪特说，如果她撒谎，那么她就回家用小提琴弦割断自己手腕上的血管，我由此想到，母亲就因为读到一则登载头版的悲剧报道，于是成百上千次地检查烟囱，之后我又想到，尽管插有禁止遛狗的牌子，舍贝尔先生还是牵着那条顽皮的杜宾犬溜进博物馆花园里猎鸽子，我已经一连几天为某个定语绞尽脑汁，我的写作不再像流水一样顺畅，监狱的故事不管怎样编都不知该怎么结尾，因为总有一点要比另一点真实许多，于是，我在管理员看到那只死鸽子前下楼转悠了半个小时，而且口袋里还揣了一个塑料袋，总之，我努力拼凑这根链条，但我后来发现，这跟我母亲之所以买不到面包是因为车间主任为给孩子做单脚滑车而偷了一个轴承的逻辑一样愚蠢。另外，之所以愚蠢，并非由于为一座这类纸牌城堡折腾的上帝并不存在，而是由于为这类东西折腾的人是那种一方面能够相当清楚地看到一切，而另一方面则只能看到某个再次驻足在人行道上拨表针的人。那个人手捏调时的旋钮，但无论怎么调都无济于事，因为在十五年里，他已经把手表的整个系统折腾坏了，指针早就不能再往回倒拨。

后来，管理员来了，手里拿着带钉子的木棍和黑塑料袋，捡拾公园里扔得到处都是的烟盒、巧克力纸和其他垃圾。鸽子毛之类的东西留在地上，话说回来那也属于有机物，不过他把鸽子的尸体收走了，我想，尽管我付出了很大努力，但我对上帝的想象仍很幼稚，因此我完全能接受那位手拿塑料袋的管理员。守护天使不必非得长上翅膀，她完全可以穿着用线绳当鞋带的阿迪达斯运动鞋和米黄色风衣。守护天使在将沾满泥污的鸽子残骸放进口袋时，平静地用力咯了一下嗓子，连啐三口唾沫，并跟自己嘟囔了一句，“世界上有谁不掉头发呢。”后来我又想，即使地上没有死鸽子，只有废报纸，他捡的时候同样也会这么做的。

如果我没有算错的话，在三十六年前的今天，达尔瓦什·安多尔、维尔·莱贝卡和乔尔丹·伊娃坐在一辆伏尔加公务轿车的后座上，为的是不让他们的罗曼司被任何倒霉事搅乱。乔尔丹给了我一张照片，拍摄地点是贝埃姆民兵打猎之家内，拍摄时间大概正是我父亲的匈牙利历史系同学们用石矿牌啤酒瓶制造燃烧瓶的那些日子。那张照片有信纸大小，四边切着锯齿形花边，虽然不是艺术杰作，但是构图不错，而且相纸没有泛黄。三个人坐在一张木板制成的餐桌后，眼前摆着一只玻璃罐，罐子里还有四分之三的葡萄酒，桌上还有酒杯，他们身后是卧室的黑暗。我父亲穿着高领毛衣位于中间，母亲将头搭在他肩上，嘴唇微张。右侧的伊娃拄着胳膊肘，手托下巴，两根手指间夹着一支香烟，她的另一只手和我母亲的扣在一起，不过由于酒罐挡着，看不太清楚。三个人都看着卓尔基[01]镜头，等着自动快门咔嚓按下。他们的眼神里毫无造作。没有微笑，没有发呆，也没有表现出任何快乐。如果我没有算错的话，他们在十一月底回布达佩斯时，轿车的后座上已经坐了五个人。

本来我打算在明信片背后给艾丝特写几行字，但脑子里什么都想不起来。最后我在卡片上只写了地址，透过窗户向外眺望，看国家广播电台楼前献花圈的活动何时结束，因为从那里去邮局最近。

我当然害怕。可是至今为止，只要壁炉还能供暖，我就不会失掉人的轮廓。我若坐在外边，比方说，坐在湖畔老宅的庭院内，坐在喀尔巴阡盆地中某个被上帝遗忘了的角落，那么我能写的只有这个，只有一样东西充满奇迹：我头顶的星空。然而，这个对我来说又远远不够。

01　卓尔基是苏联在 1948—1978 年间生产的照相器材品牌。

译后记

宁静海与寿圣寺

余泽民

1

宁静海，本是月球上的一片月海，早在1651年就被两位意大利天文学家正式命名。许多世纪以来，人类以为它是一片蔚蓝的瀚海，直到1962年2月“徘徊者8号”飞船在宁静海硬着陆之前的二十分钟发回了数千张照片，人类才知道那只是一片火山留下的低地，阿姆斯特朗在那里成功登陆，则又过了七年。在那之前，宁静海承载了人类无尽的想象，对中国人来说，那或许就是广寒宫。匈牙利小说家巴尔提斯·阿蒂拉（Bartis Attila）借用这个天文地理学名词作为小说的书名，自然独有寓意，它表达了一个人在寻找灵魂宁静过程中的憧憬、痛苦、挣扎和失落。

这是一部母子小说。母亲维尔·莱贝卡和儿子住在布达佩斯老城内一套80平方米的公寓里。身为没落贵族后裔的母亲曾是一位著名的话剧演员，性感漂亮、情欲不羁、争强好胜、虚荣自恋，她认为“一个人只要需要，就能够原谅自己的一切”。在20世纪的70年代中期，拉小提琴的女儿借出国演出之机叛逃，她受到牵连而离开了舞台，十五年里足不出户，将自己关在当作家族遗产塞满房间的舞台道具之间，屋里备有防火栓，门上装了多条防盗链，平时除了搜集老同事的讣告、担心自己死后会被火化之外，将全部精力都用来监视自己儿子，并且软硬兼施地控制他，反对他写作，甚至阻挠他恋爱。

儿子安多尔是位青年作家，十五年前，他的双胞胎姐姐尤迪特叛逃后，他开始与足不出户的母亲相依为命。每天出门时，他都要将母亲反锁在家里，但事实上，他自己才是家中的囚徒。他既要为母亲买面包、唇膏等所有物品，又要忍受母亲的歇斯底里、苦杏仁的体味和变态的监视，同时还要以姐姐的名义给母亲写信，并将母亲的回信锁在抽屉里。

20 世纪 80 年代末，外面的世界发生了变化，冷战结束，铁幕拉开，但对儿子来说，这些变化与他无关，屋外的专制解体了，但屋内的专制变本加厉，家里的气氛令人窒息，安多尔只能借助于写作进行内心的逃亡，然而他心里很清楚，无论怎么逃，都逃不出母子俩共同编织的憎恨与激情的网。

这是一部爱情小说。当安多尔绝望地意识到他幻想的自由与自己无缘时，在自由大桥上遇到了想要跳河的艾丝特。女孩是来自罗马尼亚的匈牙利族难民，为得到一本匈牙利护照遭到移民官的强暴。与安多尔的相遇，让她抓住了随后一根稻草，然而炽烈的爱情危机四伏，儿子是被母亲操控的线偶。对这对情人来说，生活中的宁静虚无缥缈，就像月球上的宁静海。

这是一部犯罪小说。母亲莱贝卡的表现欲、占有欲、控制欲极强，可以说是俄狄浦斯传说的现代版，只是安多尔的悲剧感要比俄狄浦斯更强，因为还有说不出口的罪恶感随着时间不断发酵，爱情也无法帮他挣脱母亲的绑缚。小说中还有一个重要角色是乔尔丹·伊娃，她的出现更是把安多尔推进疯狂的旋涡。这个“傲慢自负的文化婊子”不仅对安多尔“潜规则”，她还是安多尔父亲昔日的情人，曾安排他父亲去当秘密警察……从伊娃那里，安多尔知道了父亲的过去，甚至推测：父亲还活着。

这是一部家族历史小说。作者将几代人的个体命运置于20世纪东欧的历史背景下进行剖解（从《特里亚农条约》后割让的艾尔代伊地区到铁幕下的白色恐怖，再到剧变后的苏联撤军），既让我们看到了大历史的残忍，也看到了个体卑贱得如蚁如蛆。小说中有两个没有正式出场的人，身份都是叛逃者：安多尔的父亲叛逃，为了逃离政治独裁；安多尔的姐姐叛逃，则是为逃离母亲的独裁。

毫无疑问，这是一部悲剧小说，尽管书里也塑造了一个温暖的角色——拉扎尔神父，但他的存在，更多只是象征意义。对安多尔来说，拉扎尔神父的关心、开导和看望都无效果。想来神即使是万能的，也拯救不了不信神的人，更何况神不可能万能，不然虔诚的神父也不会因为他的善良而遭受教会贬谪。小说中的所有人物都在自己周围建起一个孤独的、空旷的、无助的、即使上帝也难以眷顾的封闭世界，一个迷宫，一个在寻找自我的同时又毁灭自我的迷宫，读者也会被不知不觉地带入，读得心惊肉跳。德国评论家安德里阿斯·布列登斯坦因在《文学界经常在我们没有期待的时候发生什么》一文中这样写道：“《宁静海》是一部可读性极强、构思十分严谨的小说，通过回忆、几条主要线索的交错和精心安排的镜像，刻画出复杂得令人难以置信的内心世界，有着让人不能释手的诱惑与震撼力。它是悲剧，还是喜剧？巴尔提斯·阿蒂拉清楚地知道该如何让这个问题不断地飘摆，将冷嘲与忧郁、现实批评与形而上学、情色与俗世生存沉重地交织在一起。自米兰·昆德拉的早期小说之后，我再没有读到类似这样的作品。”

2

“ 什么时候回来儿子? ”

“ 你去哪儿了儿子? ”

十五年里，儿子每次出门、进门，都要回答母亲同样的问题，努力编织不同的谎言；十五年里，在无数次“ 什么时候回来 ”和“ 你去哪儿了 ”之间，昼夜交替，四季更迭，政治剧变，东欧解体，乌托邦的桃源里建立起拜金的宗教，十五次颁发诺贝尔奖，三百颗人造卫星发射上天，三种亚洲语言被宣布为死亡语言，三千名智利的政治犯在矿难中销声匿迹；十五年里，这个衰败家族的最后两名成员之间，只有日趋变态的情感纠葛勉强地维系着。

小说中人物不少，而且关系复杂，明缠暗绕，但在我看来归根结底只有母子两人，实际上的关系只有母子关系。其他的人物，都是为刻画主人公分裂的自我而设计的。艾丝特实际是尤迪特在不同时空中的化身，也像一面镜子，照出的是主人公寻找的那一部分“ 本我 ”。两个女孩与安多尔的对话总是前后对应，只是一个逃走了，一个鼓励他逃走。

乔尔丹·伊娃则是母亲的一个替身，是另一面镜子，照出了隐伏在安多尔体内的色欲、兽性、压抑后的残忍，是想自我毁灭的那一部分“ 本我 ”。事实上，安多尔对伊娃充满了厌恶，但还是鬼使神差地与她发生了关系，在潜意识中，实际是母子关系的象征性实现。两个女人不仅年龄相仿，性格相似，甚至身上散发着同样酸腐的杏仁味，甚至当母亲问“ 你去哪儿了 ”时，儿子用鄙视、讥讽、憎恶的态度直言：“ 其实我跟您在一起来着，妈。”

自我寻找与自我毁灭——这种分裂还象征性地体现在安多尔

于小酒馆里写信的细节里：他用左手模仿姐姐的笔迹给母亲写信，右手则将烟蒂在烟灰缸里摁灭。左手与右手，左手是行动者，后者是观察者。

在小说的结尾，作者借助于写字楼上窗玻璃的意想，再次阐述了主人公内心的分裂：坐在窗内的人能一清二楚地看到街上，看到走在人行道上的 W 先生日复一日、年复一年的自欺欺人；而站在窗外的 W 先生突然惊愕地发现，许多年来窗内一直有人在观察自己，看自己如何自欺欺人。"坐在玻璃窗后的人，感到某种怪异的尴尬，但他深深地理解，恐惧正在另一个人的眼中变成憎恨。这种理解可能离原谅不远。然而就在这一瞬间，他们彼此对视，确实无以应答。从里面看可能颇为复杂，但从外面看则更加复杂。"实际上，作为作者的安多尔写的是他自己，以及他内心的体会：坐在窗内的观察者、站在窗外的 W 先生和新修写字楼的窗玻璃，全都是他一个人。

"现在，让我们想象一下我们自己站在玻璃窗两侧，乍看上去，似乎并没有多么复杂，但是一旦彼此对视，情况便发生巨大的变化。写作大概就是这类事情。忏悔与解脱，只能通过告解室的木格窗。"换句话说，写作不是忏悔，不能让人解脱，安多尔之所以选择写作，是为了让自己面对自己。

有一次，安多尔去外地参加读书会，他去的时候不想购买双程票，回来的时候希望列车员能在自己的车票上查出什么问题，被中途赶下火车，被弃置荒野……回到布达佩斯后，他第一次没有直接回家，先在火车站的地下通道里游荡了一夜，而后在情人的空巢里待了几日，自己跟自己下棋，读了许多次想读都未能读完的《魔山》。与其说读《魔山》，不如说是跟着汉斯·卡斯托普上了魔山，有生以来第一次知道了什么是自由，"此时此刻，就事论事，自由不能理解为飞行员进入侦察区时的狂喜、选举权或我们可以根据道德准则做出的判决或决断，而这种决断极其难得地与我们最隐秘的欲望和情感直接相关。自由并不是浸着黑色墨汁的稿纸，不是四根紧绷的琴弦或一万根风琴管，不是隐居的洞穴，也不是当上帝道具库里的马蹄表停走或什么东西撬开胸廓的瞬间。这么说吧，现在我们最好把自由想象成一种这样的状态，在这种状态下，没有任何东西将我们与外部世界相连”。

几天后他回到家中，当他发现一切真的结束了时，他慌了。尽管他在潜意识里幻想过母亲的死，甚至当着母亲的面咒过她死，但母亲真的死了，并没能给他带来想象中的自由。十五年里，他已经习惯了囚禁，习惯了绑缚，习惯了欺骗，习惯了母亲的存在，习惯了那种爱恨交织的相依为命，倒像是虐待者与受虐者间的共存关系。于是他开始自责，想去自首，认定母亲是被自己给饿死的。

“坐在湖畔老宅的庭院内，坐在喀尔巴阡盆地中某个被上帝遗忘了的角落，那么我能写的只有这个，只有一样东西充满奇迹：我头顶的星空。然而，这个对我来说又远远不够。”

小说的结尾读似宁静，但恐惧滋生。幸存者的头顶是充满奇迹的星空，但是这种宁静是否真是曾渴望的那种？似乎不是。这种美是一种无用的美，这种宁静是宁静海的宁静，环形山的宁静，外星球的宁静，没有生命的宁静，死亡的宁静。

3

我初读《宁静海》是在 2004 年的秋天，当时我刚译完凯尔泰斯·伊姆莱的四部作品。在作家书店的书架上，吸引我拿起它的并不是书名，而是封面上那只睫毛清晰可数、眼白血丝可见的女人的眼睛，目光犀利，冷艳袭人。许多年后作者告诉我，那是德国写实主义画家克里斯汀·夏德的一件作品的局部，封面是他自己设计的。

粗粗翻阅了一下，后勒口上的作者像又吸引住我：黑白照片，背景阴暗，一束光打在男人的左脸上，另一侧隐在灰影里。男人胡茬粗硬，脸上有颗明显的黑痣，脖子上挂着一根皮项链，嘴角斜叼着一支燃着的烟卷。头稍稍右偏，眉头微皱，戴着眼镜，用一副怀疑、警惕、厌世并带着挑衅的眼神看着读者。从那张俊酷、狡黠、令人敬畏不安的脸上，散发出某种毁灭的气息和潜伏的残忍。

实际上在那之前我就读过巴尔提斯·阿蒂拉的另一部长篇小说《散步》，写的是一个女孩坎坷的成长。后来，我觉得那个女主人公就是《宁静海》里的艾丝特，或者说艾丝特是那女孩在作品中的成长。《散步》的开篇场景我印象很深，小女孩将三只猫咪塞进布袋，然后勒紧袋口从阳台朝路边的磨石狠摔过去，之后，她瞪着眼睛看着血从布袋里涓涓流出，直到自己晕倒……当时我很震惊，作者写《散步》时只有二十七岁，那股成熟的冷酷从何而来?

我读《宁静海》时几乎窒息，字里行间流露出一股骇人的力量，作者用真得不能再真、细得不能再细、狠得不能再狠的笔触记录下一切，如同摄像机镜头，不仅记录下人物和事件，还连同许多看上去可有可无的细节一起记录下人物内心最暗处的纠葛。他用文字的力量建造起一个世界，在那里，每一个细小的情节后来都会引发令人惊愕的结局，每一个出场的人物都会在揭示主人公的命运中起着直接或间接的作用。镜头缓慢推移，每移动一寸，向人们展示的内容都出人意料，并且并不由于出人意料而不可信，再极端的东西都在人性可能的情理中。读者紧张地跟随镜头，无暇追问作者为什么现在要讲这个，之后又讲那个。

巴尔提斯不仅清楚该用手中的摄像机拍下什么，而且还知道怎么拍，拍到什么地步，镜头该拉多近，停留多少时间。他用丰富的层面呈现出动荡中的东欧社会悲凉、边缘、孤独、无助的生活景象，勾勒出特定的历史背景。世界是你的眼睛看到的样子，生活是你的心境感受到的状态，比如罗马尼亚黑工、扳道工夫妇、残疾人、改种平菇的铁路司机、受辱自杀的同性恋演员、撤离中的苏联驻军、意淫内衣模特的酒鬼们、噩梦中登门的秘密警察、接受文艺洗脑的监狱犯人，以及那个能把所有道具吞进肚肠的垃圾车……貌似闲笔，却没一句闲笔，准确地刻画出专制社会中人们的恐惧，剧变过程中人们的惊惶。尤其是，作者独白中的一个个“我想”，直到把读者的情绪推到作者想要表达的强度为止。少了，会觉力度不足；太多，则会泄掉张力，尽管加大了阅读难度，但从不枯燥无味，不是只图自己的表达快感。巴尔提斯很会讲故事，很多残忍的段落并不是为了残酷而残酷。对性爱的描写也张弛有度，既不遮遮掩掩，也不渲染过度，即使粗暴，也不纯为刺激，而是主人公的复杂心性所致。

小说的故事发生在 1956 年至 1992 年间，叙述的顺序正好相反，从 1992 年儿子为母亲办理后事，回溯到 1956 年母亲怀上儿子，期间经历了冷战下的独裁和东欧剧变，所有人物的悲剧并不是简单的个人悲剧，全都是历史的牺牲品：母亲足不出户，是因受到女儿叛逃的牵连；艾丝特被送进养育院，是因身为大法官的父亲得罪了独裁者而遭暗杀；她之所以遭到移民官强暴，是因想逃离高压下的家乡；伊娃的父亲是秘密警察高官，但受到部下叛逃的株连而饮弹自杀；维尔家族的财产被公有化，艾丝特的祖父随割让的领土变成异邦人，因国仇家恨跟娶了罗马尼亚妻子的儿子断绝关系……所有历史的冲突都集结在主人公的命运里。就像艾斯特哈兹·彼得在《赫拉巴尔之书》里所写到的："所有的一切，都要他来记忆，还有所有的人，他母亲的记忆，成为他的，不管他愿不愿意，他父亲的记忆，成为他的，他邻居的记忆，成为他的，义务警察的记忆，也成了他的，所有的一切……"

出生在罗马尼亚匈牙利族区的巴尔提斯·阿蒂拉，从小就体会到政治强权与种族强权的双重淫威，十五岁那年，他就跟着父亲成了背井离乡的流亡者。因此，他曾以最近的距离体验到了独裁机器的无情运转，对东欧人经历的历史悲剧刻骨铭心。

4

现在我来介绍一下作者。巴尔提斯·阿蒂拉是匈牙利当代的著名小说家、摄影家，1968 年 1 月 22 日出生在罗马尼亚特兰西瓦尼亚省的特尔古穆列什市，父母都是匈牙利族。历史上他的家乡曾属匈牙利王国领土，叫艾尔代伊。第一次世界大战结束后，匈牙利充当了德国、奥地利、意大利同盟国的替罪羊。1920 年在巴黎凡尔赛宫签订的《特里亚农条约》，使匈牙利丧失了 72% 的领土和 64% 的人口，巴尔提斯的祖辈就这样随着被割让的土地一起变成了罗马尼亚人，这跟小说里艾丝特的爷爷一样，只是艾丝特的爷爷所遭受的屈辱更多了一层，因为他还是犹太人。

1940 年 8 月，在希特勒的帮助下，匈牙利通过《维也纳仲裁裁决》讨回了北部的艾尔代伊地区，但复国心切的匈牙利人也因此被绑上了法西斯的战车。第二次世界大战结束后，作为战败国的匈牙利再次被迫割地，1947 年的《巴黎和约》废除了《维也纳仲裁裁决》，将北部的艾尔代伊重新划归罗马尼亚，巴尔提斯的父亲亲身经历了第二次的屈辱。因此，巴尔提斯从降生的那一刻起，就背负了一个民族的屈辱记忆。

巴尔提斯的母亲是位小提琴手，父亲巴尔提斯·费伦茨（Bartis Ferenc，1936—2006）是位知名作家、诗人和记者。在齐奥塞斯库统治时期，巴尔提斯的父亲先后五次被捕，饱受铁窗之苦。他第一次被指控犯有叛国罪时，只有十三岁。1956 年 10 月，匈牙利爆发了人民自由革命，巴尔提斯的父亲在艾尔代伊被捕，年仅二十岁就被冠以反革命罪判处死刑，后来改判有期徒刑，在监狱里度过宝贵的十年。出狱后，他不仅遭到举家流放，还时刻面临被捕的威胁。1983 年夏天，巴尔提斯的母亲病故。1984 年 11 月 15 日，父子俩一起被罗马尼亚当局驱逐出境，同时罗马尼亚国籍被注销，他们移居到布达佩斯。巴尔提斯失去了母亲，离开了故乡。

巴尔提斯回忆道：“直到 1990 年 1 月 2 日，我才第一次被允许回乡探亲。而直到 1991 年 12 月，我父亲都不许入境，被禁止参加我爷爷的葬礼。罗马尼亚边防军耍了一个这样的花招，他们将我父亲的护照拿进哨卡检查，过了一会儿，他们从屋里出来，说我父亲持的是无效护照。怎么会无效？因为护照里缺了四页。实际上是被他们撕掉的。说来很巧，当我听说齐奥塞斯库夫妇被处决的消息时，我正好在德国，就在同一天我得到我孩子出生的喜讯。我当即赶回布达佩斯，然后去了艾尔代伊。”

受到父亲的牵连，巴尔提斯的少年和青年时代动荡不安，不断地转学，总是不能完成学业。流亡之前，他在家乡读过美术学校，迁到布达佩斯后，曾到科尔切伊中学参加了两项入学考试，但最后还是留在家中接受私教，最后勉勉强强地从夜校毕业。之后，巴尔提斯读了两年记者学校的摄影专业，但从来没当过摄影记者。他还读过一段天主教神学，但是最终也没有学完，而是听到了文学的呼唤。

巴尔提斯的家族里有文学基因，除了父亲，他的外祖父和舅舅也是作家。巴尔提斯的写作生涯可以追溯到十八岁，很快涂满墨汁的本子就填满了他爷爷给他的一个箱子。他曾说道："我写东西没有规律，有时一年只写五六页，有时一个月写满了三本本子。我想，我们每个人都曾在年轻时代开始过写作。大多是在初恋或有感情危机期间，大多写诗，回头看来并非出于偶然。但是至于从什么时候开始可以称之为文学，则需要经过很长时间。我花了六年时间写了我的第一部长篇小说《散步》。那也是我出版的第一本书。"

1995 年《散步》出版，二十七岁的作家立刻引起了评论界关注，作家凯梅尼·伊什特万评论道："《散步》的地点之一是浴场，但并不在浴场的黄金时代，而是很久很久之后，在 1968 年到 1992 年期间。在巴尔提斯·阿蒂拉那一代人的孩提时代，那些看到过白银时代的人相继死去。后来塑料时代的作家，现在应该将他们埋葬。《散步》可能就是做出这一举动的第一部小说。除了女主人公之外，几乎所有的人都是老人。在浴场里慵懒、隐居的老小孩，或用旧工具维修旧物的智慧者。《散步》讲述的也是他悲伤而神奇的故事。只是衰退的近观，是腐朽。衣服破烂，木舟腐朽，革命者来了，进行杀戮。作家们则不得不记录下肮脏的东西。巴尔提斯·阿蒂拉小说的秘诀就是美。"

三年之后，巴尔提斯出版小说集《蓝雾》。2001 年出版《宁静海》，这本书使他一跃成为欧洲文坛受人瞩目的青年作家。之后，他还出版过一本散文集《拉扎尔的经外书》(2005年)，一本对话录《谈我们能谈的》(2010年)，一本小说集《小说十二篇》(2010年)，一部摄影集《如此寂静》(2010年)。2015年，他的第三部长篇小说《结束》出版，描写一位摄影师经历的生活坎坷。

事实上，巴尔提斯本人就是一位摄影师，六年前，他的大部分时间生活在印度尼西亚的爪哇岛，摄影的热情超过了写作。这几年他出了两本摄影集，最受好评的是《流年的踪迹》(2019年)。

5

自从翻译了《宁静海》，我跟作者成了朋友，除了邮件来往之外，每年都会约到他家见一两面。巴尔提斯·阿蒂拉住在布达佩斯八区的铁巷里，每次去找他，感觉都在逆行穿过一条时间的隧道。那是夹在大环路和小环路之间的一条窄巷，街上的房子大多都是帝国时期建造的，由于年久失修，临街的外墙大多墙皮剥脱，斑斑驳驳，可以看到裸露出的灰砖、电线、管道和松动的砂浆。铁巷里的每栋楼的每个门洞、每个窗口都在无声絮叨着陈年旧事，有辉煌，有破败，有家史，有秘闻，有战争，有和平，还有和平时期的刀光剑影。巴尔提斯的楼也是这样破败而充满故事，楼门外的门铃上，写的还是他父亲的名字。

推开沉重的黑漆大门，进到一条昏暗的过道。环行的悬廊朝向敞亮的庭院，不过巴尔提斯的家门没有开向悬廊，而是开向楼梯拐弯处的平台上，相对清静独立，进出不会被楼里人看到。屋门打开后，两米多高的作家站在门口，瘦削、刚硬，浓密的头发梳向脑后，两腮留着青皮胡，比书上作者像的愤青样子更睿智、更成熟、更男人一些。

房间里的光线很暗，临街的大窗不仅灰蒙蒙的，而且还在窗玻璃的四周贴满不透明的米黄色胶带，感觉已有许多年不曾打开。两面墙上是直通天花板的书架，架子上、桌子上、地板上都堆满了书，其他的墙上挂满油画，从晦暗的色彩和沉实的风格来看，怎么也是一个世纪前的作品。客厅的一角是方桌方椅，靠窗的一角横着一张笨重、漆黑的旧写字台，另一角的矮柜上摆满了烟斗，多得感觉像在办展览。书架前有一架古老的风琴，琴盖上立着一幅主人年少时的标准肖像照，褪色、变黄、阳光、无性，无论他中年后的模样怎么俊酷，都让人对成长萌生怜意。肖像旁摆了一个骨雕的阳具。风琴脚下有一摞黑色礼帽，想来是家里几代男人戴过的。这套公寓与其说是住宅，不如说是博物馆，吸引我的是挂在墙上的一把小提琴，犹如一个象征性的符号，让我联想起《宁静海》中尤迪特作为遗产继承的那把名琴，以及书中描绘的那个死气沉沉的家。

记得我第一次拜访时，未等我开口，巴尔提斯就开始向我解释："有个记者来这里采访，我花了半个小时跟他解释，《宁静海》是在这里写的，但这里并不是维尔·莱贝卡的家。我妈妈更不是维尔·莱贝卡，她在我十三岁时就过世了，没有当过话剧演员，更没有那种专制的倾向。"不过，巴尔提斯提到一个似曾相识的细节，他母亲还生过一个女儿，但后来不幸早夭，从那之后，母亲再也不拉小提琴了。

"那你怎么想起写这本书的？"我乘机提出这个对他来说估计已经厌烦了的提问，"我指的是，这种母子关系，有没有自传色彩？有多少纪实或虚构的成分？”

“我首先设想出这样一种关系，之后顺水推舟地写下去，这本书可以说是自己形成的。”巴尔提斯说，“永远不能把纪实文学跟虚构小说混为一谈。然而，如何将真实的元素渗透到虚构中去，那是另外一回事。我敢肯定，不存在那种与作家体验无关的虚构作品，而渗透进去多少或以什么方式渗透到文字中去，那并不重要，因为不管怎么样，它都会建立一个有着独立的自身法则的世界。在一句话或一段话里，完全可以用十分特别的东西建造另一种世界，但这并不等于可以跟现实相混淆。至于所提到的母子关系，我也是坐到写字台前才知道的。我在写字台前经历了那一切。”

我朝斜放在窗前的那张宽大笨重的黑色写字台望去，仿佛看到了一个舞台。但是不管他怎么解释，我还是觉得他的脸跟书里儿子的面孔重合。随后他也解释道：“当然，小说里有许多来自现实生活的客观元素。更何况小说使用的是第一人称，因而与自己的关系更为密切，可以视为一本设了密码的个人传记。写这本书时，我处在一个特殊时期，第一稿只用了三个月时间，我几乎一步没有跨出这个房间，十四个月里，每天至少都写七八个小时……”

至于那是什么样的特别时期，我在他与诗人凯梅尼·伊什特万的对话录《谈我们能谈的》中找到了答案。

6

“我十五岁时，准确地说十四岁时，就成了成年人。这并不是说在那之后我没有改变，而是说最本质的东西已经确定了。但这个并不意味着快乐。最糟糕的是，一个人多多少少地获得了一些关于自己和世界的认知，虽然这种认知还远离智慧。然而这时，他发现这些认知对生活的建立并没有什么特别的帮助，无论怎么努力，都一次次重复原来的错误，甚至罪过，人在这种时候很容易堕落。”巴尔提斯在《谈我们能谈的》中回忆道。

“现在我快四十岁了，完全可以说自己处于男人时代，但我并不能将那段时间称为青少年时代。尽管从年表上看，或从中学毕业的角度看，我这么说并不对，但是仍好像在我的生活里缺失了整个青少年时代。比方说，我没有典型的青少年记忆。总是转学、辍学，我从夜校高中毕业时已经二十岁了。如果不算神学的话，我没当过大学生。我没当过兵，生活里没有一个真正的青少年时期的朋友圈。回想那段岁月，我当时就已经知道会有一个漫漫长夜……这么说吧，在我的这两个人生阶段之间并没有经历过突破性的跨越，不像我母亲的去世能够让我划分出少年和非少年那样。同时，我知道，我在十岁、二十岁时，都未能获得让我将我的‘男人时代’称为‘成年时期’的生活阅历……为人之父的那种爱，只有在孩子出生后才能够体验到。但我还是不能说，你看，我的男人时代开始了。1998 年，我的婚姻破裂，终于发生了什么变化。那时，我勇敢直面了自己的软弱、感情的盲点、无奈感、依赖感和双重标准。准确地说，就在那时，我的那些在无形之中施予他人、施予自己的生存技巧终于宣布失败。《宁静海》便是那次危机的结果。去年（2006 年）6 月又发生了一次危机，我父亲去世了。可以说，我当了第二次孤儿。那时我发现，在少年孤儿和成年孤儿之间并没有太大的区别。”

我之所以摘译这段自白，是认为这对于读者理解《宁静海》

文字的“狠”与决绝会有所帮助。可以这么讲，离婚促使他写下了《宁静海》，而这本书帮他跨进了男人时代。从这个角度而言，这是一部名副其实的成长小说，作者在小说里通过儿子安多尔正视了自己内心的懦弱与疯狂、困惑与无奈、孤独与恐惧、坠落与挣扎，混合了自己、家族、民族的痛苦记忆，以及在自我寻找与自我毁灭的迷宫中绝望地奔跑，讲述成长，并在讲述中完成了成长。

巴尔提斯还跟我提起过，书里的那幅作者像是他自拍的，选自 1998 年举办的题为“皮格马利翁的照片”个人摄影展（皮格马利翁是古希腊传说中的塞浦路斯王，擅长雕刻，爱上了自己雕刻的少女像），因为那批照片与这本书有着密切关联，可以说“是在同样的生活状态下完成的”。那次展出的摄影作品均是关于他自己、妻子、情人的肖像摄影，而那段令他崩溃的三角关系，正是《宁静海》创作的直接动因。

《宁静海》不仅使巴尔提斯经历了男性个体的成熟，还使他跻身于欧洲优秀作家之列，至今已被翻译成近二十种语言。奥地利女作家、诺贝尔奖得主埃尔弗里德·耶利内克对《宁静海》称赞有加，认为巴尔提斯的这本小说写得要比她的《钢琴教师》更好。2005 年，《宁静海》德文版在德国被评为最佳图书；2008 年，它的英译版获得美国最佳翻译小说奖；巴尔提斯在本国更是获奖无数，如戴利·蒂伯尔奖、马洛伊·山多尔奖、尤若夫·阿蒂拉奖与匈牙利共和国骑士十字勋章等。2003 年，巴尔提斯将《宁静海》改写成话剧剧本《我的母亲，克娄巴特拉》，由戈拉什·德热导演，在匈牙利国家大剧院正式公演，该话剧还被搬上了德国舞台。2006 年，匈牙利导演阿尔弗勒迪·罗伯特又将这本小说改拍成同名电影，也轰动一时。

最让我惊喜的是，2010 年我将《宁静海》译成了中文，几年后，维语翻译家祖丽菲娅根据我的中文译本把它译成了维吾尔语出版，让我感觉到自己的译本也在生长。巴尔提斯·阿蒂拉来过两趟中国，前后住了近三个月，拍了上千张照片，走烂了两双鞋，跟中国建立起感情的联系。在中文版的作者序中，他提到一次难忘的体验，在一座名为“寿圣”的寺院里，他突然找到了寻找已久的内心宁静，以至于他决定将“寿圣”当作自己的中国名字。从中国回来后，他就决定要到远东生活一段较长的时间。后来，他应邀作为访问作家在德国住了一年，剩下一笔钱，最后选来选去选择了印度尼西亚的爪哇岛，本来计划一年，结果一住就是七年。在这期间，他在没有电视和脸书的远东小岛上孤独地写作、摄影，偶尔返回布达佩斯出书、办展，并于 2018 年被选为匈牙利塞切尼文学艺术学院院士。

几天前，我听说巴尔提斯从爪哇回到布达佩斯小住，立即联系了他，约他给《宁静海》的中文新版写一篇序言，并挑几张摄影照片，他欣然答应，并约我见面。他的家跟从前一模一样，古风琴、小提琴、那摞礼帽、许多烟斗、抵住棚顶的书和发黄的老照片，只是多了两个从爪哇带回来的狰狞的面具。另外，几年前我为他书写的“宁静”条幅醒目地挂在客厅门上，而他在上海结识的一位中国女作家为他写的“寿圣”二字仍贴在里屋的墙上。有趣的是，这些东方元素掺杂在这套历史感沉重的中欧老公寓里，非但不让人觉得突兀，反而挺协调；准确地讲，似乎维持住了某种平衡。

2021 年 9 月 12 日，布达佩斯

图书在版编目（CIP）数据

宁静海 /（匈）巴尔提斯·阿蒂拉著；余泽民译.
—南京：译林出版社，2022.5
ISBN 978-7-5447-8967-7

Ⅰ.①宁… Ⅱ.①巴… ②余… Ⅲ.①长篇小说－匈牙利－现代 Ⅳ.①I515.45

中国版本图书馆 CIP 数据核字（2021）第 242716 号

著作权合同登记号 图字:10-2019-405 号

宁静海［匈牙利］巴尔提斯·阿蒂拉／著 余泽民／译

责任编辑 张 睿
装帧设计 臧立平@typo_d
校 对 戴小娥 王 敏
责任印制 颜 亮

出版发行 译林出版社
地 址 南京市湖南路 1 号 A 楼
邮 箱 yilin@yilin.com
网 址 www.yilin.com
市场热线 025-86633278
排 版 南京展望文化发展有限公司
印 刷 苏州市越洋印刷有限公司
开 本 787 毫米 ×1092 毫米 1/32
印 张 9.5
插 页 4
版 次 2022 年 5 月第 1 版
印 次 2022 年 5 月第 1 次印刷
书 号 ISBN 978-7-5447-8967-7
定 价 58.00 元